세계의 끝과 시작은

世界の終わりと始まりの不完全な処遇 by 織守きょうや
SEKAI NO OWARI TO HAJIMARI NO FUKANZENNA SHOGU

Copyright ⓒ 2018 by KYOYA ORIGAMI
Original Japanese edition published by Gentosha, Inc., Tokyo, Japan
Korean edition is published by arrangement with Gentosha, Inc.
through Discover 21 Inc., Tokyo and JM Contents Agency Co.

세계의
끝과
시작은

오리가미 교야 장편소설
김은모 옮김

arte

차례

프롤로그

공원 한복판에 설치된 작은 산 모양의 콘크리트 미끄럼틀 주변에 파란색 차단용 시트가 둘러쳐져 있었다.

주택가에 위치한 공원은 원래 아이들을 비롯한 시민의 휴식 공간일 테지만, 지금은 여러 입구에 모조리 출입금지 테이프를 붙여놓았다.

시트를 텐트처럼 걷어 올려둔 곳으로 들어가자 놀이기구 옆면과 흙바닥에 핏자국이 아직 생생하게 남아 있었다.

한 달 하고 조금 전, 여기서 살인사건이 발생했다. 틀림없이 흡혈종의 범행이다.

보존된 시신을 확인했는데, 목의 살점이 크게 떨어져 나가서 몹시 참혹한 모습이었다. 수사 보고서에 첨부된 현장 사진도 보았다. 시신도 현장도 피범벅이었다. 이른 아침에 운동 삼아 공원을 가로질러 달리다 시신을 발견한 여대생도 몹시 놀랐으리라.

검시 결과 피해자 몸속에서 대량의 혈액이 사라졌음이 밝혀졌다. 현장에 피가 꽤 많이 튀었지만, 그래도 사라진 양에는 미치지 못한다. 누군가가(틀림없이 피해자를 습격한 범인이) 가지고 간 것으로 추정된다. 일본 경찰은 그렇게 결론 내린 시점에서 흡혈종이 관여했다고 의심하고 미국에 있는 흡혈종 관련 문제 대책 본부에 연락했다.

그런 연유로 대책실 직원들이 이 작은 동쪽 섬나라에서 벌어진 사건을 파악한 것은 사건이 발생한 지 한 달 가까이 지나서였다.

"여러모로 희한하네. 늦은 밤이라고는 하지만 주택가 한복판의 공원에 시신을 떡하니 남겨뒀어. 시신의 손상도 너무 심하고. 헌터에게 공격을 받고 반격했지만, 사후 처리할 시간도 없이 달아났다…… 그런 가능성도 고려했지만 일본 내에 헌터는 없을 텐데."

경찰 자료와 현장을 대조해보던 여동생이 옆으로 와서 말했다.

"시신의 훼손이 너무 심해서 광폭화한 흡혈종의 소행 아닐까도 싶었는데 그런 것치고는……."

"그러게. 광폭화한 흡혈종이 출몰했다면 피해는 훨씬 심각했을 거야."

모래에 스며든 검붉은 핏자국을 내려다보았다.

흡혈종은 영양분을 얻기 위해 인간의 혈액을 섭취해야 하지만, 흡혈하기 위해 대상을 죽일 필요까지는 없다. 보통은 '계약자'라 불리는 파트너를 구해서 합의하에 피를 빨거나 수혈 팩을 이용하는 등 온건한 방법으로 혈액을 섭취한다. 정당한 경로로 혈액을 입수하지 못해 동의 없이 피를 빨더라도 잠든 사람을 선택하거나 상대를 기절시키면 그만이다.

목격당할 위험성을 무릅쓰고 지나가는 사람을 습격해 치사량의 피를 뽑을 이유가 없다.

'피를 마시기 위해 습격한 결과 죽은 게 아니라, 처음부터 죽일 목적으로 습격했다…….'

백번 양보해서 사람에서 흡혈종으로 변화한 지 얼마 되지 않아 흡혈량을 조절할 줄 몰랐다고 쳐도 주택가 한복판에서 사람을 덮치고, 이렇게 눈에 띄는 곳에 시신을 방치하다니 역시 부자연스럽다.

"일단 근처에 사는 흡혈종들을 만나볼까? 등록된 흡혈종뿐이니까 별 의미는 없겠지만."

"명부 등록자가 미등록 흡혈종과 친분이 있을지도 몰라. 이 주변의 미등록 흡혈종은 통제가 된다고 들었어. 부탁해서 협력을 얻을 수 있으면 좋으련만."

"기운을 찾아 정처 없이 돌아다니는 것보다는 낫겠지. 일본은 흡혈종 인구가 적으니까 돌아다니다가 우연히 마주치길 기대하기는 힘들 거야."

그런 만큼 용의자가 한정된다고 볼 수도 있다.

파란 시트를 젖히고 빠져나와 걸음을 옮겼다. 그러자 뒤에서 모래를 밟으며 이쪽으로 다가오는 발소리가 들렸다.

그리고 희미하게 흡혈종의 기운이 느껴졌다.

1장

하나무라 도노는 학생을 300명도 넘게 수용할 수 있는 계단형 대강의실의 뒤에서 세 번째 줄에 앉아 있었다.

　앞자리 여학생의 옷차림을 보자 이제 가을이구나 싶었다.

　그러는 자신도 긴소매 셔츠를 입었지만, 도노는 여름에도 긴소매를 고집해서 옷장만 봐서는 계절감이 별로 드러나지 않는다.

　창문으로 보이는 나뭇잎은 아직 초록색이지만, 겉옷을 걸치지 않으면 밤에는 으슬으슬 춥게 느껴진다.

　가을은 좋아하는 계절이다.

　달이 예뻐 보이고, 첫사랑과 만난 것도 가을이었다.

　철학개론 강의를 귓등으로 흘려들으며 샤프펜슬로 다이어리에 그림을 그렸다.

매끄러운 뺨, 날렵한 턱선, 모양 좋은 귀, 조그마한 입술.

첫사랑의 얼굴은 9년이 지난 지금도 선명하게 기억난다. 얼굴뿐만 아니라 헤어스타일, 서 있는 모습, 밤바람에 나부끼던 옷의 주름까지도.

앞자리 여학생이 착용한 크림색 카디건과 숄은 색감이 부드럽고 얼굴에도 잘 받는다. 어울릴 것 같다고 생각하자 손이 절로 움직였다.

그림 속 여성에게 카디건을 입힌다. 헤어스타일은 여학생을 흉내 내어 어깨 아래로 내려오는 긴 머리에 컬을 살짝 넣었다.

'음, 괜찮네.'

그림 그리기에 집중하자 시간이 순식간에 흘러갔다. 교수는 예정된 시간에 칼같이 수업을 마치고 강의실에서 나갔다. 그 순간 강의실은 학생들이 왁자지껄 떠드는 소리로 가득 찼다.

앞자리에 앉은 여학생도 옆에 앉은 친구와 함께 자리에서 일어섰다. 있지, 뉴스 봤어? 그 엽기 살인사건 말이야, 아직도 범인을 못 잡았대. 그런 피비린내 나는 이야기가 들려왔다.

조금만 더 그리면 그림이 완성되므로 자리에 앉아 계속 손을 놀렸다.

"안녕."

누가 옆자리에 털썩 앉았다.

고개를 들어보니 친구 쓰지미야 사쿠가 책상에 팔꿈치를 괴고 있었다.

그러고만 있어도 잡지 화보처럼 태가 났다.

도노와 달리 순전히 멋을 부리려고 안경을 끼는데, 오늘은 가느다란 플라스틱 테다. 단순한 패션이지만 원판이 워낙 좋으므로 묘하게 멋져 보인다. 지나가는 여학생이 힐끔힐끔 시선을 던지는 것도 평상시와 다름없다.

"어, 결석한 줄 알았는데. 어디 있었어?"

"지각해서 입구 근처 자리에 앉았어."

여전히 소름 끼칠 만큼 잘 그리네, 하고 사쿠가 도노의 손 언저리를 들여다보며 말했다.

"그녀의 모습을 최대한 정확하게 그리려고 수련에 수련을 거듭했거든. 난 부장 같은 예술가가 아니라 그냥 기술자지만."

도노는 첫사랑의 사진이 없다. 그뿐만 아니라 그녀와 만난 건 9년 전 딱 한 번뿐이다. 그러므로 잊어버리지 않도록 머릿속으로 수없이 그녀의 모습을 떠올렸다. 그리고 사진 대용으로 직접 그림도 그리게 됐다.

하기야 그러지 않아도 달빛 아래 선 그녀의 모습은 눈에 새겨져 지워지지 않았지만.

"정확이고 뭐고 상상화잖아……. 오늘은 긴 머리에 웨이브를 살짝 줬네."

늘 같은 소녀 또는 그녀가 성장한 모습을 상상해서 그리므로 그게 누구냐는 질문을 자주 받는다. 물어보면 선선히 대답해주기에 친한 친구들은 대개 도노의 첫사랑에 대해 알고 있다.

도노는 오컬트 연구부 소속이다. 사쿠를 비롯한 다른 부원들은 질리지도 않고 같은 여자 그림만 그리는 도노를 재미있어하지만, 무시하지도 깔보지도 않는다. 다들 사람 됨됨이가 좋기도 하고, 도노와 그녀의 만남이 오컬트 연구부 입장에서는 매력적인 일화이기도 하기 때문이리라.

중고등학교 때는 괴짜 취급을 받으며 겉돌았으므로 대학 생활에도 기대를 품지 않았지만, 덕분에 도노도 나름대로 청춘 비슷한 나날을 보내고 있었다.

오컬트 연구부 자체가 괴짜 집합소 취급을 받으며 약간 경원시되는 감이 있지만, 뭐 그건 그거다.

"찾았다. 쓰지미야, 다 들었어! 너 지난주에 정치 학회의 유키무라를 집에 데려갔다면서?"

이름은 모르지만 낯익은 남학생 두 명이 뒷자리에서 말을 걸었다.

사쿠는 앉은 자세로 몸을 돌려 올려다보고는 고개를 저었다.

"남이 들으면 오해하겠네. 부탁을 받고 유키무라네 집까지 바래다줬을 뿐이야. 꽤 많이 취했었거든."

"뭐? 그 말을 믿으라는 거냐?"

"진짜래도. 본인한테 직접 물어보든가."

"어, 그럼 같이 있어도 안 불편하겠네? 오늘 미팅에 안 나올래? 네가 오면 나오겠다는 여자애가 있거든."

"미안하지만 패스. 친구랑 우정을 쌓아야 해서."

"아, 그럼 하나무라도 오면 되겠네."

저쪽은 도노의 이름을 아는 모양이었다. 즉, 어디선가 자기소개를 할 기회가 있었다는 뜻이지만 전혀 기억이 나지 않는다.

싹싹함은 공짜이므로 일단 미소를 지어 보이며 말했다.

"난 이미 운명의 여자랑 만났거든. 바람은 안 피워."

"뭔 소리래……. 이번에는 괜찮은 애들뿐인데 아깝다, 야."

이러니까 오컬연은, 하고 헤어왁스로 짧은 머리를 세운 남학생이 중얼거렸다.

머리에 붉은 기가 도는 다른 남학생이 '오컬연'이라는 말에 생각났다는 듯 뒷자리에서 몸을 내밀었다.

"그나저나 오컬연에 엄청 귀여운 1학년 있지 않냐? 부장은 화장도 안 하고 머리는 부스스한 데다 안경까지 껴서 완전히 오타쿠 같은 인상이지만."

"네네, 둘 다 미팅에는 흥미 없다니까 괜히 꾀어내고 그러지 마라."

여전히 웃는 얼굴이었지만 냉담한 말투로 사쿠가 두 사람에게 일침을 가했다.

쌀쌀맞기는, 하고 툴툴거렸지만 두 남학생은 금세 포기하고 물러갔다.

"유키무라라면 요전에 네가 불러낸 짧은 머리 여자애?"

"그런가. 아니, 그 애는 아마 다른 학과의…… 이름을 까먹었네."

"이런 극악무도한 녀석."

"어허, 그 무슨 실례의 말씀을. 이름도 모르는 상대지만 최대한 상처 입지 않도록 직접 만나서 거절했으니까 오히려 성실하고 진실된 편이라고 보는데."

사쿠는 잘생긴 데다 뭐든지 잘하는 팔방미인이라 주변에 늘 여자가 많다. 좋아한다는 고백도 자주 받는 모양이지만 도노가 알기로 여자 친구는 없다. 대인관계는 좋은 편이나 흥미 없는 사람은 이름도 기억하지 못할 만큼 안중에 두지 않으므로 사쿠를 좋아하는 여자가 안쓰러울 따름이다.

그래도 차인 여자가 스토킹을 한다거나 난리법석을 쳤다는 이야기는 한 번도 못 들어봤으니 거절할 때도 풍파가일지 않도록 잘 처신하는 것이리라.

사쿠는 도노가 그림을 다 그릴 때까지 기다리려는 듯 팔짱을 끼고 책상에 엎드렸다.

"그러고 보니 오늘 아침 뉴스에 또 나오더라. 그 엽기 살인사건, 아직 범인을 못 잡았대. 어린이공원에서 시체가발견된 그 사건 말이야."

다이어리에 여자 그림이 완성되어가는 모습을 바라보며잡담이라도 하는 투로 말했다.

"뭐, 살인인지 아닌지는 모르지만, 피해자 시신은 짐승이 물어뜯은 것처럼 살이 푹 파였대. 목이 거의 떨어져 나갈 지경이었다나 봐. 그래서 인간의 소행은 아닐 거라는 설도 나온다던데? 뉴스에서는 곰이 아니겠느냐고 하더라만."

미팅보다는 훨씬 오컬트 연구부다운 화제다.

도노는 카디건 목둘레를 간단하게 그려 넣으며 대답했다.

"산에서 내려온 곰이 주택가에서 사람을 습격하고 다시산으로 돌아갔다……. 아무리 생각해도 억지스러운걸."

"모모세가 늑대인간의 범행이 아니겠느냐고 어찌나 설레발을 치는지. 사건 당일 밤에 보름달이 떴는지 알아보겠다고 했는데, 과연……. 학교 축제 때 발표할 연구 주제로 어떻겠느냐고도 했는데, 아무래도 통과는 힘들겠지."

앞줄에 앉았던 여학생과 옷차림이랑 헤어스타일은 똑같고 얼굴만 다른 여자 그림이 완성됐다.

좋아, 예쁘다. 이 헤어스타일도 잘 어울린다. 만족하며 샤프펜슬을 내려놓았다. 나중에 스케치북에 베껴 그리자.

"완성?"

"일단은. 예쁘고 사랑스러운 걸로 따지자면 진짜의 발끝에도 못 미치지만."

"또 그 소리. 귀에 못 박이겠다."

어이없어하는 사쿠를 무시하고 각도를 달리해 그림을 보았다. 기억 속 그녀가 성장하면 딱 이런 느낌이리라.

9년 전, 그녀는 머리가 길었다. 밝은 불빛 아래에서 본 건 아니니까 색깔은 정확하게 모르지만, 달빛을 받아 반짝반짝 빛났다.

"사쿠는 실물을 못 봤으니까 그러는 거야. 진짜 그녀는 의연하게 선 모습이 달의 여신도 저리 가라 할 만큼……."

"그 얘기도 골백번 넘게 들었네요."

"그때보다 어른이 됐을 테니 이런 여성스러운 스타일도 잘 어울리겠지. 그나저나 어쩌면 이렇게 예쁠까."

"와, 못 들은 척하기냐."

"이렇게 예쁜 여자가 실제로 존재한다니 믿기지 않아.

하지만 실제로 있다고. 어쩌면 요정이었을지도 몰라."

"네네, 그렇겠죠. 완성했으면 정신 챙겨서 얼른 가자. 부장이 강의 끝나면 동아리방으로 오랬어."

사쿠가 그렇게 말하고 일어섰다.

재촉을 받고 도노도 일어났다.

"학교 축제 때 발표할 연구 주제 때문인가."

"아마도."

다이어리 속지를 분리해 클리어파일에 넣고 짐을 챙겼다.

잠깐 생각하다 구부러지지 않도록 책 사이에 클리어파일을 끼워넣었다.

현재 그녀는 머리가 길까, 짧을까. 딱 한 번 본 그녀를 몇 번이고 떠올리고, 성장한 모습을 상상해서 그림을 그린다.

그게 무엇보다도 즐거워서 그림 그리기는 벌써 몇 년이나 도노의 유일한 취미였다. 남들이 음침하다고 하든 기분 나쁘다고 하든 개의치 않았다.

그녀를 잊은 적은 한 번도 없다. 예전에 다른 여자와 사귀어본 적도 있지만, 그녀에게 느끼는 가슴 두근거리는 감정은 느껴지지 않아 결국 일주일도 채우지 못했다. 도노에게는 첫사랑이 유일한 사랑이었다.

언젠가 만날 수 있다고 믿는다. 그때 바로 알아볼 수 있도록 늘 대비한다.

"축제 때는 오컬트에 관심이 없거나 아무것도 모르는 손님에게도 흥미를 유발해야 하니까 지나치게 마니아 취향의 전시물은 좋지 않다고 생각합니다. 그걸 고려하면 역시 시사적인 소재를 가미하는 게 효과적일 것 같은데요."

모모세 지나쓰가 파이프의자에 앉아 열변을 토했다.

손에는 분홍색 커버를 씌운 노트북을 들었다. 화면에 오컬트 관련 기사만 게재하는 사이트가 떠 있었다.

"미타카 시내의 공원에서 회사원이 참혹하게 살해당한 사건, 경찰 관계자가 제공한 정보에 따르면 피해자의 목에는 마치 짐승이 물어뜯은 듯한 상처가 남아 있었대요. 하지만 시신은 바로 은닉됐고 수사본부도 갑자기 축소되어 경찰이 뭔가 숨기는 것 아니냐, 괴물의 소행이기 때문에 그러는 것 아니냐고 이 사이트에서도 지적했어요."

분홍색 니트에 펑퍼짐한 베이지색 스커트, 곱슬곱슬한 머리는 스커트보다 옅은 색의 리본이 달린 핀으로 고정했다. 그 귀여운 차림새에 음침한 오컬트 연구부 동아리방은 전혀 어울리지 않았지만, 이야기 내용은 더더욱 어울리지 않았다.

"엽기 연쇄살인 아니냐고 아까 다른 애들이 수군거리는

거 들었어. 아직까지 두 번째 시체는 발견되지 않은 모양이지만."

"아, 하지만 그 부근에 지난주부터 행방이 묘연한 사람이 있나 보더라고요. 혼자 사는 젊은 남자인데, 부모가 수색을 요청했다고…… 어쩌면 두 번째 피해자는 아직 발견되지 않았을 뿐인지도 모르죠."

도노가 한마디 하자 지나쓰가 냉큼 덤벼들어 자신의 가설을 피력했다. 비약이 너무 지나친 것 아닐까 싶었지만 도노는 반박을 삼갔다.

지나쓰는 오컬트뿐만 아니라 실제로 발생한 엽기 살인사건에도 사족을 못 쓴다. 집은 FBI 수사관의 저서며, 사형수의 수기며, 살인귀가 그린 그림의 복제품이며, 더 나아가 지문 채취 도구에 이르기까지 마니아 취향의 물건으로 가득하다.

"이런 사건을 오컬트 연구자의 시각으로 분석해서 발표하는 건 어떨까요? 짐승이 물어뜯은 자국 하면, 역시 늑대인간이 제일 먼저 떠오르죠. 소위 야수인간 중에서 제일 주류니까 이야기를 확장시키기가 쉬울 것 같은데요."

군데군데 물감이 묻은 흰 가운을 입고 캔버스에 유화 물감을 칠하던 부장 구즈미 아야메는 그럴지도 모르겠네, 하고 의욕 없는 목소리로 맞장구를 쳤다.

화사한 이름이 콤플렉스인 듯한 아야메는 소녀 같은 패션이 취향인 지나쓰와는 대조적으로 어지간해서는 스커트를 입지 않는다. 이공계 학부가 아니라 민속학이 전공일 텐데, 어째서인지 언제 보아도 간결한 복장에 흰 가운을 걸치고 있다. 유화가 취미라 옷에 물감이 묻을까 봐 그러는 것이리라. 아야메가 동아리방에서 자주 그리는 섬뜩한 그림의 어디가 좋은지 도노는 잘 모르지만, 일부 마니아층에 높은 평가를 받아 판매될 때도 있다고 한다. 고등학생 때 미술 콩쿠르에 나가서 입선한 후로는 아야메의 작품이 마음에 든다며 전시해주는 화랑도 있다고 들었다.

동아리방에 있을 때는 도노도 아야메를 따라 남는 가운을 걸친다. 여름에는 냉방이 강해서 으슬으슬할 때, 겨울에는 난방을 해도 조금 쌀쌀하다 싶을 때 유용하다.

일찍이 미술부가 사용했던 터라 동아리방에는 캔버스와 이젤이 벽과 선반 사이에 세워져 있다.

입학하고 얼마 지나지 않아 도노가 동아리건물을 구경하고 있을 때, 열린 문으로 유화를 그리는 아야메가 보였다. 첫사랑의 초상화를 그리는 기술을 갈고닦는 것도 괜찮겠다 싶어서 물어보자 미술부는 몇 년 전에 없어졌고, 현재는 오컬트 연구부가 동아리방을 쓴다고 가르쳐주었다. 그림을 그리느냐고 묻는 아야메에게 첫사랑 이야기를 한 것을 계기로 가입했다.

9년 전에 딱 한 번 만난 첫사랑에 대한 정보는 도노의 기억 속에만 존재한다. 이대로는 찾을 길이 없으니 그 모습을 최대한 정확하게 그려 많은 사람에게 보여줌으로써 실마리를 찾아야겠다는 생각이었다.

화가가 될 만한 재능이 없다는 건 알지만, 어떻게든 매스컴이 그 그림을 다루어줄 정도의 사회적 위치까지 올라가고 말겠다는 다짐이다. 하지만 정작 그때 가서 그림 실력이 없으면 죽도 밥도 안 된다.

미술부에 가입하려 한 이유도 포함해 자초지종을 듣고 난 아야메는 도노의 집념에 약간 뜨악해하는 동시에 흥미도 느낀 것 같았다. 그리고 첫사랑의 초상화는 언젠가 자기가 그려줄 수도 있다고 말했다.

도노는 등받이 없는 동그란 의자를 끌어당겨 아야메 옆에 앉아 스케치북을 꺼냈다.

서류상으로는 회원 명부에 열다섯 명쯤 이름을 올렸지만 실제로 활동하는 오컬트 연구부 멤버는 네 명뿐이다. 부장 아야메와 1학년 지나쓰, 그리고 도노와 사쿠. 연구부라지만 거창한 활동은 하지 않는다. 대개 동아리방에서 하잘것없는 이야기를 나누거나 테이블탑 롤플레잉 게임(일정한 규칙 아래 주사위 등의 도구를 활용해 등장인물을 직접 연

기하며 진행하는 게임 – 옮긴이)을 하거나 호러영화를 보러
가는 등 태평하게 지낸다.

　겨우 오컬트 연구 비슷한 활동을 하는, 적어도 하려는
사람은 지나쓰뿐이었다. 지나쓰는 캠퍼스를 돌아다니면
남학생들이 웅성거릴 만큼 미소녀지만, 알맹이는 상당히
심오한 오컬트 마니아다. 유행하는 패션으로 차려입어도,
휴대전화 수신음은 「환상특급」(환상, SF, 호러, 미스터리 등
의 내용을 다루는 미국의 단막극 시리즈 – 옮긴이)의 테마송이
고, 애독하는 작가는 알레이스터 크롤리(영국의 사탄 숭배자
이자 오컬트 교주 – 옮긴이)와 러브크래프트(미국의 호러소설
가 – 옮긴이)이며, 결혼하면 신혼여행은 드라큘라성의 모델
이 된 트란실바니아 브란성에 가기로 결심했다고 한다.

　지금은 다들 유령부원이 되었지만 남학생들이 지나쓰를
노리고 명부에 이름을 올려준 덕분에(사쿠를 노린 여학생들
도 적지 않게 이름을 빌려주었지만) 오컬트 연구부가 존속하
고 있다고 해도 과언이 아니므로 지나쓰는 틀림없이 동아
리에 가장 크게 공헌하는 부원이었다.

　"실제로 발생한 미해결 사건을 오컬트적인 시각에서 어
떻게 해석하느냐. 재미있는 주제이기는 하네. 하지만 사람
이 죽은 사건이라면 고인에 대한 예의도 모르냐고 욕을 먹
을지도 모르겠다."

일찍이 미술부에서 정물화의 소재로 사용했을 낡은 팔 걸이의자에 다리를 꼬고 앉아 아야메의 모델이 되어주고 있던 사쿠가 부드럽게 말했다.

노트북을 들고 설명하던 지나쓰가 깜짝 놀란 듯 움직임을 멈추었다. 표정이 순식간에 흐려졌다.

"그런가, 그렇겠군요…… 제 생각이 짧았어요."

사건이 발생한 지 두 달밖에 되지 않았다. 유족이 그 동네에 살고 있을 테고, 범인도 아직 잡히지 않았다. 학교 축제 때 흥미 위주로 발표하는 건 바람직하지 않다. 사쿠의 비판은 지당하다.

풀이 죽은 지나쓰를 보고 사쿠가 웃는 얼굴로 말을 이었다.

"훨씬 옛날 사건이라면 문제없지 않을까. 아니면 외국에서 발생한 사건이나. 살인마 잭 더 리퍼 같은 거……."

"앗, 그러고 보니 잭 더 리퍼 사건이 흡혈귀의 소행 아니겠느냐는 연구가 있어요. 예전에 읽어봤어요."

"그러게, 그거라면 불만도 제기되지 않겠지. 진부하지만 당시 사진이나 자료와 함께 나와 하나무라의 그림을 전시하는 형태라면……. 쓰지미야, 앞을 봐."

아야메의 목소리가 날아들자 사쿠가 "네네." 하며 자세를 바로잡았다.

사람을 모델로 삼아도 아야메는 대개 실제 피부색과는 전혀 다른 색을 캔버스에 칠하므로 솔직히 모델이 왜 필요한지 의문스럽기도 했다. 하지만 사쿠는 얌전하게 말을 들었고 아야메도 만족스럽게 고개를 끄덕이며 작업을 재개했다.

도노도 이젤을 세우고 큼지막한 스케치북을 얹었다.

"앗."

지나쓰가 갑자기 소리쳤다.

"생각났다! 어디에서 봤나 했더니…… 그 그림……."

몇 발짝 되는 거리를 단숨에 뛰어와 그리다 만 밑그림, 도노가 첫사랑의 현재 모습을 상상해서 그린 그림을 가리켰다.

도노도 아야메도, 고개를 앞으로 돌렸던 사쿠도 일제히 지나쓰를 보았다.

"이 여자, 봤어요. 헤어스타일은 다르지만 나머지는 똑같아요."

9년 전 가을, 도노는 열한 살이었다. 지금도 같은 아파트에 살지만, 그때는 지금과는 달리 부모님과 함께 살고 있었다.

10월 9일, 보름달이 뜬 밤.

펼쳐 든 어린이용 호러소설이 예상외로 재미있어서 한밤중까지 모두 읽은 후에 도노는 창문으로 밖을 내다보았다.

잠옷으로 갈아입었지만 눈이 말똥말똥해서 잠자리에 들 기분이 아니었다. 책을 다 읽고 나서 불은 껐지만 창문으로 달빛이 비쳐 들어 방은 충분히 밝았다.

도노의 방 창문에서는 아파트 주차장이 내려다보인다. 주차장 건너편에는 잔디밭과 나지막한 언덕이 작은 공원처럼 펼쳐져 있다. 놀이기구는 없지만 아파트 아이들은 자주 거기서 놀았다. 보호자가 아이들을 지켜볼 수 있도록 벤치도 설치해놓아 낮에는 휴식 공간으로 활용됐다.

도노는 실내에서 지내는 걸 좋아해 거기서 별로 놀지 않았지만, 완만한 언덕이 달빛에 물든 풍경은 낮에 햇빛이 비칠 때와는 비교도 안 될 만큼 매력적으로 보였다.

어떻게 그림으로 남길 수 없을까 싶어 스케치북을 꺼냈지만 꽤나 어려웠다. 끙끙대며 몇 번이나 그렸다 지웠다를 되풀이했다.

자신의 부족한 실력에 낙담하며 좀 더 자세히 보려고 창문에 다가붙었다가 가슴이 철렁했다.

'벤치에 누가 앉아 있어.'

어느 틈에 앉은 걸까, 아니면 아까 전에는 깜박하고 못 본 걸까.

머리가 긴 여자애 같았다.

여자애라지만 열한 살 먹은 도노보다는 제법 나이가 많아 고등학생 정도로 보였다.

책장 옆에 걸어둔 쌍안경을 가져와서 눈에 댔다.

역시 앉아 있는 것은 소녀였다. 거무스름한 교복 같은 옷차림으로 벤치 등받이에 몸을 맡기고 고개를 약간 숙인 채 눈을 감고 있었다.

벤치 방향과 자세 때문에 얼굴이 잘 안 보였지만 그래도 이목구비가 단정하다는 건 알 수 있었다.

'예쁘다……'

딱 도노의 취향이었다.

약간 긴 앞머리가 얼굴을 살짝 가렸지만, 그녀의 아름다움을 손상시키기보다는 오히려 부각시키는 액자 같은 역할을 했다. 달빛을 받아 창백해진 뺨에 속눈썹 그림자가 드리워진 모습은 신성해 보이기까지 했다.

야경보다 그녀를 그리고 싶어졌다.

이런 시간에 여자 혼자 뭘 하는 걸까. 처음 보는 얼굴인데 아파트 사람일까.

두근대는 마음으로 잠시 살펴보다 드디어 그녀를 그리려고 연필에 손을 뻗었다.

스케치북을 한 장 넘기려고 쌍안경에서 눈을 뗐다가 알아차렸다.

그녀만 보느라 몰랐는데, 어느 틈엔가 창 아래 풍경에 사람이 한 명 더 늘었다.

키가 컸고 남자 같았다.

코트를 입고 그녀에게서 몇 미터 떨어진 곳에 서 있었다.

움찔 놀라 창문에서 떨어졌다.

남자가 이쪽을 보지는 않았지만, 조용히 커튼을 치고 쌍안경으로 틈새를 내려다보았다.

남자는 무방비 상태로 눈까지 감고 있는 그녀를 관찰하는 것 같았다.

상황을 살피듯 가만히 그러고 있다가 이윽고 그녀가 잠든 벤치로 천천히 다가갔다.

'어쩌지.'

심장 박동이 설렘과는 다른 이유로 빨라졌다. 손바닥에 땀이 흥건히 뱄다.

도노네 집은 3층이다. 창문을 열고 크게 소리치면 여기서도 그녀를 깨울 수 있으리라. 하지만 남자는 그녀의 지인이나 가족일지도 모른다. 만약 그렇다면 두 사람에게 미안할 뿐만 아니라 단잠을 방해받은 이웃 사람들에게도 민폐다. 큰 창피를 당하고 부모님에게도 따끔하게 야단맞을 것이다.

'하지만 만약 저 남자가 나쁜 사람이라면……'

남자가 그녀에게 몹쓸 짓이라도 한다면 그때는 후회해도 늦는다.

부모님은 이미 잠들었다.

깨워서 사정을 설명하면 늦는다.

고민할 시간은 없었다. 방을 뛰쳐나와 맨발을 운동화에 욱여넣고 현관문도 열어둔 채 달렸다.

엘리베이터를 기다리지 않고 계단을 뛰어 내려가 건물 밖으로 나갔다.

벤치까지 몇 미터 거리다.

남자는 그녀에게 손이 닿을 정도까지 다가갔다.

그녀는 눈을 감은 채 미동도 없었다. 남자가 그녀의 두 어깨를 붙잡고 입을 크게 벌렸다.

"안 돼!"

대뜸 소리부터 질렀다.

남자가 불에 덴 것처럼 고개를 휙 돌려 이쪽을 보았다.

도노를 향한 눈빛에 적의는 없었고, 그냥 놀란 듯했다.

착각일지도 모른다. 하지만 남자의 눈이 붉게 빛나는 것처럼 보였다. 그리고 벌린 입에는 송곳니라고 하기에는 너무 길고 뾰족한 이 두 개가…….

'엄니?'

끼럭 하고 금속이 마찰하는 듯한 소리가 나더니 남자가 움직임을 멈췄다.

남자는 도노를 향했던 얼굴을 천천히 그녀 쪽으로 되돌렸다. 무슨 일이 일어났는지 모르겠다는 표정이었다.

도노도 몰랐다.

남자의 양손에는 수갑이 채워져 있었다.

"……에서 나왔습니다. 은제 수갑이지만 커버가 달려 있으니 날뛰지만 않으면 다치지 않아요. 얌전히 계세요."

그녀는 사무적인 투로 술술 말하고 일어섰다. 방금 전까지 잠들어 있었던 사람으로 보이지 않았다.

"저항하면 나중에 당신에게 불리해져요. 등록은?"

남자는 양손을 움직여 사슬을 옆으로 살짝 당겨보고는 포기한 듯 어깨를 축 늘어뜨리더니 그녀의 질문에 힘없이 고개를 저었다.

"자의에 의한 변화가 아니었다면 도움을 드릴 수 있을지도 모르겠네요. 그 얘기는 차차 들어보기로 하죠."

그녀는 그렇게 말한 후 휴대전화를 꺼내 귀에 대고 "확보했습니다. 부탁드릴게요." 하고 어딘가에 연락했다.

몇 초 지나지 않아 어딘가에서, 아마도 아파트 부지로 들어오는 입구 부근에서 차 문이 닫히는 소리가 들리는가 싶더니 체격이 좋은 남자 세 명이 재빨리 다가왔다.

한눈에도 경찰관이라는 걸 알아볼 수 있었다.

그들은 고개를 떨군 남자를 양쪽에서 붙잡고 데려갔다.

경찰관 중 한 명이 이쪽을 힐끗 보았지만 아무 말도 하지 않았다.

그녀는 연행되는 남자를 지켜보다가 멍하니 서 있는 도노에게 눈길을 돌렸다.

다가와서 무릎에 손을 얹고 허리를 구부리더니 타이르듯이 조용히 말했다.

"이런 시간에 밖을 돌아다니면 안 돼요."

목소리마저 달빛 같았다.

어쩌면 일본인이 아닐지도 모른다.

일본어 발음은 정확했지만 피부는 달빛 아래 창백하게 빛을 발하는 것 같았고, 눈 색깔도 신비로워 보였다.

"그게…… 창문에서, 보여서, 그 사람이."

계단을 뛰어 내려온 탓인지, 갑작스러운 일에 놀란 탓인지, 지척에서 본 그녀가 쌍안경으로 보았을 때보다 훨씬 예쁜 탓인지, 심장이 귀에서 튀어나올 것처럼 쿵쿵거리고 입안이 바싹 말라 말이 잘 안 나왔다.

그녀는 도노가 잠옷 차림인 걸 보고 천천히 눈을 깜박였다.

"나를 구해주려고 한 거예요?"

맨발로 꺾어 신은 운동화로 시선을 옮겼다가 다시 도노의 얼굴을 보았다.

그리고 미소 지었다.

"고마워요."

가녀린 어깨에서 흘러내린 머리카락에 빛무리가 졌다.

심장을 꽉 붙잡힌 것 같아서 아무 대답도 할 수 없었다.

"나는 괜찮으니까 집에 돌아가서 쉬어요. 당신도, 당신 가족과 친구도 이제 무사해요."

그녀는 상냥하게 말하고는 몸을 일으켜 돌아섰다.

그리고 남자가 연행된 방향으로 걸음을 옮기기 시작했다.

미소에 반해 굳어버렸던 도노는 퍼뜩 몸을 돌렸다.

멀어지는 뒷모습에 말을 걸려다가 망설였다. 뭐라고 하면 좋을까.

뭘 물어본들 가르쳐줄 것 같지 않다. 무슨 말을 해도 그녀는 떠나갈 것이다.

하지만 지금 뭔가 말하지 않으면 두 번 다시 그녀에게 아무것도 전할 수 없다.

처음 만난 그녀에게 뭘 전하고 싶은지도 모르는 채, 뭔가 말해야 한다는 마음만 앞섰다. 결국 입에서 나온 것은 단 한마디였다.

"또 만날 수 있을까요?"

그녀는 놀란 표정으로 돌아보았다.

그리고 눈썹을 살짝 내리며 약간 서글프게 말했다.

"만나지 않을 수 있다면 그게 낫겠죠."

지나쓰가 헤어스타일만 다르다고 했으므로 지금까지 그려서 모아둔 그림들을 보여주며 확인하자 지나쓰는 도노가 오늘 샤프펜슬로 슥슥 그린 그림을 가리키며 머리는 이게 제일 비슷하다고 말했다.

머리끝에 컬을 넣고 전체적으로 부드럽게 웨이브를 준 스타일이다.

"몸매도 얼굴도 예쁘고 근사한 여자라는 느낌이었어요. 기장이 짧은 트렌치코트를 입었고요."

경찰관이 용의자의 몽타주를 만들 때처럼, 도노는 지나쓰의 이야기를 들으며 '그녀'의 현재 모습을 그려나갔다.

도노는 첫사랑인 그녀와 9년 전에 만났다.

당시 그녀가 몇 살이었는지 모르지만 아마 지금은 20대 후반이리라. 도노가 그렇게 말하자 지나쓰는 약간 주춤했다.

"그 사람은 20대 초반으로 보였어요. 하지만 그만큼 예쁜 사람이라면 피부 관리에도 힘을 쓸 테니까, 앳되어 보인 건지도…… 정말 얼핏 봤거든요. 20대 후반이라고 하면, 뭐 그럴 수도 있겠죠."

"뭐, 어린아이 눈에는 중학생도 어른으로 보이니까."

사쿠가 옆에서 거들었다. 듣고 보니 도노가 기억하기로는 고등학생 정도였지만 실제로는 좀 더 어렸을 가능성도 있다.

하지만 그렇다면, 그렇게 어린 여자애가 한밤중에 뭘 하고 있던 건지 더더욱 의문스럽다.

그녀는 잠든 척하여 그 남자를 방심시켰고, 남자가 덮치려고 다가오자 오히려 수갑을 채워 경찰에 인계한 것처럼 보였다. 이른바 함정 수사다.

목격한 내용을 그대로 받아들이자면 그녀도 경찰 관계자겠지만, 아무리 그래도 너무 어리다. 그렇다고 일본 경찰이 민간인을 미끼로 삼아 수사를 벌일 리도 만무하다.

그리고 그녀가 수갑을 채운 그 남자는 대체 누구였을까. 그것도 수수께끼다.

'그러고 보니 지나쓰가 가입했을 무렵에도 이 이야기를

했던가……'

　같은 정보를 접해도 해석은 제각각이기 마련이다.

　뭐든지 좋으니 첫사랑에 관한 실마리를 얻고 싶었으므로 무시하지 않고 이야기를 들어준 사람에게는 자신이 본 것이 무엇이었을지 의견을 물어본다.

　"그 남자는 흡혈귀고, 그 여자는 흡혈귀를 잡는 헌터였던 거예요."

　지금도 기억난다. 도노가 처음으로 그 이야기를 들려주었을 때, 지나쓰는 아주 진지한 표정으로 그렇게 대답했다.

　지나쓰가 오컬트 연구부에 가입하여 환영회를 열었을 때다.

　"재미있는 의견이네." 하고 사쿠가 받아쳤고 아야메도 "그럴듯해." 하고 진심인지 농담인지 모를 말투로 동조했지만, 도노는 농담으로 여기고 웃었다.

　하지만 적어도 지나쓰는 진심이었다. 그 증거로 지나쓰는 이틀 후에 당시 시내에서 젊은 여자가 밤길에 습격당하는 사건이 빈발했으며 도노가 수수께끼의 소녀와 만난 직후에 피의자가 체포됐다는 보도가 나왔다는 내용의 보고서를 써서 당시 신문과 잡지 기사 등의 자료와 함께 동아리방에 들고 왔다.

　지나쓰가 겉모습만 봐서는 상상도 하지 못할 만큼 행동

파임을 도노는 그때 알았다.

피해자들은 모두 뒤에서 기습당했고 목을 물렸다는 사람도 있었다. 그리고 하나같이 심한 빈혈증상을 호소했다.

죽은 사람은 없었지만, 피해자들의 기억이 모호하여 무슨 약물을 사용한 것이 아니겠느냐고 당시 보도되었다고 한다.

"흡혈귀 사건이라고 불리며 제법 화제가 됐던 모양이에요. 하지만 가을쯤에 범인이 체포되어 수습됐다고 적혀 있었어요. 후속 보도는 거의 없었고요."

"그럼 그냥 변태였던 게……."

"정부가 은폐한 거예요, 흡혈귀의 존재를! 그렇게 해괴한 사건이 텔레비전에 제대로 나오지도 않고 묻히다니 이상하잖아요. 분명 언론통제를 한 거라고요."

그때 술집에서 나눈 이야기를 지나쓰도 기억하리라. 지나쓰는 도노의 스케치북을 들고 여러 각도에서 살펴보며 "응, 똑같아요.", "이거예요." 하고 흥분한 기색으로 되풀이해 말했다.

"제가 본 사람이 도노 선배의 첫사랑인 흡혈귀 헌터라면, 또다시 이 동네에 나타난 데는 이유가 있겠죠. 실은 체포되지 않은 9년 전 사건의 진범이 다시 범행을 저질렀다거나? 아니면 봉인이 풀렸다거나, 붙잡았지만 달아났다거나?"

"지나쓰, 언제 어디서 그 사람을 봤어?"

들뜬 마음을 억누르며 물었다.

그녀의 정체보다 중요한 건 그거다.

예를 들어, 역이나 편의점이었다면 방범카메라에 영상이 남아 있을 수도 있다. 가게 안이라면 점원에게 정보를 얻을 수 있을지도 모른다. 어느 쪽으로 갔는지 알면 그녀의 집이나 현재 머무르는 곳의 범위가 한정된다.

"음…… 어제요. 아, 오늘이라고 해야 하나…… 날짜가 바뀐 직후였거든요. 편의점에 다녀오는 길에 스쳐 지나갔어요. 어디서 본 얼굴이다 싶었는데 그때는 기억이 안 나더라고요. 워낙 미인이라 연예인인가 하고……."

"어딘데?"

"저희 집 근처…… 저희 집하고 편의점 사이요. 그, 괜찮으면 오늘 안내할게요."

"응, 고마워."

사쿠가 너무 다그치지 말라고 귓가에 속삭였다. 진정하라는 의미다.

나름대로 자제했지만 지나쓰 입장에서는 떨떠름했을지도 모르겠다. 급히 웃음을 지으며 고맙다고 인사하자 지나쓰는 안도한 듯 고개를 끄덕였다.

지나쓰는 남자를 좀 싫어한다고 할까, 남성을 불신하는

구석이 있다. 사쿠와 도노는 괜찮은 모양이고 오히려 선배로서 흠모하는 것 같지만, 그건 두 사람이 지나쓰를 이성으로 대하지 않기 때문이리라. 도노는 첫사랑 말고는 흥미가 없고 사쿠는 지나쓰처럼 이성에게 인기가 많지만 두루두루 잘 대처하며 초연한 이미지를 지키고 있다.

지나쓰를 향한 감정은 아니었지만 신사적이지 못하게 너무 안달하는 꼴을 보였다고 반성했다. 지금부터 이래서야 첫사랑을 직접 만나면 어떨지 걱정이다.

"말이 나온 김에 당장 다녀오는 게 어때?"

지금까지 잠자코 붓을 놀리던 아야메가 유유히 말했다.

"모모세네 집은 미타카에 있잖아. 마침 잘됐네. 셋이 가서 다케우치를 좀 보고 와."

"다케우치?"

갑자기 등장한 이름에 도노는 고개를 갸웃했다.

누구였더라.

"다케우치는 왜요? 무슨 일 있어요?"

지나쓰의 말을 듣자 어렴풋이 생각났다.

그러고 보니 그런 이름의 부원이 있었던 것 같다. 지나쓰에게 권유를 받아 가입 신청서를 썼지만, 결국 동아리방에 얼굴을 거의 내비치지 않고 유령부원이 된 수많은 1학년 중 한 명이 아니었던가?

원래부터 은둔형 외톨이 기질이 있었는데, 더 악화된 모양이라고 아야메가 붓질을 하며 말을 이었다.

"이번 달 들어 집에서 한 발짝도 안 나갔대. 그 전까지는 밤에 편의점 정도는 다녀왔던 모양인데 말이야."

"부장님, 걔랑 친하세요?"

"부원명부에 연락처가 적혀 있어. 휴대전화에 연락해도 안 받기에 집으로 전화했지. 축제 전에 학교 측에 활동 내용을 보고해야 하잖아. 축제 전시장에도 두세 명 더 있어야 볼품이 날 테고. 다케우치는 있는지 없는지도 모르게 조용한 녀석이지만 오컬트에는 비교적 흥미가 있는 것 같았으니까 가끔은 얼굴 좀 내밀라고 연락했더니……."

본인이 아니라 어머니가 전화를 받아서 사정을 이야기해주었다고 한다. 방에 틀어박힌 아들 때문에 남에게 속내를 털어놓고 싶었는지도 모르겠다.

학교 축제를 앞두고 '머릿수 채울 부원'을 준비해두고 싶은 마음은 이해가 간다. 방에 틀어박힌 유령부원까지 굳이 불러낼 필요 있겠느냐는 생각도 들지만, 분명 유령부원들 중에서 제일 무해하고 오컬트에도 조금은 흥미가 있는 듯해서 다케우치를 선택한 것이리라.

상대가 남학생이라면 지나쓰가 가는 게 효과적이겠지만, 혼자 보낼 수는 없고 경호원 한 명으로는 마음이 놓이지 않으니 셋이서 다녀오라는 의미인 듯했다.

부장은 안 가느냐는 말은 아무도 꺼내지 않는다. 아야메
는 밖에 거의 나가지 않는다.

대개 동아리방에서 그림을 그리거나 책을 읽는다. 일본
어로 된 책이 아닐 때도 있다. 언제 강의를 들으러 가는지
도 잘 모른다. 대학을 다닌 지 4년이 넘은 모양이지만 정확
하게 몇 학년인지 확인해본 적은 없다.

"느닷없이 집을 찾아가면 민폐 아닐까요?"

"한번 보러 가고 싶다고 하니까 언제든지 오라고 하셨
어. 어머님도 마음고생이 심하신 것 같더라."

준비성도 좋다.

이야기하면서 아야메는 그림을 전체적으로 확인하듯 몸
을 뒤로 조금 물렸다. 검은색 고무줄로 대충 묶은 생머리
가 어깨에 몇 가닥 걸렸다. 아야메가 성가시다는 듯이 머
리카락을 뒤로 넘기자 붓이 어깨를 스쳐 흰 가운에 진녹색
얼룩이 생겼다.

"시체가 발견된 2번가의 공원도 걸어서 갈 만한 거리잖
아. 늑대인간의 소행일지도 모르겠다면서? 축제 때 발표는
못 하겠지만 마음에 걸리면 내친김에 보고 와."

지나쓰는 다케우치를 보러 가는 건 그다지 내키지 않는
듯했지만, 아야메의 그 말에 고개를 끄덕였다. 공원에서

발생한 살인사건에 역시 홍미가 있는 모양이었다.

당연히 도노에게 이의는 없다. 조금이라도 빨리 첫사랑에 관한 정보를 얻고 싶다.

오늘은 참 바쁘다고 웃으면서 사쿠는 가방을 집어 들었다.

다케우치네 집은 지나쓰의 집과 같은 주택가에 있었다.

지나쓰와 다케우치는 둘 다 현재 다니는 대학교의 부속 고등학교 출신으로, 1학년 때는 같은 반이었다고 한다.

딱히 친했던 사이는 아니라 반이 바뀌고 나서는 데면데면해졌지만, 아야메가 지나쓰에게 동아리방 사용권 확보를 위해 부원을 모으라고 명령 내린 직후에 우연히 캠퍼스에서 마주쳐 가입을 권유했다고 한다.

고등학생 때 다케우치가 교실에서 호러소설을 읽는 걸 봤기 때문이라고 지나쓰는 가입을 권유한 이유를 설명했지만, 성격이 얌전하고 지나쓰가 말을 걸어도 설레발을 치며 치근거릴 타입이 아니기 때문이라는 이유가 더 클 것이다.

지나쓰가 도노의 첫사랑과 흡사한 여자를 봤다는 길도 다케우치네 집 근처, 거의 집 앞이었다.

"여기요. 이쯤에서 담을 보고 서 있었어요."

"아무것도 없는 이런 곳에서? 뭘 한 걸까. 사람이라도 기다렸나?"

"아, 다른 사람이랑 같이 있었어요. 어…… 그쪽은 제대로 못 봤지만 고등학생쯤 된 여자애? 똑같은 코트를 입고 뭔가 이야기를 하고 있더라고요."

이쪽으로 가면 편의점이 나온다며 지나쓰가 길 저편을 가리켰다.

"그 시간이라면 버스도 끊겼을 테니 걸어서 갈 만한 곳은 편의점 정도인데. 편의점에 가는 길이었다면 왜 여기서 있었을까…… 음, 아는 사람과 마주쳐서 이야기를 나눴다든가?"

"그럼 요 근처에 사는 사람이겠죠? 즉, 도노 선배의 첫사랑이 제 이웃에 산다는 뜻인가요? 등잔 밑이 어두웠네요."

"아니면 이 부근에 사는 사람에게 볼일이 있어서 왔다든가."

사쿠와 지나쓰의 이야기를 들으며 도노는 생각을 정리했다.

주택가 한가운데. 상업시설도 역도 근처에는 없다. 주택가에 숨겨진 맛집 같은 게 있더라도 그 시간이라면 영업은 이미 끝났다. 두 사람 말마따나 심야에 여기 있었다면

44

이 부근에 살든지, 근처 가정집에 볼일이 있었다고 보는 게 자연스럽다. 이 부근을 집집이 돌아다니며 물어보면 뭔가 단서가 나올지도 모른다. 그녀가 혹시 편의점에 들렀다면 방범카메라에 영상이 남아 있겠지만 큰 기대는 금물이다. 불법적인 수단을 사용해서까지 영상을 입수해야 할 가치가 있을까 망설여졌다.

'택시 회사에 연락해서 어제 여자 두 명을 이 부근에 내려주지 않았느냐고 물어본다든가…… 하지만 꼭 택시를 탔다는 보장도 없고.'

그녀를 찾기 위해 수단과 방법을 가리지 않겠다는 생각에 거부감은 없었다. 돈을 들일 결심도, 법을 어길 각오도 되어 있었다. 하지만 그녀를 찾았을 때 자신이 수단과 방법을 가리지 않았다는 사실이 문제가 되면 곤란하다. 경계를 당하거나 경멸을 받으면 도로 아미타불이 되어버린다.

9년 전 상황을 고려하건대, 그녀는 경찰 관계자나 적어도 수사에 협력하는 입장이었을 것이다. 그렇다면 재회했을 때 인상이 나빠지지 않도록 더욱 신중하게 움직여야 한다.

"도노? 아까부터 어째 조용하다? 좀 더 신이 나서 운명론을 줄줄 늘어놓을 줄 알았는데 의외로 냉정하네."

"본인을 만났을 때 집적댄다는 인상을 주기 싫어서 그래. 얼굴을 마주했을 때 예의 바르게 행동할 수 있도록 침

착함을 유지해야지. 그리고 언젠가 이런 날이 올 줄은 알았어. 그녀와 내가 운명으로 이어져 있다면 반드시 다시 만날 테니까."

"우와."

손발이 오그라들고 있어, 하고 사쿠는 쓴웃음을 지었다.

"뭐, 9년을 기다려온 첫사랑이 결실을 맺을 기회가 왔으니 오그라들어도 좀 참아야겠지."

바로 미소를 지으며 말을 잇는다.

"친구로서 협력하겠어. 필요한 게 있으면 뭐든지 말해. 최대한 힘써볼게."

"기대할게."

분명 안면을 튼 후에 소개팅을 주선한다든가, 둘만 남을 기회를 만들어준다든가 그런 취지에서 협력하겠다는 뜻이겠지만, 사쿠는 인맥이 넓어 정보통이므로 정보수집 측면에서도 든든하다.

지나쓰는 대화를 나누는 두 선배를 생글생글 웃으며 바라보았다.

"운명의 첫사랑 찾기는 조만간 다시 작전을 세우기로 하고……."

사쿠가 주변을 둘러보며 말했다.

"사건이 일어났다는 공원도 요 근처지?"

"가깝지만 다케우치네 집을 사이에 두고 반대쪽이에요. 일단 다케우치부터 보러 가는 편이……."

"그러게, 너무 늦으면 실례일 테니."

일단 아야메가 시킨 심부름을 마칠 필요가 있다.

고작 몇 미터를 걸어 '다케우치'라는 문패가 걸린 이층집 앞으로 이동했다.

아직 해가 질 시간은 아니지만 하늘이 찌뿌둥하니 흐려서 주변은 이미 어둑하다.

길에 면한 2층 방의 창문에는 커튼이 쳐져 있었다. 저기가 다케우치의 방이리라고 직감했다.

'저 방에서는 삼거리가 내려다보이겠군.'

다케우치가 지금 커튼을 걷고 밖을 내다보면 여기 서 있는 도노 일행도 눈에 들어올 것이다.

어젯밤 그녀가 여기에 있었다면, 그것도 볼 수 있었으리라. 9년 전 그날, 도노가 그녀를 보았을 때처럼.

하지만 쳐진 커튼에는 한 치의 빈틈도 없었다.

인터폰을 누르자 다케우치 어머니가 나와 기쁘게 맞아 주었다.

갑작스러운 방문이었지만 놀라는 기색도 없었다. 아무래도 오늘 방문한다고 아야메가 연락해둔 모양이다.

어머니가 도노 일행을 거실로 안내해 홍차를 대접했지만 정작 다케우치 본인은 방문을 잠근 채 나오지 않았다. 당장 불러오겠다며 2층으로 올라간 어머니가 친구랑 선배가 왔다고 기운차게 부르는 목소리가 들렸지만, 몇 분 후에 면목 없다는 표정으로 혼자 계단을 내려왔다.

"일부러 시간을 내서 와줬는데 미안하구나."

어머니는 거실 테이블에서 홍차를 마시던 세 사람에게 사과를 한 후, 구석 자리에 살며시 앉아 한숨을 쉬었다.

"화장실에 갈 때가 아니면 거의 안 나와. 목욕도 밤에 우리가 잠들고 나서 샤워로 때우는 모양이고……. 얼마 전까지는 밤이면 밖에 나가기도 했는데, 지금은 그것도 전혀."

원래 내향적인 아이이기는 했지만, 하고 오른손을 뺨에 댄 채 난감한 표정으로 말했다. 실제로 걱정도 되고 곤혹스럽기도 하겠지만 태도에서 비통함은 느껴지지 않았다. 은둔형 외톨이라고는 하나 몇 년이나 지속된 것도 아니고 폭력도 휘두르지 않으므로 그다지 심각하게 여기지 않는 것이리라. 너글너글한 인상의 어머니는 사쿠가 홍차를 다 마시자 한 잔 더 들라고 권했다. 사쿠는 싹싹하게 감사를 표하고 잔을 내밀었다.

"다케우치가 밤에는 밖에 나갔나요?"

"응, 일주일쯤 전까지는. 산책을 다니거나 근처 편의점에 가는 정도였지만…… 완전히 틀어박히는 것보다는 낫겠다 싶어서 암말도 안 했어. 내가 말을 걸면 싫어하니까."

그런데 최근에는 전혀 외출하지 않는다면 완만하지만 사태는 악화되고 있다고 할 수 있다. 그런데 왜 그렇게 됐을까. 밤에만 방에서 나오는 아들을 배려해 가족이 말도 걸지 않았다면 간섭받기가 싫어서 외출을 그만둔 건 아니리라.

학교도 쉬면서 밤에 편의점 정도밖에 가지 않았다면 외부적인 스트레스는 많지 않을 듯한데, 혹시 밤에 편의점에 갔다가 시비라도 붙은 걸까.

계기를 알면 대처할 방도도 고민해볼 수 있다. 하지만 딱히 계기라고 할 만한 게 없을지도 모른다.

이런 일은 본인이 아니고서는 이해하지 못할 부분도 있으리라.

끌어내는 것이 본인에게 도움이 될지 말지도 불분명하다. 방에 틀어박힌 사람을 설득하려 애쓰느니 축제 때만 사쿠가 적당한 여학생을 불러오는 편이 낫지 않겠느냐는 야박한 생각을 하면서 도노는 홍차를 다 마셨다.

"2층에 올라가봐도 될까요? 문 너머로나마 대답을 줄지도 모르니까 한번 이야기를 해보고 싶은데요."

모두가 잔을 비웠을 때쯤을 노려 사쿠가 제안했다.

"응, 물론이지. 아마 나오지는 않겠지만……."

다케우치 어머니는 두말없이 세 사람을 2층 다케우치의 방으로 안내했다.

문 앞까지 데려가서 아들에게 한마디 말을 건 후 천천히 이야기 나누라는 듯 세 사람에게 눈짓을 해 보이고는 물러갔다. 하지만 1층까지 내려가지는 않고 계단 중간에서 걱정스럽게 지켜보았다.

보아하니 2층에는 다케우치의 방과 가림막이 입구 노릇을 하는 다다미방밖에 없었다. 역시 집 앞에서 본 앞길에 면한 창문은 다케우치의 방 창문인 듯했다.

"다케우치? 나, 쓰지미야 사쿠야. 괜찮아? 동아리방은 물론이고 학교에도 안 나온다고 부장이 걱정해."

사쿠가 문을 두드리고 말을 붙였다.

"지금 다 함께 축제 때 발표할 주제를 고민하는 중이야. 네 의견도 들려주면 고맙겠어. 그리고 축제 당일에 얼굴만이라도 비치지 않을래? 11월 12일이랑 13일인데, 어때?"

아무런 대답이 없었다. 하지만 방에 누가 있는 기척은 느껴졌다.

지나쓰가 가방에서 각 동아리에 배부된 축제 기획서 복사본을 꺼내 사쿠에게 건넸다.

사쿠가 그걸 문틈으로 방에 밀어 넣었다.

"느닷없이 찾아와서 미안해. 언제든지 좋으니까 마음 내키면 동아리방에 와. 괜찮으면 이것도 훑어보고."

역시 대답은 없었다.

아무 말 없이 사쿠와 시선을 교환했다. 오늘은 포기하고 돌아가자는 표정이다.

계단에 서 있던 다케우치 어머니가 미안하다며 고개를 숙이자 저희야말로 갑작스레 몰려와서 죄송하다며 사쿠가 손사래를 쳤다.

일단 다케우치 어머니가, 다음으로 계단 가까이에 있던 지나쓰가, 뒤이어 사쿠가 차례대로 계단을 내려갔다.

마지막에 남은 도노는 걸음을 멈추고 다케우치의 방을 돌아보았다.

"……다케우치. 나, 하나무라인데."

문에 살짝 다가가 나지막이 물었다.

"어젯밤 자정쯤에 말이야…… 창문으로 밖을 내다보지 않았어?"

퍼뜩 떠오른 생각이었다.

역시 대답은 없었지만 문에 귀를 대자 안에서 옷이 버스럭거리는 소리가 났다.

"이 여자 본 적 없어?"

강의 시간에 다이어리에 그린 그림을 클리어파일에서

꺼내 문 밑으로 밀어 넣었다. 옷차림은 다르지만 얼굴은 똑 닮았다고 지나쓰가 단언한 그림이다.

밤에 2층에서 내려다보았던들 얼굴까지 똑똑히 확인했을지는 미지수다. 애당초 다케우치가 그날 밤 마침맞게 커튼을 젖혔기를 기대하는 게 잘못이다. 하지만 눈곱만 한 가능성이라도 그냥 넘어가는 것보단 한번 알아보는 편이 낫다.

그리고 도노는 운명을 믿는다.

가장자리만 복도에 나와 있던 다이어리 속지가 방으로 쑥 들어갔다. 다케우치가 집었다는 뜻이다.

하지만 더는 반응이 없었다.

"도노?"

계단 아래에서 사쿠가 부르는 소리가 들렸다. 지금 가겠다고 대답하고 발을 떼어놓았다.

"또 올게."

돌아보고 다시 말을 붙였지만 마지막까지 대답은 없었다.

끔찍하게 살해된 시체가 발견됐다는 공원은 다케우치의

집을 사이에 두고 편의점과 반대 방향에 있었다.

사건이 발생한 지 한 달 넘게 지났지만 현장인 공원 입구에는 아직 노란색 출입금지 테이프가 붙어 있었다.

공원은 관목으로 빙 둘러싸여 있지만, 치안 때문인지 어른 허리 높이 정도라 도로에서도 공원이 훤히 들여다보였다. 상당히 넓은 공원에는 벤치, 그네, 철봉, 작은 산 모양의 콘크리트 미끄럼틀도 있었다.

범인이 붙잡히지 않았으니 그렇겠지만, 이렇게 오래 출입을 금지하면 근처 주민들이 불편하리라. 아니, 출입금지가 풀려도 살인사건이 발생한 공원에 아이들을 놀러 보낼 마음은 안 들려나.

"죄송해요. 제 취미 때문에 시간을 뺏어서……. 도노 선배도 늑대인간 찾기보다는 첫사랑 찾기가 중요할 텐데요."

지나쓰가 미안한 표정으로 말했다.

아니라고 웃으며 고개를 저었다.

분명 엽기 살인에는 그다지 흥미가 없었지만 지나쓰와 사쿠도 도노의 첫사랑 찾기를 도와주고 있으니까 피차일반이다.

"이렇게 그녀가 있던 곳 근처를 돌아다니다 실마리를 잡을 수 있을지도 모르고, 나랑 그녀가 인연의 붉은 실로 이어져 있다면 분명 운명적인 만남을 이루겠지. 그러니까 너무 속 태우지 않고 마음을 차분히 먹으려고. 물론 기회를 잡을 노력은 아끼지 않겠지만."

"과연 도노 선배, 대단해요!"

"둘 다 진심인 걸 아니까 장난 삼아 핀잔을 주기도 애매하네."

사쿠는 도노와 지나쓰의 대화에 끼지 않고 웃는 얼굴로 한마디 툭 내던진 후 노란색 테이프로 다가갔다. 간단히 넘어가거나 밑으로 빠져나갈 수 있을 법한 테이프를 한 손으로 살짝 들어 올렸다.

"그나저나 어떻게 할래? 안에 들어가볼까? 여기서는 아무것도 안 보이잖아."

"으, 궁금하기는 하지만…… 축제 발표 주제도 아니니까 그럴 것까지는……."

지나쓰는 호기심과 노란색 테이프 사이에서 갈등하는 듯했다.

입구에서는 핏자국 등 사건을 연상시키는 요소가 하나도 보이지 않는다. 현장을 보존할 필요가 있다면 경찰관도 없이 테이프만 붙여놓고 방치하지는 않을 것이다.

"지나쓰, 사건이 발생하기 전에 이 공원에 온 적 있어? 집 근처니까."

"아, 네. 그냥 지름길 삼아 지나다닌 정도지만……."

"안이 잘 보이는 곳은 없을까. 공원에는 보통 출입구가 여러 군데잖아."

"앗, 그렇지. 이쪽에도 출입구가 있어요. 이쪽에서는 뭔가 보일지도 모르겠네요. 시신이 공원 어디서 발견됐는지는 모르지만……."

사쿠의 질문을 받고 생각났다는 듯 지나쓰는 걸음을 옮겼다. 도노와 사쿠도 지나쓰를 따라 공원 서쪽으로 이동했다.

그쪽 출입구에도 노란색 테이프를 붙여놓았지만 각도가 바뀌면 보이는 것도 달라진다. 공원 안쪽에 파란색 시트로 막아놓은 공간이 있었다. 커다란 콘크리트 미끄럼틀에 가려서 시트의 일부밖에 보이지 않았지만 저기서 시신이 발견된 것이리라.

그리고 그 앞에 누가 서 있었다. 등을 돌린 모습이다.

출입금지 테이프가 붙은 공원에 들어갔으니 경찰 관계자일까. 하지만 몸집이 아담하니 아무래도 10대 소녀 같았다. 우리 같은 구경꾼일까.

그녀가 몸을 살짝 틀자 안경을 낀 옆얼굴이 보였다.

가슴이 덜컥 내려앉았다.

'저 사람은.'

그녀는 반대 방향으로 걸어가려고 했다.

가버린다는 생각이 든 순간, 저도 모르게 노란색 테이프

밑을 통과했다.

"어, 도노!"

"도노 선배?"

사쿠와 지나쓰의 당혹스러운 목소리도 무시하고 출입이 금지된 공원으로 들어갔다.

9년 전과 똑같았다. 망설이면 늦는다. 다짜고짜 달렸다.

예의고 뭐고 따질 심정이 아니었다. 그녀가 멈추지 않으면 팔을 붙잡았을지도 모른다.

하지만 그녀는 도노가 말을 걸기 전에 돌아보았다.

어깨에 못 미치는 머리카락이 흔들렸다. 지척에서 눈이 마주쳤다.

"……당신은."

도노를 보고 그렇게 말한 목소리도.

그때와 똑같다. 기억난다.

머리는 짧아졌고 검은 테 안경을 꼈지만 틀림없이 기억 속 '그녀'다.

"도노! 갑자기 뭐야, 엇."

급한 발소리가 바로 뒤에서 멈췄다.

한눈에 사정을 파악한 듯 사쿠가 한 박자 틈을 두고 그녀에게 웃음을 지었다.

"느닷없이 미안해. 너, 혹시 언니는 없니? 너랑 아주 닮

56

은 사람을 알거든.”

사쿠는 도노가 그린 그림을 수도 없이 보았고, 이야기도 되풀이해 들었다. 그녀의 얼굴을 보고 도노와 다름없이 놀랐을 텐데도 전혀 그런 티를 내지 않고 완벽한 미소를 유지했다.

“네……”

그녀는 모호하게 부정하고 도노와 사쿠를 번갈아 보았다. 눈에 당황스러운 빛이 역력했다.

모르는 남자들이 갑자기 말을 걸었으니 당연히 수상쩍겠지만, 그런 것치고는 차분하다.

어째서인지 그녀도 도망치거나 하지 않고 이쪽을 빤히 쳐다보았다.

“사쿠 선배, 도노 선배! 아이 참, 출입금지라고…… 아.”

“아카리? 무슨 일이야?”

달려온 지나쓰가 멈춰 선 것과 거의 동시에 눈앞의 그녀와 아주 닮은 여자가 나타나서 말을 걸었다. 둘러쳐진 시트에 가려서 보이지 않았지만, 그녀 앞쪽에서 걷고 있었던 모양이다.

그녀가 아오이, 하고 여자를 불렀다.

아카리와 아오이. 그게 두 사람의 이름인 듯했다. 그렇게는 보이지 않지만 일본인인 모양이었다.

한눈에 자매임을 알아보았다.

고등학생으로 보이는 단발머리 소녀는 기억 속 그녀와, 긴 머리 여성은 도노가 그린 상상화와 판박이였다. 지나쓰가 어젯밤에 봤다는 사람은 긴 머리 여성, 아오이일 것이다.

"이 사람들에게서……."

아카리가 아오이에게 뭐라고 작게 속삭였다.

바싹 붙어 서서 밀담을 나누는 미녀와 미소녀. 그림으로 남기고 싶을 만한 구도였지만, 둘 사이에서는 "범인 프로파일에 안 맞아.", "그냥 기운의 잔재잖아."같이 어쩐지 비일상적인 말이 새어 나왔다.

9년 전 일과 아울러 생각하자 두 사람이 여기 있었던 목적이 어쩐지 상상이 갔다.

재회했다고 마냥 들뜰 때가 아니다. 이번 기회를 놓치면 언제 다시 만날 수 있을지 모른다. 간신히 찾아낸 운명의 실을 붙잡을 방법을 죽어라 궁리했다.

연락처를 물어본들 가르쳐주지 않으리라. 이렇게 얼굴을 마주친 이상, 미행해서 집이나 현재 머무르는 곳을 알아내는 것도 무리수다. 일단 경계심을 품으면 인상을 호감으로 바꾸기가 아주 어렵다. 지금은 밀지 말고 당겨야 할 때다.

"저어, 저는 수상한 사람이 아니에요."

명함이 있으면 좋을 테지만 그런 건 없으므로 학생증을 꺼내서 건넸다. 얼굴 사진이 있으므로 신분이 증명된다.

"하나무라 도노라고 합니다. 무사시노 시내에…… 여기서 전철로 두 정거장 떨어진 곳에 있는 카사 스즈미야에 살아요. 이 동네에서 발생한 사건에 대해 하고 싶은 얘기가 있어요."

학생증을 받아 든 아오이의 표정이 바뀌었다.

"아는 거라도 있어?"

"수사와 관련 있는 정보인지는 저도 모르겠지만요."

반으로 찢은 다이어리 속지에 휴대전화 번호를 적어서 내밀었다.

"도움이 될지도 모르니까 연락 주세요."

아오이가 받아 들었다. 됐다. 바로 등을 돌렸다.

"아, 이거."

"신원을 확인해보세요. 수상한 사람이 아니라는 게 밝혀지고 나서 연락 줘도 상관없어요."

실은 지금 당장에라도 그 손을 잡고 9년 전부터 좋아해왔다고 고백하고 싶지만, 그런 짓을 했다가는 오늘부로 인연이 뚝 끊어진다.

이날이 오기만을 손꼽아 기다렸다.

이 동네에서 다시 만날 가능성에 희망을 걸고, 어머니의 전근으로 부모님이 이사한 뒤에도 혼자 그 집에 살며, 집에서 통학이 가능한 중학교, 고등학교, 대학교에 진학했다. 전부 이날을 위해서였다.

인내가 드디어 결실을 맺었다.

아오이의 손에 학생증을 남겨둔 채 등에 두 여자의 시선을 느끼며 강철 같은 의지로 애써 미련을 떨치고 걸음을 옮겨 공원을 나섰다.

사쿠가 미심쩍다는 표정으로 따라왔다.

지나쓰도 두 여자를 힐끔힐끔 돌아보며 종종걸음으로 쫓아왔다.

"선배, 겨우 만났는데 이 정도로 괜찮겠어요?"

"응."

"하지만⋯⋯."

목소리가 들리지 않을 만큼 거리가 벌어지자 옆에 있던 사쿠가 입을 열었다.

"당겨보는 작전이구나?"

과연 이쪽은 눈치가 빠르다.

"이성으로 본능을 억누른 결과지. 칭찬받을 만해."

공원에서 성큼성큼 멀어지며 대답했다. 여기서 뒤돌아보면 지는 거다. 속도를 늦추면 돌아가고 싶어지리라.

"도노 선배, 굉장해요! 훌륭해요!"

도노는 9년 내내 마음을 간직해왔지만 상대에게 도노는 낯선 사람이다. 느닷없이 거리를 좁히려고 하면 철벽이 생길 따름이다.

경계심을 일으키지 않고 다가가려면 일단 접점을 만들 것. 그러기 위해 상대가 이쪽에 접촉할 이유를 준비할 것. 이쪽에서 무리하게 움직이지 말고 어디까지나 상대가 선택하는 형태를 취할 것.

전부 계산한 행동이지만 지나쓰 눈에는 일방적으로 호감을 표시하지 않고 그저 협력을 제시한 후 깨끗하게 물러서는 신사적인 행동으로 비친 모양이다.

순진하게 방금 전 행동을 칭찬하는 지나쓰에게 "나는 신사니까." 하고 당연하다는 표정으로 답하며 도노는 앞일을 생각했다.

이로써 접점은 생겼다. 지금은 그걸로 됐다.

그녀는 역시 자신을 기억하지 못하는 것 같았지만 어쩔 수 없다. 9년 전에 딱 한 번 본 어린애를 어떻게 기억하겠는가. 중요한 건 지금부터다.

앞으로 어떻게 해야 가까워질 것인가. 그리고 헤어지지 않을 것인가.

'아, 그건 그렇고.'

입매가 누그러졌다.

찾았다. 만났다. 믿고 기다린 보람이 있었다.

기억 속 모습처럼 아름다운 그녀가 실제로 나타났다.

아직 아무것도 시작되지 않았다. 하지만 앞으로 어떻게 하면 될지 궁리할 수 있다는 것만으로 행복하다. 노래를 흥얼거리고 싶을 정도다.

"앗, 사쿠. 혹시나 싶어서 말해두는데, 반하면 안 돼. 믿는다."

"어느 쪽한테?"

"어느 쪽이든! 네 연애에 푹 빠지면 날 등한시할 거 아니야. 이쪽에 집중해줘."

"아이고……."

사쿠는 어이없다는 듯 말했지만, 9년 만의 재회니까 이 형님이 참는다며 한숨을 쉬었다.

그리고 입매가 누그러진 도노의 얼굴을 보며 엉큼한 표정이라고 놀렸다.

2장

이번에는 사쿠와 둘이서 다케우치네 집에 가기로 하고 학교 앞에서 버스를 탔다. 이틀 연속 가정방문이다. 이번에는 아야메를 본받아 학교를 나서기 전에 연락했다.

　지나쓰에게도 제안은 해보았지만 미안하다며 거절했다. 고등학교 동창생인 자기가 너무 자주 드나들면 다케우치가 괜한 착각을 하지 않을까 싶어서 그러는 것이리라.

　자의식 과잉이라고 볼 수만은 없다. 사실 다케우치가 가입한 건 지나쓰에게 권유를 받았기 때문이고, 지나쓰에게 권유를 받은 남학생들 대부분이 가입 신청서를 낸 후에 지나쓰에게 접근하려다 실패했다. 별 탈은 생기지 않았지만 그건 사쿠가 달래고 얼러서 뒷수습을 잘했기 때문이다. 지나쓰에게 부원을 모집시키는 게 효과가 있긴 하지만 바람직하지 않다는 걸 지금은 아야메를 비롯한 부원 모두가 알고 있다.

자리는 비어 있었지만 그리 멀지 않으므로 손잡이를 잡고 섰다. 아무도 앉지 않은 노약자석 앞에 선 사쿠가 "그런데……." 하고 입을 열었다.

"그쪽한테 연락은 왔어?"

"아직. 시작이 반이라잖아. 너무 조급하게 굴지 않기로 했어."

"이대로 연락이 오지 않을 가능성은?"

"없을 것 같지만……. 야, 그러니까 괜히 불안해지잖아."

"폼 나게 휙 돌아선 분이 누구시더라."

"초면이나 다름없는 사람인데 무작정 밀어붙이면 뜨악할 거 아니야. 거기서는 그게 최선의 선택이었어!"

"뭐, 초장부터 경계심을 품으면 다음 수를 놓기가 힘들 테니, 처음에는 깔끔하고 담백한 편이 좋으려나."

지나쓰가 도노의 대응에 감동한 건, 지금까지 지나쓰 본인이 첫눈에 반했다는 남자들의 고백에 시달려왔기 때문이리라.

아카리와 아오이도 미인이니까 비슷한 고생을 했을지도 모른다. 호감도를 높이지는 못할지언정 낮추지 않기 위해서는 올바른 선택이었다고 믿는다.

"무슨 목적이 있어서 거기 온 것 같았으니까 헌팅남에게는 관심이 없겠지. 도움을 주겠다고 나서는 편이 그나마 가망이 있다고 판단한 거야. 나도 거기서 느닷없이 고백할 만큼 눈치가 없지는 않아."

어련하시겠어, 하고 사쿠가 쓴웃음을 지었다.

"9년 전에도 함정 수사 같은 걸 했다면서? 그 사람들 경찰 관계자야?"

"그건 모르겠지만 이번에도 그 공원에서 발생한 사건을 조사하는 모양이었어. 그러니 조사가 끝날 때까지는 이 동네에 있든지, 적어도 동네에 드나들지 않을까."

그것도 어제 너무 서두를 것 없다고 판단한 이유 중 하나다.

헤드폰을 낀 승객이 버스에서 내리자 차내에는 도노 일행과 제일 뒷좌석에 앉은 중학생 두 명만 남았다. 중학생들과는 거리가 있으므로 대화가 들릴 걱정은 없었다.

도노는 손잡이를 왼손으로 바꿔 잡고 시선을 정면 창문에 고정한 채 말을 이었다.

"살인사건이 다시 발생하면 또 만날 수 있지 않을까, 얼핏 그런 생각도 들더라."

"으헉. 채소장수 딸 오시치(연인을 다시 만나기 위해 방화를 저질러 화형당한 소녀 - 옮긴이)? 너, 가끔 생각하는 게 좀 무서워."

"내가 살인을 저지르겠다는 게 아니잖아."

이 녀석, 친구라면서 날 뭘로 보는 거야.

매섭게 흘겨보았지만 사쿠는 사과는커녕 사이코패스라는 둥 무섭다는 둥 종알거리며 웃었다.

섭섭했지만 사쿠를 상대로 화를 내봤자 아무 소용없으므로 한숨을 한 번 쉬고 시선을 앞으로 돌렸다.

"사건을 수사하는 사람과 만나려면 범인이 되거나 협력자가 되는 수밖에 없잖아. 협력자가 되겠다는 기특한 마음을 칭찬해주지는 못할망정."

두 사람도 정보는 필요할 것이다. 이쪽이 정보를 가지고 있다는 티를 냈으니 이르든 늦든 연락은 온다.

학생증을 맡긴 것은 보험이다.

"뭐, 도노가 범인이 아니라 협력자가 되는 길을 택해서 친구로서는 기뻐."

사쿠가 어깨를 으쓱하는 것과 동시에 내려야 할 정류장 이름이 안내방송으로 나왔다.

사쿠가 폭이 넓은 디자인의 반지를 낀 집게손가락으로 하차 버튼을 눌렀다.

"그런데 도움이 될지도 모르니 연락 달라는 말은 뭐야?"

"그건 이제부터 어떻게든 해봐야지."

"뻥이었어? 위험을 자초하는구나."

"오해를 살 법도 하지만 거짓말은 아니야."

도노는 이 동네에서 발생한 사건에 대해 하고 싶은 얘기가 있다고 했다. 예를 들면 9년 전에 도노가 그녀와 처음 만났을 때 있었던 일도 '이 동네에서 발생한 사건'이다. 하고 싶은 말이 있는 건 사실이었다.

하지만 실제로 그녀들과 이야기를 나눌 때 도움이 되는 정보를 가지고 있어야 좋은 인상을 줄 것이다. 그러므로 이렇게 다케우치를 보러 간다는 핑계로 사건 현장 부근에서 조금이라도 정보를 모으려는 것이다.

"역시 난 기특해. 이 사랑과 성의가 그녀에게 전해지면 좋을 텐데."

"아, 음, 기특하다는 견해도…… 가능하려나…… 뭐, 일편단심이기는 하네."

사쿠는 이제 이쪽을 보려 들지도 않았다. 말도 건성이었다. 그러고도 친구냐. 다시 흘겨보려고 했지만 마침 버스가 정류장에 정차하여 사쿠는 손잡이를 놓았다.

호주머니에서 지갑을 꺼내 교통카드를 찍고 먼저 발판을 내려가는 뒷모습을 쫓았다.

정류장에서 걸어가며 사쿠가 "그런데……." 하고 이쪽을 보았다.

"자매 중에 누가 운명의 상대야? 9년 전에 만난 건 아오이라는 사람이겠지만, 얼굴은 아카리라는 애가 당시와 똑같잖아. 보고 첫눈에 반한 얼굴이 지금 눈앞에 있다……그렇다면 네가 사랑하는 건 어느 쪽이냐가 문제인데. 난 누구랑 잘되기를 응원해야 해?"

"그야 뻔할 뻔 자지."

구름이 잔뜩 낀 하늘을 올려다보고 우산을 가지고 올걸 그랬다고 생각하며 도노는 대답했다.

"운명의 상대는 한 명뿐이니까."

다케우치 어머니는 오늘도 웃는 얼굴로 맞이해주었다. 차를 내오겠다며 거실로 안내하려는 어머니를 잠깐 들렀을 뿐이라고 만류하고 바로 다케우치의 방이 있는 2층으로 올라갔다.

걱정스러운 표정이었지만 아들의 사생활을 존중하려는지 이번에는 어머니도 따라오지 않았다.

잠긴 문 앞에 서서 가볍게 세 번 노크하고 나서 사쿠가 말을 걸었다.

"다케우치, 나 쓰지미야야. 하나무라도 왔어."

방 안에서 사람이 움직이는 기척이 났다.

다케우치가 안에 있는 건 분명하다.

사쿠는 문에 얼굴을 가까이 대고 말을 이었다.

"근처에 온 김에 잠깐 들렀어. 축제 기획서는 봤어? 혹시 괜찮으면 동아리방에 잠깐 오지 않을래? 당일 전시장에만 와도 되고. 물론 강요하는 건 아니야."

"……왜 저인데요?"

오.

대답을 할 줄은 몰랐으므로 도노와 사쿠는 얼굴을 마주보았다.

사쿠는 다시 문에 얼굴을 가져갔다.

"1학년 부원들이 다들 지나쓰만 노리고 오컬트에는 흥미가 하나도 없거든. 우리도 결국은 졸업할 테니 그 전에 동아리를 이어나갈 후배를 키우고 싶다고 할까. 다케우치는 책을 좋아하고, 오컬트 관련 서적도 자주 읽었다고 지나쓰한테 들었어."

그럴싸한 말을 유창하게 늘어놓았다. 용케도 순식간에 지어낸다 싶어 감탄했다. 그렇다고 전혀 마음에도 없는 소리는 아니니까, 역시 말은 하기 나름이다.

지나쓰에게 누가 되지 않도록 넌지시 견제까지 했다.

"원래부터 수수하게 활동했던 동아리니까 인원수를 확 늘려서 시끌벅적하게 만들 생각은 없지만 이대로 동아리가 사라지는 건 또 싫거든. 축제를 계기로 사람들이 오컬연에 좀 더 흥미를 가지면 좋겠다 싶어서 지금 뭘 어떻게 발표할지 다 함께 고민 중인데, 실제로 발생한 미해결 사건을 갖고 오컬트를 연구하는 시각에서 풀어보자는 의견이 후보에 올랐어."

사쿠가 거기까지 이야기했을 때 문 안쪽에서 찰칵 소리가 나고 문손잡이가 돌아갔다.

사쿠가 문에서 물러나 도노 옆에 섰다.

문이 안쪽으로 살짝 열리고, 다케우치가 문틈으로 얼굴을 내비쳤다.

"죄송해요, 방이 엉망이라 여기서⋯⋯."

"아아, 물론 괜찮아. 문 열어줘서 고마워."

아야메가 시켜서 오기는 했지만 이렇게 금방 만날 수 있을 줄은 몰랐으므로 이쪽도 마음의 준비를 하지 못했다. 도노는 사쿠에게 맡기기로 하고 한 발짝 뒤로 물러나 일단 웃음을 지었다.

그러고 보니 이렇게 생겼던가. 동아리방에 몇 번 왔을 테지만 기억에 거의 없었다.

눈이 동그라니 제법 귀여운 인상이다. 은둔형 외톨이라기에 안색이 나쁘고 수척한 얼굴을 멋대로 상상했지만, 뺨은 통통한 편이었다. 다만 머리카락은 봉두난발이었다.

"어젠 목욕을 안 해서⋯⋯ 일부러 와줬는데 죄송해요."

다케우치는 가라앉은 목소리로 사과하며 머리를 꾸벅 숙였다.

사회성을 잃지 않았다는 증거다. 예상외로 선선히 문을 연 것도 그렇고, 상상했던 것만큼 심각한 상태는 아닐지도 모르겠다.

집에서 한 발짝도 나가지 않는다고 들었지만 그렇게는 보이지 않았다.

"학교에는 뭐랄까…… 아직은 가고 싶은 마음이 안 들지만, 조만간……. 아무튼 와줘서 고맙습니다. 그리고 이 그림……."

어제 도노가 문 밑으로 밀어 넣은 다이어리 속지를 내밀며 말했다.

"이 사람은 본 적이 없어요. 늘 커튼을 쳐놔서……."

"아, 그렇겠지. 미안해, 그냥 한번 물어본 거야."

"아니요……."

문틈으로 보이는 다케우치의 눈이 누군가를 찾듯이 움직였다.

지나쓰가 없는지 확인한 것이리라. 다음에는 같이 오겠다고 말할까 싶었지만 잠시 생각해보고 그만뒀다. 다케우치는 무해해 보이지만 지나쓰에게 허락도 받지 않고 무책임한 말을 꺼낼 수는 없었다.

"음, 그럼 조만간 보자. 기다릴게. 그렇다고 무리하지는 말고."

"감사합니다……."

편협한 지식에서 비롯된 선입관 때문에 은둔형 외톨이가 되는 사람은 대인기피증을 앓는 줄 알았지만 꼭 그런 건 아닌 모양이다. 봉두난발 때문에 표정은 잘 보이지 않았지만 문제없이 대화를 나누었다.

그렇다면 왜 집에서 나오지 않는 걸까 궁금했지만, 사람은 어느 날 갑자기 이유도 없이 그럴 때가 있는 모양이니 왜냐고 묻는 건 무의미한 짓일지도 모르겠다.

아야메에게는 생각보다 건강해 보였고 마음이 내키면 축제 전에 얼굴을 내밀지도 모르겠다고 보고해두자.

"빨리 돌아가는 편이 좋을 거예요. 요즘 이 부근은 분위기가 뒤숭숭하고……."

사쿠와 도노가 인사를 한 후 계단을 내려가려고 몸을 돌리는데 다케우치가 생각났다는 듯이 덧붙였다.

"금방 어두워질 테니까요."

다케우치 어머니에게 인사하고 집을 나섰다.

금방 어두워질 거라고 했지만 아직 5시도 안 됐다. 날이 흐려서 밝지는 않지만 밤의 기척은 아직 희미했다.

사쿠를 쳐다보자 도노가 입을 열기도 전에 먼저 고개를 끄덕이고 발을 떼어놓았다.

"그래, 그래, 공원 말이지."

"어, 같이 가주려고?"

"처음부터 그럴 생각이었잖아. 그렇다기보다는 그쪽이 본론이었을 텐데."

이러니저러니 해도 의리 있는 녀석이다.

오늘도 그녀들이 있다는 보장은 없지만, 달리 짚이는 곳이 있는 것도 아니고 뭔가 실마리를 잡을 수 있을지도 모른다. 어제는 그녀들에게 양보하느라 현장을 제대로 보지 않고 물러났으니 한번 꼼꼼히 살펴볼 생각이었다.

물론 경찰이 이미 조사하여 눈에 띄는 증거는 회수했을 것이다. 아마추어가 살펴본다고 새로운 증거가 발견되리라는 기대는 하지 않지만, 지금은 실마리가 하나도 없으니 무슨 정보든 환영이다. 현장을 둘러봐서 나쁠 것은 없다.

공원을 향해 걸음을 옮긴 직후였다.

"이 녀석, 그럼 못써."

부드럽게 야단치는 목소리가 들려서 그쪽으로 눈을 돌렸다.

다케우치네 집 앞길에 개를 산책시키는 노인이 서 있었다. 머리와 등 부분은 갈색, 배와 다리는 희끄무레한 색깔의 커다란 개가 가정집 벽에 코를 대고 냄새를 킁킁 맡고 있었다. 노인이 목줄을 잡아당기며 말리려고 애썼다.

그러고 보니 지나쓰는 그제 밤에 아오이가 딱 저쯤에 서 있는 걸 봤다고 했다. 그때 같이 본 여자애가 아카리이리라. 두 사람은 여기서 뭘 했던 걸까.

"안녕하세요."

도노는 조금 돌아가서 말을 걸었다.

노인은 개의 목줄을 잡아당기면서 고개만 이쪽으로 돌려 안녕하세요, 하고 대답했다. 머리카락이 회색이라 노인인 줄 알았는데, 가까이에서 보자 등이 꼿꼿하니 정정했다. 아직 60대인지도 모르겠다.

"산책할 때 늘 이 길을 지나다니세요?"

"네, 대개는요."

그러고 보니 어제도 본 것 같았다.

도노가 그렇게 말하자 노인은 "산책은 매일 하니까요." 하고 대답했다.

"오늘은 어쩌다 보니 이 시간에…… 그렇군요, 어제도 이 시간쯤 나왔던가요, 하지만 평소에는 주로 밤에 산책한답니다. 큰 개를 무서워하는 사람도 많아서……."

"밤에요?"

지나쓰가 아카리와 아오이를 본 것도, 공원에서 사건이

발생한 것도 심야다.

양쪽 다 현장은 이 근처다. 아니, 그녀들이 있었던 곳이 바로 여기다.

"평소에는 몇 시쯤에 산책을 나오세요? 자정 전후에?"

도노가 말을 끝내기도 전에 노인은 손을 내저었다.

"그렇게 늦게는 돌아다니지 않아요. 기껏해야 9시나, 아무리 늦어도 10시 정도랍니다."

그도 그런가. 저녁을 먹고 배를 꺼트릴 겸 개를 산책시킨다면 그 정도가 될 것이다.

아무래도 그가 뭔가 목격했을 가능성은 없을 듯했다. 애당초 뭔가 목격했다면 경찰에 신고했겠지.

감사 인사를 하고 노인과 개를 보냈다.

이제 공원에 가려고 몸을 돌리려는데 크림색으로 칠해진 바깥담이 눈에 들어왔다.

어쩐지 찜찜해서 다가가 보았다.

먼저 가던 사쿠가 발을 멈추고 돌아보았다.

"도노? 왜?"

"음……."

노인의 개는 이 담에 관심을 보였다. 그게 왠지 마음에 걸렸다.

담에 손을 짚고 자세히 보았지만 낙서도 더러워진 곳도

없고, 딱히 냄새도 나지 않았다. 이상한 구석은 없었다.

'그러고 보니 너무 깨끗한 것 같은……?'

날이 침침한 탓도 있어 알아보기 어렵긴 해도 주변과 비교해서 담 일부분만 한 톤 밝은 느낌이었다. 아주 미세한 차이지만 도노 눈에는 그렇게 보였다.

그래서 얼핏 봐서는 잘 드러나지 않는데도 찜찜했는지 모르겠다.

"저기, 사쿠."

"응?"

사쿠는 몇 발짝 되돌아와서 담에 얼굴을 가까이 댄 도노를 황당한 표정으로 바라보았다.

도노는 담을 향해 선 채 말했다.

"개의 후각은 인간의 몇 배였더라?"

지나쓰는 루미놀 시약을 가지고 있을까.

사쿠가 전화하자 지나쓰는 즉시 '루미놀 반응 실험 세트'라는 상표가 붙은 박스를 들고 달려왔다.

지나쓰는 웬일로 머리를 하나로 묶고 옷깃이 달린 재킷

을 입었다. FBI 수사관을 의식한 패션인 모양이다.

박스에서 분무기같이 생긴 노즐 달린 플라스틱 통을 꺼내 "이게 루미놀 용액이에요."라고 어쩐지 의기양양하게 말했다.

"일반인도 그런 걸 살 수 있구나."

"인터넷에서 구입했어요. 배달된 날에 실험해보고 끝이었는데 써먹을 날이 오다니 기쁘네요."

수사기관에서 사용하는 용도 이외에 어떤 상황에서 필요할지, 어디의 누가 무슨 이유로 이런 걸 살지 짐작도 가지 않지만 평범하게 유통되는 모양이다.

지나쓰가 분무기를 들고 담 앞에 쪼그려 앉자 사쿠는 허리를 구부리고 무릎에 손을 얹은 자세로 유심히 들여다보았다.

"루미놀 반응은 뭐더라, 블랙라이트를 비추는 거였나?"

"블랙라이트를 비춰도 되지만, 용액을 분사하면 어두운 곳에서는 저절로 빛이 나요. 하지만 일단 블랙라이트도 가지고 왔어요. 어디쯤인가요?"

일단, 하고 개가 냄새를 맡던 곳을 도노가 가리키자 지나쓰는 거기에 용액을 칙칙 뿌렸다. 두 번, 세 번. 그리고 라이트를 비췄다.

바로 효과가 나타났다.

완전히 적중했다.

"선배…… 이거."

"우와……."

루미놀 검사를 하고 싶다고 도노가 말을 꺼낸 시점에서 이미 가능성을 염두에 두고 있었겠지만, 지나쓰도 사쿠도 얼굴이 굳어졌다.

도노가 지나쓰에게 분무기를 받아 조금 위쪽에 용액을 뿌리자 담 위쪽에도 물보라가 튄 것 같은 흔적이 나타났다.

얼핏 봐서는 모르도록 핏자국을 깨끗이 닦아냈지만, 루미놀에 반응할 정도로는 혈액 성분이 남아 있었던 모양이다.

몇 군데 더 뿌려본 결과 핏자국의 범위가 아주 넓다는 걸 알았다.

사람이 이 정도로 피를 흘리고도 살아 있다고 보기는 힘들다.

틀림없다. 여기는 살인 현장이다.

"여기서 사건이 발생했다는 이야기 들었어?"

도노가 묻자 지나쓰는 고개를 절레절레 흔들었다.

지나쓰가 모른다면 경찰의 공식 발표나 언론 보도는 없었던 것이리라.

하지만 그제 밤에 아카리와 아오이는 여기 있었다. 우연이 아니다. 그녀들은 사건을 조사하는 중이었다.

육안으로는 핏자국이 안 보이는데도 그녀들은 여기서 사건이 발생했음을 알고 있었던 것이다.

"겨, 경찰에…… 신고해야겠죠?"

"아니……."

분명 경찰은 사건을 파악했다. 뭔가 이유가 있어서 정보를 덮어놓았을 뿐이다. 아카리와 아오이가 여기에 있었다는 건 그런 뜻이리라.

도노가 그렇게 말하려 했을 때…….

"그럴 필요 없어요."

도자기로 만든 종이 울리는 것 같은 목소리가 들렸다.

도노는 그 자리에 있는 누구보다도 빨리 돌아보았다.

기척도 발소리도 없었건만 어느 틈엔가 삼거리 모퉁이에 아카리가 서 있었다. 그 뒤에 아오이도 있었다.

또 만났네, 역시 운명이야! 그렇게 외치고 그녀를 번쩍 들어 올려 빙글빙글 돌고 싶은 기분이었지만 상상으로 만족했다.

지나쓰가 허둥지둥 도노 손에서 분무기를 빼앗아 실험 세트와 함께 등 뒤로 숨겼지만, 이미 늦었다.

"일주일 전에 여기서 벌어진 사건을 경찰은 이미 파악했고, 수사도 진행 중이에요. 다만 정보를 통제하고 있으니까 여기서 사건이 벌어졌다는 건 되도록 함구해주세요."

아카리가 화난 기색 없이 담담하게 말했다.

"어떻게 안 거죠? 흔적은 지웠을 텐데요."

그 뒤에서 아오이가 휴대전화를 꺼내 어딘가에 전화를 걸었다.

목소리를 낮추어 빠르게 말했지만 '청소', '페인트칠' 같은 말이 들렸다.

사쿠가 양손을 롱재킷 주머니에 넣고 고개를 오른쪽으로 기울였다.

"혹시 너희들이 피를 씻어낸 거야?"

아카리는 묵묵부답이었지만 대답한 셈이나 마찬가지였다.

그 또한 정보 통제의 일환이라는 뜻이리라.

일반인이 아닌 그녀들은 공식 발표되지 않은 정보를 포함해 여기서 발생한 사건에 대해 알고 있었다. 그리고 그제 밤에 현장을 검증하고 있을 때 지나쓰가 지나갔다. 요약하면 그런 듯하다.

"저어, 경찰은 어째서 사건을 공식 발표하지 않나요? 이거 공원에서 발생한 사건과 동일범의 소행인 건……."

만약 그렇다면 연쇄살인이다. 공식 발표하여 근처 주민에게 경계를 촉구하는 편이 낫지 않느냐고 근처 주민인 지나쓰가 머뭇머뭇 말했다.

아카리는 지나쓰에게 눈을 돌리고 조금 망설이다가 입을 열었다.

"주민들이 겁을 먹고 혼란에 빠지는 걸 방지하기 위해서예요. 공원에서 발생한 사건은 보도가 되었고, 경계에 소홀함이 없도록 경찰도 주의를 기울이고 있으니까……조금 통상적이지 않은 사건이다 보니까요."

구체적인 부분은 말을 얼버무렸다. 통상적이지 않은 사건이라는 말에 9년 전 밤이 떠올랐다. 돌아본 남자의 붉은 눈과 뾰족한 엄니.

"9년 전에 젊은 여자가 밤길에서 연쇄적으로 습격당한 사건처럼?"

아카리와 아오이가 놀란 얼굴로 도노를 보았다. 아오이는 휴대전화를 귀에 댄 채 움직임을 멈췄다.

아, 하고 지나쓰도 목소리를 흘렸다.

피해자가 마치 짐승에게 물어뜯긴 듯한 상처를 입었다는 정보에서 지나쓰는 공원에서 일어난 사건이 늑대인간의 소행 아니겠느냐고 법석을 떨었지만, 9년 전 사건에 대해서는 다른 가설을 내놓았다. 그 가설에 따르면 아카리와 아오이는 '그것'을 사냥하는 헌터인 셈이다. 비약이 심하다며 동아리에서도 진심으로 받아들이는 사람은 없었지만.

"……네, 맞아요."

아카리가 고개를 끄덕여 인정했다.

"범인이 흡혈종일 가능성이 높기 때문이에요."

지나쓰가 겨드랑이를 붙이며 오른 주먹을 불끈 쥐었다.

말도 안 돼, 하고 사쿠가 중얼거렸다. 지나쓰의 터무니 없는 가설이 아무래도 사실인 듯하여 놀란 것 같았다.

아오이가 뭔가 하고 싶은 말이 있는 눈치였지만, 아카리 는 도노 일행을 순서대로 쳐다보고 정중하게 부탁했다.

"이야기를 좀 들려주셨으면 하는데요."

기꺼이, 하고 도노와 지나쓰가 이구동성으로 답했다.

☾

두 번째 사건은 첫 번째 사건이 벌어진 공원에서 멀지 않은 주택가의 삼거리에서 발생했다.

현장을 보러 갔지만 핏자국은 경찰이 말끔히 지운 뒤였 다. 여기서 사건이 벌어진 줄 아무도 눈치채지 못하리라.

경찰 발표도 매스컴의 보도도 없었다. 그런데도 세 학생 은 현장에서 뭔가 하고 있었다. 그들은 분명 여기서 사건 이 벌어진 걸 안다.

그들이 사건과 연관됐다면 굳이 우리에게 접촉하지는

않을 테고, 범행 현장에 돌아올 이유도 없으니 그들 중에 범인이 있다고 보기는 힘들다. 뭔가 사정이 있어 독자적으로 이 사건을 조사하는 것이리라.

세 사람에게서는 흡혈종의 독특한 기운이 희미하게 느껴졌다. 아마도 그들 자신이 흡혈종이든지 흡혈종과 관련이 있겠지만, 신분증을 맡긴 하나무라 도노라는 청년의 이름은 명부에 등록되어 있지 않았다. 함께 있는 두 사람도 같은 대학교 학생인 것 같지만 그들이 다니는 학교에는 명부에 등록된 흡혈종이 없었다. 그들이 흡혈종이더라도 미등록자인 셈이었다.

이야기를 들려달라고 부탁하자 뜻밖에도 두말없이 승낙했다. 만약 미등록 흡혈종이라면 아주 호의적인 반응이라 놀라지 않을 수 없었다. 그러고 보니 하나무라 도노는 처음부터 학생증까지 맡겨가며 적이 아님을 강조했다. 그들 역시 정보 교환을 바라는지도 모른다.

도내의 미등록 흡혈종은 자치조직을 이루며, 그걸 통솔하는 지도자 같은 존재도 있다고 들었다. 10년 넘게 자치조직을 운영하며 인간 사회에서 평화롭게 생활해온 미등록 흡혈종들 입장에서도 이번 사건은 청천벽력 같은 일이리라. 뭔가 움직임이 있으리라고는 예상했다.

'미등록 흡혈종의 지도자에게 협력을 얻으면 수사에 큰

진전이 있겠지. 하지만 만약 협력을 얻지 못한다면 그들이 사적으로 제재를 가하기 전에 범인을 찾아내야 해.'

도노 일행과 마주치다니 운이 좋았다.

미등록 흡혈종들이 대개 흡혈종을 관리하는 대책실을 못마땅하게 여긴다는 건 알지만, 그들은 아무래도 그렇지 않은 듯했다. 어떻게든 협력을 얻고 싶었다.

그들이 다니는 대학교에 가기로 했다. 길가에서 나눌 만한 이야기는 아니니까 차분히 대화할 수 있는 곳으로 자리를 옮기자고 하자 동아리방에 가자고 그들이 제안했다. 휴대전화로 연락을 했으니 거기에도 동료가 있는 것이리라.

긴장된 표정의 모모세 지나쓰, 콧노래라도 흥얼거릴 듯이 발걸음이 활기찬 하나무라 도노, 무슨 생각을 하는지 도무지 알 수 없는 쓰지미야 사쿠를 걸어가면서 관찰했다.

지나쓰도 사쿠도 웬만해서는 보기 힘들 만큼 외모가 준수하다. 설령 공원에서 접촉하지 않았더라도 그 외모 때문에 혹시나 싶었을 것이다.

흡혈종은 미남 미녀가 많다고 한다. 일단 흡혈종이 되면 혈액을 섭취하는 한 거의 나이를 먹지 않으므로 자청하여 흡혈종이 되는 건 대부분 아름다움을 간직한 채 시간이 멈추기를 바라는 인간이다. 흡혈종이 동족으로 만들고 싶은 인간에게 권할 때도 있지만, 그 경우에도 동족은 아름다운 편이 낫다는 생각 때문인지 주로 미남 미녀를 선택하는 듯했다.

바로 옆에서 보자 지나쓰는 콘택트렌즈를 끼고 있었다. 개인차가 있지만 흡혈종으로 변화하면 눈동자 색깔이 옅어지므로 컬러 콘택트렌즈를 끼는 흡혈종도 많다. 지나쓰의 콘택트렌즈에 색이 들어갔는지 옆에서만 보아서는 알 수 없었다.

사쿠는 안경을 꼈지만 도수는 없는 듯했다. 주의해서 보지 않으면 모를 정도로 아주 살짝 렌즈에 색이 들어갔다. 자외선을 차단하는 렌즈다.

겨우 그 정도지만 수상쩍었다.

둘 다 자청하여 흡혈종이 되기에는 좀 젊지만 흡혈종의 마음에 들 만한 외모다. 흡혈종이 아니더라도 흡혈종에게 정기적으로 혈액을 제공하는 '계약자'일지도 모른다.

옆에서 걷던 동생도 그들을 관찰하며 생각에 잠긴 것 같았다.

이미 어두워졌지만 학교 문이 열려 있고 경비원의 제지도 없어 무사히 캠퍼스로 들어갈 수 있었다.

동아리방은 이쪽이라며 앞장서서 안내하던 도노가 뒤를 돌아보려다가 앞으로 휘청했다. 움푹 팬 도로에 발이 걸려 균형을 잃은 것 같았다. 넘어지지는 않았지만 어이쿠 소리를 지르더니 자세를 바로잡고 창피함을 얼버무리듯 씩 웃었다.

그도 호감 가는 인상이지만 지나쓰나 사쿠처럼 빼어나게 외모가 준수하지는 않다. 물론 그것만 가지고 흡혈종이아니라고 단정하기는 이르지만, 흡혈종이나 계약자라면오감과 신체 능력이 대단히 뛰어날 테니 적어도 평지에서발이 걸려 비틀거리지는 않을 것이다.

그조차 우리 눈을 속이기 위한 연기가 아니라면.

'그나저나 어쩐지 낯이 익은데…… 예전에 어디서 봤던가?'

시선을 느꼈는지 도노가 돌아봐서 눈이 마주쳤다.

빙긋 웃기에 당황하여 고개를 살짝 숙여 답했다.

이렇게나 호의적이면 오히려 불안해진다. 애초에 미등록 흡혈종이나 그들의 관계자가 대책실 직원에게 기꺼이협력하는 상황 자체를 상상해본 적도 없다.

아니, 이 세 명이 전부 흡혈종 또는 그들의 관계자라는보장은 없다. 모두에게 기운이 느껴지는 이상 어딘가에서흡혈종과 접촉은 했겠지만, 예를 들면 한 명만 흡혈종이고두 사람은 아무것도 모른 채 기운이 옮았을 수도 있다. 따로따로 이야기를 듣는 편이 나을지도 모른다.

'그리고 세 사람에게서 느껴지는 흡혈종의 기운이 어제

마주쳤을 때보다 옅어진 것 같아……'

어제와 오늘 기운의 농도가 다르다는 것이 무슨 의미인지 걸으면서 생각했다.

첫 번째 가설, 그들 중에 흡혈종이 있다면 그는 기운을 제어할 줄 안다. 어제 우리에게 말을 걸기 직전에 기운을 지웠지만 그 이전에 부원에게 옮은 기운을 우리가 감지했다. 오늘은 경계하여 우리를 만나기 전부터 기운을 억제했으므로 부원에게 옮은 기운도 어제보다 옅어진 것이리라.

하지만 그들이 흡혈종이고 대책실 직원인 우리에게 자진해서 협력하겠다면 이제 와서 흡혈종의 기운을 억제할 필요는 없다. 한편 흡혈종이라는 사실을 숨기고 싶다면 우리에게 접근하지 않으면 그만이다.

'수사에는 협력하고 싶지만 흡혈종이라는 사실은 숨기고 싶다? 그러한 심리 자체는 이상할 것 없지만 우리는 어제 이미 그들에게서 흡혈종의 기운을 느꼈어. 이제 와서 기운을 지운다 해도 아무런 의미가 없는데.'

그렇다면 두 번째 가설, 그들은 흡혈종이 아니고, 누군가의 기운이 옮았을 뿐이라면? 오늘보다 어제 기운이 더 강했으니, 어제 흡혈종과 더 가까이에서 또는 더 오래 접촉했다는 뜻이다.

하지만 그들은 경찰이 공식 발표하지 않은 사건 현장을

알고 있었으며, 흡혈종이라는 말도 당연하다는 듯이 받아들였고, 이야기를 들려달라는 부탁에도 응했다. 게다가 세 사람에게서 흡혈종의 기운이 비슷하게 느껴진다. 그러니 흡혈종과 무관하지만 어쩌다 기운만 옮았을 뿐인 일반인은 아닐 것이다.

'신원을 밝히기 싫지만 수사에는 협력하고 싶은 미등록 흡혈종의 지시로 우리에게 접촉했을 가능성도 있어……. 하지만 심부름꾼이라면 세 명이나 필요 없지.'

어쩌면 세 사람 중에 흡혈종이 있다는 사실은 밝히되 그게 누구인지는 덮어둔 채 협력할 작정일까. 미등록 흡혈종으로서 신원을 감추기 위해. 그렇다면 이해가 간다. 그럴 경우 나머지 두 사람은 계약자이리라. 그게 제일 그럴듯하다.

옆을 걷는 동생에게 눈짓을 하고 이탈리아어로 속삭이자 동생도 고개를 끄덕여 동의를 표했다.

이제부터 그걸 확인해야 한다.

"여기가 동아리방입니다."

"아야메 선배, 다녀왔어요."

"부장님, 좀 들어보세요. 굉장하다니까요!"

세 사람은 동아리 건물 구석에 있는 문을 열고 방으로 우르르 들어갔다.

그들이 동아리방이라고 부르는 그 방에서는 유화물감

냄새가 났다. 이젤 앞에 놓인 동그란 의자에 흰 가운을 걸친 여자가 앉아 있었다. 그 여자도 렌즈에 색깔이 살짝 들어간 무테안경을 꼈다. 부장 구즈미 아야메라고 도노가 소개해주었다.

오렌지 빛이 도는 백열등 때문에 알아보기 힘들었지만 주의 깊게 관찰하자 그녀는 눈 색깔이 옅었다. 갈색에 녹색이 섞인 듯하다. 혼혈일지도 모른다.

그녀에게서도 아주 약간이지만 흡혈종의 기운이 느껴졌다.

'총 네 명.'

모두 한자리에 모였지만 그들은 먼저 말을 꺼내지 않고 기다렸다.

네 명 모두가 사정을 잘 아는 게 아니라, 한 명이라도 흡혈종과 무관한 인간이 섞여 있을 가능성이 있다면 이 자리에서는 흡혈종 이야기를 꺼내지 않는 편이 나으리라.

한 명씩 이야기를 나누어 각자 어디까지 알고 있는지 확인하는 것이 먼저다.

"한 분씩 단독으로 면담을 했으면 좋겠는데요."

"단독 면담이라…… 저기 창고로 쓰는 작은 방이 있으니까 거기라도 괜찮다면. 좁지만."

지나쓰와 도노가 벽에 달린 문을 열고 작은 방을 정리하기 시작했다. 이야기를 나눌 공간을 만들려는 모양이다.

두 사람이 작은 방에서 캔버스를 꺼내 문 옆 벽에 기대어놓는 동안 자매는 소곤소곤 대화를 나누어 아카리가 순서대로 면담을 하고, 아오이가 나머지 세 명을 상대하며 반응을 보기로 결정했다. 사쿠와 아야메가 관찰하듯이 이쪽을 바라보았다.

"먼지가 좀 날리지만 여기에 의자를 놓고 이야기하면 어떨까?"

등받이 없는 동그란 의자 두 개를 방 안으로 옮기고 도노가 이쪽을 보았다.

"고맙습니다. 그럼…… 제가 이야기를 들을게요. 누구부터?"

아카리가 네 명을 둘러보자 "그럼 나부터." 하고 도노가 웃으며 손을 들었다.

3장

오컬트 연구부 동아리방 구석, 창고로 사용하는 한 평 크기의 작은 방에 도노는 아카리와 마주 앉았다.

　도노는 웃음을 머금었지만, 아카리는 마음이 조금 불편해 보였다. 어쨌거나 한 평밖에 안 된다. 보관해둔 캔버스를 일부 꺼냈지만 공간에 여유가 있다고 하기는 힘들다. 즉, 그만큼 서로 거리가 가깝다.

　"그것참 좁네. 아, 말 놔도 돼?"

　"네, 그러세요."

　문밖에 다들 있다고는 하지만 안면을 튼 지 얼마 안 된 남자와 한 방에 단둘이 앉아 있으니 긴장할 만도 하다. 조금이라도 안심하기를 바라며 도노가 먼저 말을 꺼냈다.

　"먼지가 풀풀 날리는 곳이라 미안해. 난 동아리방도 상관없는데, 이렇게 단둘이 이야기하는 편이 좋겠어?"

"저도 어디든 괜찮지만 다른 분이 듣는 게 싫을까 봐⋯⋯."

사건에 선입관이 생기지 않도록 한 명씩 이야기를 들으려는 건가 싶었는데, 그런 게 아니라 사생활 보호 차원이었던 모양이다.

'다른 사람이 듣는 게 싫을까 봐?'

영락없이 사건에 관해 물어볼 줄 알았는데(수상한 사람을 보지 못했느냐, 다케우치네 집 앞에서 사건이 발생한 줄 어떻게 알았느냐 등등) 듣자하니 도노 본인에 관해서도 질문할 모양이다.

그 자체는 오히려 환영할 일이지만 그렇다면 이쪽도 질문하고 싶은 욕심이 생긴다. 너무 나서면 싫어할지도 모르므로 자제 중이지만 물어보고 싶은 건 산더미처럼 많았다.

사건 정보고 뭐고 주소, 연락처, 취미, 좋아하는 타입, 좋아하는 음식이나 가르쳐주면 좋겠다고 도노는 생각했다.

"아참, 잊어버리기 전에 우선 이걸 돌려드릴게요."

아카리가 카드지갑에서 도노의 학생증을 꺼냈다. 어제 도노가 아오이에게 건넨 것이다.

앞면이 보이도록 돌려서 내밀었다.

받을 때 손끝이 닿을 뻔하자 아카리가 손을 확 뺐다.

'어라, 경계하나?'

호의를 품고 있다고는 생각지 않지만, 싫어할 만한 짓은 하지 않고 무해함을 강조해왔으므로 약간 상처를 입었다.

아카리도 아차 싶었는지 머쓱하게 시선을 이리저리 돌렸다.

"……죄송해요."

"아니, 아니."

미안한 듯 사과하는 모습이 귀여워 단박에 마음이 풀어졌다.

기피하는 건 아닌 모양이다. 지금은 그걸로 충분했다.

기분이 상하지 않았음을 보여주려고 싱긋 웃었지만 아카리는 도노의 웃음에도 당혹스러운 표정을 지었다.

"그럼…… 질문할게요."

"응, 얼마든지."

협력하겠다는 의사를 전하고자 고개를 끄덕이고 자세를 바로 했다.

아카리는 약간 안도한 기색이었다. 표정을 다잡고 입을 열었다.

"제 소개부터 정식으로 할게요. 제 이름은 아카리 아우토리, 국제연합총회 제3위원회 흡혈종 관련 문제 대책실 직원이에요. 대답하기 싫은 질문에는 대답하지 않아도 돼요. 대답한 내용은 필요에 따라 대책실에서 공유될 수도 있습니다. 하나무라 도노 씨."

"넵."

처음으로 들은 아카리의 이름과 직함에 궁금증이 발동했지만 일단은 뒤로 미루고 얌전한 표정으로 질문을 기다렸다.

아카리는 도노를 똑바로 보며 첫 질문을 던졌다.

"당신은 흡혈종인가요?"

예상했던 질문이 아니었다.

때문에 반응이 늦었다.

"……어, 그건 내가 용의자라는 뜻?"

"아니요, 사건과는 관계없이 흡혈종이냐 아니냐는 질문이에요. 검사할 수도 있지만 개인정보니만큼 강요는 하고 싶지 않으니 자진신고 해줬으면 해서."

과연, 그래서 다른 사람 귀에 들어가지 않도록 배려한 거로구나.

흡혈종의 엄밀한 정의는 모르지만 그건 나중에 확인하면 된다. 당신은 사람의 피를 빠느냐 마느냐는 질문이라면 대답할 수 있다.

"내가 알기로는 아니니까, '아니요'."

아카리의 진지한 표정으로 보건대 장난이 아니었으므로 도노도 웃음기를 빼고 진지하게 대답했다.

"친구나 연인 등 가까운 사람 중에 흡혈종은 있나요?"

"내가 알기로는 그것도 '아니요'야."

아카리가 어라 싶은 듯이 고개를 가볍게 갸웃했다. 살짝 커진 눈을 두 번 깜박인 후에 다음 질문을 했다.

"······그럼 하나무라 씨는 언제부터 흡혈종의 존재를 알 았나요?"

처음 두 질문과는 달리 어쩐지 조심조심 탐색하는 말투 였다.

"도노라고 불러도 돼. ······이번에, 아까 아카리 씨에게 들었을 때라고 해야겠지."

도노의 대답에 아카리의 표정이 달라졌다.

도노를 말똥말똥 쳐다보며 입을 벌려 뭐라고 하려다 말 았다.

"······그렇군요."

아카리는 천장으로 고개를 쳐들고 눈을 감은 다음 숨을 크게 내쉬었다.

눈을 뜨고 시선을 도노에게 돌리더니 실례했다며 고개 를 숙였다.

표정이 어두웠다. 언뜻 보기에도 낙담한 눈치였다.

"제가 지레짐작해서······ 너무 설레발을 쳤네요. 흡혈종 이라는 말을 듣고도 별로 안 놀라는 것 같아서······ 그, 영락없이……."

도노 일행이 사정을 어느 정도 파악했다고, 다시 말해 사건 이해의 기초가 되는 정보를 공유하고 있다고 여긴 모양이다.

확실히 평범한 대학생은 '흡혈종'이라는 말을 들으면 그게 뭐냐는 표정을 지을 테고, 애초에 사건 현장일지도 모르는 곳에서 루미놀 반응을 검사하지도 않으리라.

"우리는 오컬트 연구부야. 그래서 보통 사람들보다는 좀 유연하다고 할까, 그런 걸 받아들일 소양을 갖추고 있어서 그런지도 모르겠네."

속일 생각은 아니었다고 설명했다. 저도 모르게 말이 빨라진 걸 알아차리고 도중에 말을 한 번 끊었다.

"그리고 흡혈종이라는 명칭은 처음 들었지만 난 예전에도 본 적이 있거든…… 그, 흡혈종 같은 사람을. 아주 오래전이지만. 그래서 그런 게 존재한다는 사실은 어렴풋이 알고 있었다고나 할까."

지나쓰처럼 알기 쉽게 표정이 바뀌지는 않았지만, 분명히 의기소침해진 아카리를 보자 미안해졌다.

도노가 오해할 여지를 주었으므로 더 그랬다.

"그, 미안해. 들으면 안 되는 걸 들었나? 그럼 아무에게도 말 안 하겠다고 약속할게."

"아뇨……. 그런 건 아니지만. 마음 써줘서 고마워요."

아카리는 힘없이 수그러지던 고개를 들었다.

등받이 없는 의자에 고쳐 앉아 죄송합니다, 하고 머리를 숙였다. 볼꼴 사나운 모습을 보였다는 의미에서 사과한 모양이지만 도노가 보기에는 그저 귀여울 따름이었다.

자신이 모르는 표정을 보여주는 것만으로 기쁘다.

"흡혈종은 우리 같은 일반인이 뱀파이어라고 하면 떠오르는 이미지로 받아들여도 될까? 햇볕에 약하고, 밤에 돌아다니며 사람의 피를 빠는?"

"햇볕에 대한 내성은 개체마다 차이가 있으니까 통틀어서 어떠어떠하다고 말할 순 없지만…… 대강 그렇게 이해하면 돼요."

아카리는 고개를 끄덕이고 다시 도노와 정면으로 눈을 마주쳤다.

"그들이 인간의 돌연변이인지, 처음부터 인간과 완전히 다른 종이었는지는 아직 밝혀지지 않았어요. 하지만 인간의 혈액에서 영양분을 얻어 젊음과 장수를 누리며 인간과는 다른 능력…… 예를 들면 오감과 신체 능력이 인간과는 비교도 안 될 만큼 뛰어난 생명체, 이름하여 흡혈종은 실제로 존재해요. 이제부터 나눌 여러 이야기의 기본 전제로 일단 그걸 믿어야 해요."

"응, 믿을게. 그리고 아카리 씨와 아오이 씨는 흡혈종에 관련된 문제를 처리하는 일을 한다고 알고 있으면 될까?"

"네, 저와 아오이는 평소 미국 보스턴에서 근무하지만 일본어에 능통한 교포라 이번 사건을 맡게 됐어요. 일본에는 아직 대책실이 없거든요."

"모든 나라에 대책실이 있는 건 아니구나."

"네. 일본에는 유럽과 미국에 비해 흡혈종의 수가 훨씬 적어서 예산이 많이 배정되지 않는 탓도 있겠죠. 이번 사건을 계기로 설치하려는 움직임은 있는 모양이지만…… 그래도 일본 정부는 흡혈종의 존재를 파악하고 있으니까 경찰의 협력을 얻을 수 있어서 편리해요. 정부가 흡혈종의 존재를 파악하지 못한 국가도 있거든요."

"흡혈종의 존재를 파악한 국가와 그렇지 못한 국가가 있는 건 어째서지?"

"흡혈종과 관련된 걸로 추정되는 사건이 발생하거나, 흡혈종이 거주한다고 인정되면 미국의 본부에서 해당 국가에 설명해줘요. 아직까지 흡혈종과의 연관성이 확인되지 않은 국가도 있어요."

"본부는 미국에 있구나."

이미지상 바티칸이나 드라큘라 전설이 있는 트란실바니아가 아닐까 싶었다.

"네, 몇 개 주에는 지부도 있어요. 흡혈종의 수가 많거 든요."

과연, 미국은 다민족 국가다. 특히 도시는 외모도 문화 도 다른 인종으로 넘쳐나니까 흡혈귀, 아니, 흡혈종이 섞 여 들기에는 안성맞춤이리라.

"사건이 발생했을 때는 이번처럼 뉴스로 나오면 안다고 치고, 그 나라에 흡혈종이 거주하는지는 어떻게 조사해?"

"기본적으로는 자진신고예요. 본부에서는 각지의 흡혈 종을 명부에 등록하여 관리하고 있어요. 신고해서 등록된 흡혈종은 다양한 지원을 받을 수 있죠. 전문가의 심리 상 담, 생활 상담, 수혈용 혈액 팩의 우선 제공 등등요."

검은 망토 차림으로 늘어선 흡혈귀가 명부에 등록된 순 서대로 호명되어 수혈 팩을 배급받는 광경이 상상됐다. 아 주 초현실적이다. 상상력이 빈곤해서인지 옛날 영화에 등 장하는 드라큘라 백작의 모습을 하고 있다.

"등록제라…… 과연, 등록하면 인센티브가 있구나."

"네. 관리라지만 일방적으로 감시하는 시스템이 아니라 변화된 지 얼마 안 된 흡혈종을 위한 안전망인 셈이죠."

"변화라면 흡혈종이 된다는 뜻? 그 보통…… 흡혈종이 아닌 인간이?"

"네. 현재 확인된 흡혈종은 대부분 다른 흡혈종에 의해 변화된 인간이에요."

"피를 빨리면 흡혈종이 되는 거야?"

"아니요. 흡혈종의 혈액이 체내에 흡수돼야 해요. 사고로 흡혈종의 혈액을 섭취하는 경우는 드물고, 대부분 본인이 희망하죠. 개중에는 본의 아니게 변화된 인간도 있지만…… 물론 원하지 않는 상대를 변화시키는 건 상해죄에 해당하고, 대책실에서도 엄격히 대응해요. 법이 현실을 따라오지 못하는 상황이지만요."

"피를 빨린다고 흡혈종이 되는 건 아니구나."

"네. 혈관에 직접 이를 꽂는 방식으로 흡혈하여 흡혈종의 타액이 체내에 흡수되면 흡혈종에 가까운 상태가 되지만 일시적인 현상이죠. 체내의 혈액이 교체되는 시점에 원래대로 되돌아와요."

"가까운 상태라니, 구체적으로는?"

"햇볕이 꺼려진다거나, 신체 능력이 향상된다거나, 몸이 젊어진다거나."

"그럼 기꺼이 피를 제공하려는 사람도 많을 것 같은데."

"네, 적지 않아요."

아카리가 눈썹을 살짝 내리고 눈을 오므리며 입가에 웃음을 띠었다. '어휴 참'이라고 말하는 듯한 표정이다. 귀엽다.

그건 그렇고 뭘 물어도 대답해줘서 놀랐다.

"자꾸 물어보기만 해서 미안해. 아카리 씨와 아오이 씨는 그, 흡혈종을 관리하고 지원하는 대책실 소속이고 이번에는 2번가의 공원에서 발생한 살인사건을 수사하러 온 거구나. 흡혈종을 상대하는 경찰 같은 일도 대책실에서 하는 거야?"

"네. 흡혈종에 관련된 일은 뭐든지 해요. 일단 내부에서 담당은 나누지만요. 전문가의 도움이 필요한 일도 많아서 법률 정비, 의료, 복지 그리고 이번 같은 범죄 수사는 다른 위원회나 외부 조직과 협업하기도 해요."

자세를 바로 하고 고개를 끄덕인 후 아카리는 다시 진지한 표정을 지었다.

"대책실에는 인터폴에서 파견된 직원도 있어서, 흡혈종이 사건을 일으키면 인터폴의 데이터베이스와 연락망을 이용할 수 있어요. 인터폴을 통해 일반 국제 지명수배범에 대응하듯이 각국의 경찰조직과 정보를 공유하는 거죠. 수사와 관련해서는 현지 경찰에 협력을 요청하지만, 흡혈종을 체포할 때는 전문적인 지식과 경험이 필요하므로 대개는 대책실 직원도 수사에 가담해요. 이번에는 저와 아오이가 파견됐고요. 일본 경찰 내부에서 흡혈종의 존재를 아는 사람은 극히 일부라 저와 아오이는 특수 범죄 전문가로 일본 경찰에 협력하는 걸로 되어 있어요."

"혹시나 해서 확인하는 건데, 이거 내가 들어도 상관없는 정보야?"

밝혀도 되는 사항과 숨겨야 할 사항은 당연히 구분하겠지만, 내부 사정을 너무 술술 털어놔서 걱정됐다.

아카리는 미소를 지으며 고개를 끄덕였다. 신경 써줘서 고맙다고 부드러운 목소리로 말했다.

"혼란을 초래할 수도 있으니까 무분별하게 떠들어서는 안 되지만, 조사에 필요하면 흡혈종이 아닌 민간인에게 이야기할 때도 있어요. 안 믿는 사람이 많아서 설령 흡혈종이 능력을 행사하는 장면을 목격해도 얼렁뚱땅 넘기는 편이 대부분이지만요."

분명 오컬트에 심취한 사람이 아니고서는 심야에 눈이 빨갛고 엄니가 돋은 남자를 목격한들 흡혈귀가 나타났다고 결론 내리지는 않으리라. 기껏해야 취해서 헛것을 보았거나 꿈을 꾸었다고 여길 것이다. 생시라 여기더라도 자기가 본 걸 남에게 이야기해봤자 믿어줄 리 없다고 체념하고 입도 뻥긋 안 하는 사람이 태반 아닐까. 그리고 실제로 흡혈귀가 있다고 주장해도 아무도 안 믿는다. 증거 사진이 있어도 조작이라는 소리를 듣는 것이 고작이다.

가령 도노가 '이 사건은 흡혈종의 소행이다, 정부가 흡혈종의 존재를 숨기고 있다.'라고 주장해도 오컬트 연구부 부원 말고는 아무도 믿지 않을 것이다.

"법률을 포함해 모든 면에서 여건이 미비하므로 지금 단계에서 흡혈종의 존재를 공식 발표하면 혼란만 부르겠죠. 하지만 조만간 밝혀야 할 필요가 있어요. 흡혈종은 실제로 존재하며, 인간과 공존해야 하니까요."

아카리는 진지한 표정으로 말을 이었다.

"예를 들어, 만약 앞으로 흡혈종이 큰 사건을 저질러 더이상 숨길 수 없을 때에야 비로소 일반인들에게 알리면, 흡혈종은 무서운 존재라는 첫인상이 굳어지고 말아요. 그렇게 되기 전에 특별히 유해하거나 위험하지 않으며, 그저 흡혈종이라는 조금 다른 생명체가 존재한다는 사실을 알려야 한다고 봐요. 당장은 받아들일 수 없을지도 모르지만 서로 이해하려면 일단 있다는 것부터 알아야겠죠. 그러니까 이렇게 조금씩이라도 흡혈종이 아닌 분께 흡혈종을 설명해드리는 건 그릇된 일이 아니라고…… 오히려 쌍방에 바람직한 일이라고 생각합니다. 개인적으로는요."

분명 아카리에게 그건 중요한 사명이리라.

단지 직무로서가 아니라 신념에 기초하여 이야기하고 있다는 게 느껴졌다.

등을 쭉 편 채 곧은 시선을 던지며 열띠게 설명해나가는 아카리가 매력적으로 보였지만, 지금 같은 상황에서 그걸 태도나 말로 드러낼 만큼 분위기 파악을 못 하는 편은 아니다. 지금은 아카리의 말에 집중해야 한다. 자칫하면 넋 놓고 바라볼 것 같은 기분을 억누르며 머릿속으로 정보를 정리했다.

흡혈종의 존재를 아는 민간인은 얼마 없다.

그리고 인간과 흡혈종의 공존을 이상으로 삼는 아카리에게 흡혈종을 이해하는 민간인은 그저 귀중한 걸 넘어서 꼭 필요한 존재다.

이제 어떻게 대응하느냐에 따라 차후에도 최소한 '이해심이 있는 일반인'의 하나로서 아카리와 관계를 유지할 가능성이 있다는 뜻이다.

"말하자면, 실제로는 흡혈종이 위험한 존재가 아니라는 거지?"

"네. 제가 소속된 대책실 직원 중에도 흡혈종이 있는데, 성격이 아주 온화해요. 대부분의 흡혈종은 혈액을 섭취하기 위해 인간을 습격하지 않는답니다. 동의하에 혈액을 제공해줄 파트너를 찾거나…… 방금 말씀드렸듯이, 명부에 등록하면 수혈용 혈액을 제공받을 수도 있어요. 대부분의 흡혈종은 인간을 덮칠 이유도 필요도 없죠."

"인간을 덮치는 흡혈종은 극히 일부라는 거로군. 흡혈종이 아닌 인간 중에도 범죄를 저질러 남에게 위해를 가하는 자들이 일부 있는데, 그거랑 비슷하려나."

"맞아요. 극히 일부 흡혈종의 범죄만 보고 흡혈종 전체를 인간에게 유해한 존재로 오해하지 않도록 미리 최대한 많은 사람들에게 흡혈종을 알려야 한다고 생각해요."

일본에 흡혈종 관련 문제 대책실은 아직 없다고 했다. 대책실 설립을 돕고 싶다고 하면 어떨까. 나도 대책실에 들어가고 싶다고 하면? 분명 아카리는 도와주지 않을까.

일단은 이번 사건을 해결하는 데 협력하여 일반인으로서 흡혈종을 적극적으로 이해하려고 애쓴다는 자세를 보여주자. 사건이 해결되기까지 짧으나마 최대한 좋은 인상을 남기고, 흡혈종과 인간의 공존을 위해 아카리도 찬성할 만한 비전을 제시하자. 그걸 위해 구체적으로 뭘 어떻게 하려는지도. 앞으로도 관계를 유지할 가치가 있다는 걸 증명하여 연락을 취할 명분을 만들자.

아카리와 인연이 끊어지지 않으려면 어떻게 해야 할까 도노는 머리를 팽팽 굴렸다. 하지만 그 생각도 물론 입 밖에는 내지 않는다.

도노는 잘 알았다며 짐짓 신사적인 태도로 고개를 끄덕였다.

"공원에서 발견된 시신과 아까 삼거리에 남아 있던 핏

자국으로 보건대, 이번에 적어도 살인사건이 두 건 발생한 것 같은데 양쪽 다 흡혈종의 소행으로 봐도 될까?"

아카리는 차분한 얼굴로 긍정했다.

"거의 틀림없을 거예요. 그래서 저랑 아오이가 파견된 거고요."

공식 발표는 안 됐다는 점을 다시 한 번 환기시키며 말을 이었다.

"발견 당시 피해자들은 혈액을 아주 많이 손실한 상태였어요. 현장에 남은 혈액을 전부 합쳐도 손실된 양에는 못 미쳐요."

즉, 피해자는 그저 피를 많이 흘린 것이 아니라 피를 빼앗겼다는 뜻이다. 그 시점에서 이미 평범한 범죄는 아니리라. 끔찍하게 살해한 피해자를 주택가 한복판에 버려둔 것만 봐도 평범한 범죄와는 거리가 멀지만.

"그리고 흡혈종에게는 독특한 기운이랄까, 냄새 같은 게 있어요. 정밀도가 그렇게 높지는 않지만 그 기운을 수치로 읽어내는 탐지기도 있답니다. 경찰이 탐지한 결과, 사건 현장에는 흡혈종의 기운이 남아 있었어요."

아주 살짝 망설이듯이 시선을 움직인 후 "실은……." 하고 아카리가 입을 열었다.

"공원에서 만났을 때 하나무라 씨랑 친구분들에게서도

흡혈종의 기운이 느껴졌어요. 오늘도 그랬고, 아까 흰 가운을 입은…… 구즈미 씨였나요, 그분에게서도요. 전부 잔향처럼 아주 희미했지만요."

"우리한테서? 어째서 그런 거지?"

"여러분 가운데 기운을 아주 잘 지운 흡혈종이 있든지, 아니면 최근에 여러분이 흡혈종과 접촉한 거겠죠."

그렇구나. 공원에서 처음 만났을 때 아카리와 아오이가 수상쩍게 쳐다보던 것이 생각났다.

"그래서 아까 가까운 사람 중에 흡혈종이 있느냐고 물어본 거구나."

"네. 공원에서 만났을 때뿐만 아니라 지금도 기운이 느껴지니까 어제 우연히 흡혈종과 접촉한 건 아닐 거예요. 옮은 기운은 그렇게 오래가지 않거든요. 여러분이 흡혈종이 아니라면 어제도 오늘도 흡혈종과 접촉한 거겠죠."

아카리가 말하는 기운이 뭔지는 모르겠지만, 아카리 말대로라면 어제와 오늘 이틀 사이에 우리 모두가 만났던 사람 중에 흡혈종이 있다는 뜻이다.

같은 대학에 다니니까 모두가 그 누군가와 만났다 해도 딱히 이상한 일은 아니다.

"가까이에 흡혈종이 있지만, 우리는 그런 줄 모르고 그 사람과 접촉했다는 건가. 우리 학교에도 흡혈종이 있어?"

"하나무라 씨가 학생증을 준 후에 조사해봤는데, 명부에 이 대학교 학생과 교직원의 이름은 없었어요. 개인정보니까 설령 있더라도 이름은 못 밝히지만…… 등록자 수는 시 단위로 봐도 많지 않아요. 다만 저희가 확인 가능한 건 등록된 흡혈종뿐이라서요."

"등록을 안 하는 경우도 있는 거군."

"네. 등록을 추천하지만 강요는 못 하니까요."

자진하여 명부에 등록한 흡혈종이 이번처럼 흡혈종의 범행이 분명한 형태로 사건을 저지를 리 만무하다. 대책실이 움직일 건 불 보듯 뻔한데, 그러면 이 동네에 사는 흡혈종에게 득이 될 게 하나도 없다.

그럼 용의자는 이 동네에 사는 미등록 흡혈종일 가능성이 높아진다. 범인을 추려내기 위해 우선 이 부근에 사는 미등록 흡혈종을 규명하는 것은 올바른 수사 방침이다.

아카리와 아오이는 흡혈종의 기운을 감지할 수 있는 모양이니 우리가 협력하여 어제와 오늘의 행적을 되짚어보면 누가 우리에게 '기운'을 남겼는지 알아내기는 그렇게 어렵지 않으리라.

'하지만 어쩌면 제법 미묘한 문제일지도?'

우리에게 기운을 남긴 사람이 명부에 등록되지 않은 흡혈종이라도 그 사람이 일련의 사건을 저지른 범인이라는 보장은 없다. 그저 미등록 흡혈종의 신원이 하나 밝혀질 뿐이다.

미등록이라면 그 또는 그녀는 자신이 흡혈종임을 대책실에도 알릴 의사가 없다는 뜻 아닐까.

사건에 관계가 있는지 없는지도 모르면서 공연히 남의 개인정보를 폭로하는 데는 거부감이 들었다. 미등록 흡혈종이 우리와 안면이 있는 사람이라면 더욱 그렇다.

그러나저러나 도노는 첫사랑에게 멋진 모습을 보여주고 싶다는 마음이 앞서니만큼 아카리와 아오이에게 협력할 의사가 있지만.

'나는 둘째 치고 부장이나 사쿠는 그런 점이 거슬릴지도 모르겠네.'

둘 다 권위와 권력에는, 특히 그걸 이용한 통제에는 반발하는 타입이다.

한 명씩 따로 불러서 이야기를 한다면 완충제 없이 부딪칠지도 모른다. 자기가 사이에 끼는 편이 낫겠다고 생각하며 선생님에게 가르침을 청하는 모범생 같은 얼굴로 아카리를 보았다. 일단은 판단의 근거로 삼을 정보를 가능한 한 많이 알아두고 싶었다.

"얼핏 스쳐 지나가기만 해도 기운은 남아? 예를 들어 한 시간쯤 같이 있어야 한다든가, 살이 닿을 만큼 가까이 있어야 한다면 우리 모두와 그런 식으로 접촉한 사람은 확 줄어들 것 같은데."

"흡혈종과 함께 있었던 시간, 흡혈종과 헤어진 후 경과한 시간, 흡혈종이 발산하는 기운의 강도에 따라 달라요. 예를 들어, 여러분 중 한 분이 계약자로서 흡혈종에게 피를 제공한다면⋯⋯."

"계약자?"

"아, 특정한 흡혈종의 파트너가 되어 정기적으로 혈액을 제공하는 인간을 뜻해요. 대부분은 흡혈종의 가족이나 연인이지만⋯⋯ 흡혈종에게 피를 빨리면 일시적으로 젊어지거나 신체 능력이 향상되니까 그걸 노리고 흡혈종과 '계약'하는 인간도 있어요."

흡혈종의 타액이 체내에 흡수되기 때문이라고 아까 설명했다. 흡혈의 효능(부산물이라고 해야 할까)이 뭔지 알면 젊음과 능력을 위해 일부러 피를 제공하려는 사람도 나올 법하다.

"쌍방이 이로운 관계로군."

"네, 그러니까 이번 같은 경우는 정말 드물어요. 흡혈종은 혈액을 얻기 위해 인간을 덮칠 필요가 없으니까요. 하물며 죽을 때까지 피를 빨다니요. 흡혈종으로 변화한 지얼마 되지 않아 조절을 못 했다 치더라도 시신이 너무 끔찍했어요."

마치 힘을 과시하는 것 같았다고 말하며 아카리는 눈살을 모았다.

피를 원할 뿐이라면 죽일 것까지는 없고, 조절을 하지 못해 죽였다 하더라도 시신을 공원과 주택가 한복판에 방치하지는 않을 것이다.

짐승의 소행이 아닐까 싶을 만큼 범행 현장은 처참했다고 들었다. 인터넷에서도 일부 오컬트 마니아가 괴물의 소행 아니냐고 화제로 삼았을 정도다.

야단법석이 나지 않도록 주택가의 핏자국을 지운 것이 경찰이라면 범인은 은폐공작을 전혀 하지 않았다. 범인에게 범행을 숨기려는 의사가 없었다는 뜻이다.

소동이 벌어져도 상관없었거나, 어쩌면 소동을 벌이고 싶었는지도 모른다. 만약 그렇다면 아카리 자매는(두 사람이 흡혈종 관련 문제 전반을 다루는 대책실 직원임을 고려하면) 흡혈종의 존재를 일반인에게 감추는 한편, 다짜고짜 덤벼들지도 모르는 흉악한 상대와 대치해야 하는 불리한 상황에 놓여 있는 셈이다.

"애당초 흡혈종은 인간과 비교해 압도적으로 수가 적으니까 흡혈종이 일으키는 범죄도 상대적으로 그 수가 적어요. 흡혈종이 인간에 비해 유달리 폭력적인 것도 아니고요. 다만 흡혈종은 인간에 비해 신체 능력이 우월해서 마음만 먹으면 맨손으로도 인간을 죽일 수 있어요. 혹시나 살인 자체에서 쾌락을 찾는 인간이 흡혈종으로 변화하면 정말 골치가 아프겠죠."

"그렇게 위험한 상대를 아카리 씨와 아오이 씨 둘이서 붙잡으려고?"

"필요에 따라 지원을 요청하기도 하지만, 저희는 훈련을 받았고 일본 경찰도 협력해주기로 했으니까요. 체포에 성공하면 본국에 데려갈 거예요. 일본에는 흡혈종을 수용할 형사시설이 없으니까요."

그러니까 안심하라는 듯 아카리는 의연하게 가슴을 폈다. 두 눈에 사명감이 넘실거렸다.

도노는 이 동네의 평화가 아니라 아카리와 아오이의 안전이 걱정이었지만 그 마음은 전해지지 않은 모양이었다.

"원래 일본에서는 흡혈종이 문제를 일으키는 일이 드물어요. 이 부근에는 미등록 흡혈종들의 네트워크가 특히 발달해서 자치가 이루어지는 모양이더군요. 문제가 발생해도 흡혈종 사이에서 해결하니까 말썽이 커지지 않겠죠. 그래서인지 갓 변화한 흡혈종이 인간에게 피해를 끼쳤다는 이야기도 전혀 안 들려요. 구역을 통치하는 지도자 같은 존재가 있는 거겠죠. 이 지역에서 마지막으로 흡혈종이 사건을 일으켜서 문제가 된 건 10년 가까이 된 일이에요."

9년 전 밤길에서 잇달아 여성이 습격당하는 사건이 발생했고, 도노 눈앞에서 한 남자가 체포됐다. 그게 마지막이었으리라.

묻고 싶은 게 있지만 아직 이른 느낌이 들었다.

지금은 정보를 입수하여 어떻게 하면 아카리 자매를 도울 수 있을지 생각해야 한다.

"그, 미등록 흡혈종의 지도자? 그 사람을 찾아서 협력을 얻으면 수사에 큰 진전이 있을 것 같은데."

"네. 하지만 어려울 거예요. 미등록 흡혈종들은 대부분 대책실을 좋게 보지 않아서…… 저희에게 발견되지 않으려 할 테고, 발견되더라도 협력을 해줄지는 과연……."

이야기만 들어도 상상이 갔다. 등록하지 않는 이유가 있으리라. 미등록 흡혈종들이 대책실에 호의적일 것 같지는 않았다.

그들 사이에 네트워크가 있다니까 한 명을 찾아내 포섭하면 모두에게서 정보를 얻을 수도 있겠지만, 그 반대도 가능하므로 신중하게 대처해야 한다. 명부에 등록하지 않고 사회에 동화된 흡혈종의 사생활을 들춰내면 반감을 사서 모두가 적으로 돌아설지도 모른다.

'10년 가까이 문제가 표면화되지 않았다니 뭔가 일이

생겼어도 내밀히 해결하여 처리해온 거겠지. 그만큼 미등록 흡혈종의 커뮤니티가 견고하다는 뜻이야.'

그렇다면 그들도 이번 사건이 탐탁지는 않을 것이다. 대책실과 더불어 경찰까지 움직이는 사태에도 위기의식을 느꼈으리라.

미등록 흡혈종의 자치조직이 있다는 건 알지만 그 실태는 아카리도 제대로 파악하지 못한 것 같았다. 아카리 말처럼 지도자와 자경단 같은 것이 있다면 그들 쪽에서도 이미 조사를 시작했을지 모른다.

사건을 수습하고 싶기는 매한가지일 테니 어떻게든 협력을 얻을 수 있으면 좋으련만.

'우리에게 기운을 남긴 흡혈종을 찾아내서 사정을 설명하고 협력을 바라는 수밖에 없겠지, 사건 용의자로서가 아니라 어디까지나 수사 협력자로서 대하며 부탁하는 자세여야 할 거야……. 하지만 대책실이 미등록 흡혈종의 신원을 조사한다는 것만으로도 좋은 인상은 못 줄 텐데.'

어렵지만 거기에 자신이, 대책실과는 무관한 인간이 도움을 줄 여지가 있을지도 모른다.

생각에 잠긴 도노에게 저기, 하고 아카리가 조심스레 말을 걸었다.

"죄송하지만 질문을 계속해도 될까요? 저도 묻고 싶은

게 있었는데 끊겨버려서…….”

“아, 그렇지. 나만 계속 물어봤네. 미안, 미안, 뭐든지 물어봐.”

“하나무라 씨와 친구분들은 흡혈종에 대해 아무것도 몰랐을 거예요. 하지만 첫 번째 사건 현장인 공원에 왔던 일도 그렇고, 오늘도 두 번째 사건 현장을 관찰하는 모습이 일련의 사건을 조사하는 것처럼 보였어요.”

“응, 뭐 근처에 볼일을 보러 간 김이었지만 뉴스에서 사건을 보고 궁금증이 생겨서. 아까도 말했지만 우리는 오컬트 연구부인데, 학교 가을 축제에 대비해 실제 사건을 오컬트적인 시각에서 분석하는 기획을 세웠거든. 그래서 좀 조사해보기로 한 거지. 진심으로 괴물의 소행이라 여긴 건 아니었지만 지나쓰…… 밖에 있는 머리가 곱슬곱슬한 여자애, 걔는 늑대인간이 범인 아니겠느냐고 했어. 확신이고 뭐고 없이 그냥 현장이나 잠깐 살펴보려 했던 거였지.”

“그랬군요…….”

거기서 아카리 자매와 마주친 건 우연이었다. 하지만 도노 일행이 사건에 관해 뭔가 알고서 조사를 벌이는 중이라고 두 사람이 오해한 것도 무리는 아니었다.

“공원에서 벌어진 사건은 텔레비전에서 보도했지만, 2번가 골목길에서 두 번째 사건이 발생했다는 건 보도되지 않았어요. 그럼에도 여러분은 거기가 범행 현장인 걸 밝혀냈죠. 어떻게 밝혀낸 건가요?"

"밝혀냈다고 할 정도는 아니야. 그냥 개가 담에 코를 대고 냄새를 킁킁 맡기에 왜 저러나 궁금하더라고. 가까이 가보니 약간, 아주 희미하게 담에 색깔이 다른 부분이 있어서…… 혹시나 싶었을 뿐이야."

정말 즉흥적인 착상이었다. 그 주변을 서성거린 건 아카리와 아오이가 거기 서 있는 모습을 지나쓰가 보고 가르쳐주었기 때문이다. 루미놀 반응 검사도 사건 현장인 공원에서 뭔가 조사하는 듯했던 두 사람이 이곳에도 왔다면, 뭔가 있는 것 아닐까 하는 생각에서 떠오른 아이디어였다. 그러니까 도노의 관찰안이 특히 예리한 것 아닐까 하고 착각하면 곤란하다.

쓸 만한 사람이라 여기는 건 환영이지만, 과대평가했다가 나중에 낙담하면 타격이 이만저만이 아니므로 요행이었다고 이참에 제대로 설명해두어야 한다.

"지나쓰는 미국 수사 드라마나 범죄수사에 흥미가 많거든. 루미놀 반응 실험 세트도 가지고 있다기에 한번 시험해보자 싶어서. 그랬더니 우연히 들어맞았을 뿐…… 아."

"앗."

손사래를 치는데 아까 아카리에게 받아서 무릎에 놓아

둔 학생증이 미끄러져 내렸다.

플라스틱 학생증은 아카리가 앉은 의자 왼쪽 바닥에 착 떨어졌다.

미안하다고 말하고 의자에서 엉거주춤 일어나 손을 뻗었다.

주워주려고 했는지 아카리가 동시에 손을 뻗어 얼굴과 손이 몇 센티미터 거리까지 가까워졌다.

'으아.'

머리카락이 흔들려 비누 냄새같이 청결한 향기가 풍기자 타산이나 계획, 입수한 정보 같은 건 순식간에 싹 사라지고 머릿속이 새하얘졌다.

손등과 손끝이 닿을락 말락 했을 때 아카리가 불에 덴 것처럼 손을 거두었다.

"죄, 죄송해요."

"……아니야, 나야말로."

손톱으로 학생증을 바닥에서 띄워서 주웠다.

아카리는 도노의 손에 닿을 뻔한 오른손을 왼손으로 감싸서 가슴에 댔다. 마치 깜박하고 독극물을 만질 뻔했다는 듯한 반응이었지만 눈에는 혐오감 대신 죄악감이 깃들어 있었다.

학생증을 돌려줄 때도 그랬다. 손가락이 닿을 뻔하자 황

급히 손을 빼내어 거리를 두었다.

분명 과민반응이다. 손가락이 아주 살짝 닿는 것조차 못 견딜 만큼 싫다면 그야말로 충격이지만, 대화를 나눌 때의 태도와 표정을 보면 그런 건 아니었다. 그렇다고 도노를 '의식하고 있다'는 상큼 달콤한 분위기도 아니었다.

'혹시 남자가 거북하다든가……?'

"죄송해요. 정말로 하나무라 씨에게 악감정이 있어서 그런 게 아니라……."

"괜찮아. 나야말로 미안해."

속으로는 몹시 신경 쓰였지만 웃으며 말했다.

미안한 표정의 아카리에게 기운을 북돋워주기 위해 밝고 상냥한 목소리로 제안했다.

"저기, 내가 알기로 오컬연에 흡혈종은 없고, 혹시 있더라도 본인은 정체를 밝히지 않을 테니 다 함께 이야기를 나누는 편이 효율적이지 않을까. 같은 설명을 몇 번 반복하기보다는……."

만약 아카리가 정말로 남자와 접촉하는 데 거부 반응을 보이는 거라면, 훨씬 신중하게 거리를 좁혀야 한다. 최대한 무해해 보이도록 신사다운 면모를 과시하며 "그리고 여기는 역시 좀 좁잖아."라고 덧붙였다.

아카리가 안도한 표정을 지었다. 성공이다.

"모두를 모아서 지금 내가 들은 이야기를 들려주고, 개인적으로 하고 싶은 이야기가 있는 사람은 따로 연락을 달라고 하면 개인정보도 보호할 수 있을 것 같은데, 어때?"

어제와 오늘의 행적을 서로 대조하여 모두와 접촉한 사람을 밝혀내려면 어차피 다 함께 이야기를 나누어야 한다. 그렇다면 처음부터 함께 이야기하는 편이 합리적이고, 아카리도 따로 단둘이 대화를 나누는 것보다는 마음이 편할 것이다.

"그렇군요. 네, 배려 감사드립니다."

"천만의 말씀. 우리 동네에서 발생한 사건이니 해결하기 위해 도울 수 있는 일은 도와야지."

'남자가 거북하다면 괜히 재거나 떠보려 들지도 않을 테고, 일단 사이가 좋아지면 잉꼬 같은 한 쌍이 될 수 있겠네.'

마음이 열리려면 시간이 걸리겠지만 얼굴도 못 보면서 9년을 기다렸다. 앞으로 몇 년은 별것 아니다.

사이가 좋아지기까지 그녀 가까이에 있는 것이 중요하다. 이 사건이 해결된 후에도 연락을 주고받는 관계가 되어야 한다. 이는 사건을 해결하는 데 얼마나 많은 도움을 주어 그녀들의 신뢰를 얻느냐에 달렸다.

"나가자." 웃는 얼굴로 일어나 벽에 붙어 서서 문을 열고 아카리를 재촉했다. 아카리는 당황한 표정으로 미안한 듯 고개를 숙이며 고맙다고 말하고 방을 나섰다.

앞을 지나칠 때 아카리는 도노에게 닿지 않도록 몸을 살짝 틀었다.

도노는 아카리와 대화한 내용을 다른 네 명과 공유했다.

흡혈종이라는 말을 듣고 무슨 헛소리냐며 웃음을 터뜨릴 사람은 오컬트 연구부에 없다. 그들은 순순히 그 존재를 받아들이고 흥미진진한 표정을 지었다. 개중에서도 지나쓰는 흥분을 감추지 못했다.

"흡혈종은 인간에게 위험하지 않다, 도리어 상부상조할 수 있다는 말이군요."

당장에라도 장래의 꿈을 '드라큘라성으로 신혼여행을 간다'에서 '흡혈종 신사와 결혼한다'로 바꿀 기세다. 이런 반응은 예상외였던 듯 오히려 아카리와 아오이가 당황한 것 같았다.

아야메도 웬일로 붓을 내려놓고 아카리와 아오이 쪽으로 몸을 돌려 이야기를 들었다.

"듣자하니 흡혈종은 전설로 전해져 내려오는 흡혈귀라

기보다는 체질이 특이한 초능력자 같은 건가. 혈액기호증 (혈액을 보거나 마시는 행위에서 성적 쾌락을 얻는 증후군 – 옮긴이)과는 달리 혈액은 기호품이 아니라 식량인 거지?"

"네. 하지만 소량만 섭취하면 되니까 영화에서처럼 흡혈 행위로 사람을 죽게 만드는 일은 거의 없어요."

"즉, 이번에 일련의 사건을 저지른 범인은 죽일 필요가 없는 인간을 굳이 죽이고 시체를 방치했다는 건가."

"뭣 때문에 그런 짓을 하는 걸까요! 그런 짓이 흡혈종에 대한 편견을 조장한다는 걸 알기나 할까요?"

지나쓰가 분개하여 말했다.

마치 흡혈종의 대표라도 된 양 말하는 지나쓰를 보고 사쿠가 쓴웃음을 지으며 넌 어떻게 할 거냐고 물었다. 지나쓰는 그야, 하고 입술을 삐죽 내밀었다.

"이런 사건 때문에 흡혈종의 인상이 나빠져서 일반인과 흡혈종이 스스럼없이 교류할 수 있는 세상이 늦게 실현되면 안 되죠. 저도 사건 해결에 최대한 협력할게요."

지나쓰는 의분에 불타는 목소리로 선언했다.

감사하다며 아카리가 깍듯하게 머리를 숙였다.

"도움이야 줄 수 있고, 동네 사람들에게 탐문을 하려고 해도 너희보다 우리가 수월하겠지만…… 그런 건 벌써 경찰이 하고 있겠지? 우리가 할 수 있는 일은 뭐가 있을까?"

사쿠가 의문을 제기하자 아카리는 사쿠를 보며 도와주신다니 감사하다고 대답했다. 그리고 사람들을 둘러보며 말을 이었다.

"여러분에게는 흡혈종 특유의 기운이 남아 있었어요. 이 학교에는 명부에 등록된 흡혈종이 없으니 미등록 흡혈종과 어디선가 접촉했다고 추정됩니다. 그게 누군지 밝혀내는 데 필요한 정보를 제공해주셨으면 해요."

"그 전에 당신들이 흡혈종이 아니라는 걸 확인하고 싶어. 협조를 좀 해줬으면 하는데."

지금까지 아카리에게 설명을 맡기고 뒤로 물러나 있던 아오이가 입을 열었다.

이쪽도 아카리처럼 한 명씩 눈을 맞추며 '부탁'했다.

"물론 검사는 한 명씩 따로 방에 들어가서 할 테니 개인 정보가 유출될 염려는 없어. 혈액을 약간 채취하든지, 아니면……."

"그건 거절할게."

아야메가 말허리를 잘랐다.

강하지는 않지만 단호한 말투였다.

모두의 시선이 아야메에게 집중됐다.

아야메는 전혀 동요하는 기색 없이 가슴 앞에 팔짱을 끼고 말했다.

"검사에 응하면 의혹이 풀리는 건 알아. 하지만 혈액 채취에는 응할 수 없어. 대책실이 어쩌고저쩌고하는 문제가 아니라 설령 경찰이 부탁해도 영장이 없으면 응하지 않을 생각이야."

협력할 의욕이 넘쳤던 지나쓰가 가방을 품에 안고 안절부절못하는 표정으로 아야메와 아오이를 번갈아 보았다.

사쿠는 안색 하나 변하지 않았다. 아야메의 반응에 놀란 낌새는 없었다. 예상했던 것이리라.

도노도 알 것 같았다.

"이유를 알려주시지 않겠어요?"

아오이가 아니라 아카리가 정중하게 물었다.

협조를 거부당해 마음이 상한 것 같지는 않았다. 아오이도 마찬가지다. 사쿠가 아야메를 보았지만 아야메는 같은 표정을 유지했다.

"예를 들어, 내가 특정한 행위에 의해 감염되는 병원체의 감염자라 치고."

아야메가 예를 들어 말하자 아카리와 아오이가 흠칫 놀란 표정을 지었다.

"의도적으로 옮기려고 들지 않으면 남에게 옮지 않고, 그 병에 걸린 게 내 탓도 아닌데, 옮기려 하면 옮길 수 있다는 이유만으로 예비 범죄자처럼 백안시당한다면 기분이 별로겠지. 앞으로 위험한 짓을 할지도 모른다는 이유로 관리하려 드는 사고방식 자체가 마음에 안 들어.

살인범을 찾는 거지, 흡혈종을 찾는 건 아니잖아. 범인을 찾는 데는 협력하겠지만 미등록 흡혈종을 가려내는 건 돕기 싫어. 같은 이유로 내 혈액도 제공할 마음 없어."

감정이 실리지는 않았지만 더할 나위 없이 명확한 의사 표시다.

아카리와 아오이가 아야메를 가만히 쳐다보았다. 아야메도 눈을 돌리지 않았다.

짧은 침묵이 흘렀다.

"나도. 주사기가 싫기도 하고."

사쿠가 손을 휙 들고 아주 가벼운 말투로 아야메의 의견에 동의했다.

지나쓰는 난처한 표정으로 경애하는 두 선배와 아카리 자매 사이에서 시선을 이리저리 돌리다가 도움을 요청하듯이 도노를 보았다.

"아, 저, 저는…… 그……."

"피를 검사하는 정도라면, 난 괜찮아."

도노의 말을 듣고 지나쓰는 눈에 띄게 안도하며 숨을 내쉬었다.

사쿠가 쓴웃음을 지었다. 그도 아야메도 다른 부원에게

자신의 가치관을 강요할 생각은 없는 것이다.

"하지만 미등록 흡혈종을 찾는 데 협력하는 건 생각을 좀 해봐야겠어. 남의 사생활이니까. 더구나 흡혈종이라는 사실을 비밀로 하고 싶은 사람의 중요한 개인정보잖아."

우리가 아는 사람일 수도 있고 어쩌면 친구일 수도 있으니까, 하고 덧붙여 말했다.

우리에게 기운을 남긴 흡혈종은 자신이 흡혈종이라는 사실을 대책실에 감추고 있다고 한다. 정체가 들통 나면 경우에 따라 더 이상 이 동네에서 살 수 없을지도 모른다. 첫사랑의 부탁이라도 기꺼이 정보 제공에 응하기는 꺼려졌다.

"수사에 협력할 마음이 없다는 건 아니야. 그걸 이해해주면 고맙겠는데."

"응, 물론."

입을 열려는 아카리보다 한발 먼저 아오이가 대답했다.

"깊이 생각하고 말해줘서 기뻐. 좀 감동했어."

립스틱을 꼼꼼히 바른 입술 가장자리가 웃는 모양으로 올라갔다.

의외의 반응에 아야메가 눈썹을 살짝 치켜세웠다.

"우리 이야기를 듣고 흡혈종의 존재를 순순히 받아들인 것만으로도 믿기지 않을 정도인데, 당신들은 무턱대고 흡혈종을 두려워하지 않았어. 단번에 흡혈종을 올바르게 이해한 거지. 흡혈종은 괴물이 아니야. 특이한 체질과 능력을 지닌 걸 빼면 인간과 다름없어. 그렇게 여겨야 그들의 인권에도 생각이 미치겠지."

당신은 마음이 트인 사람이군, 하고 아야메를 보며 기쁘게 웃었다.

그야말로 성숙한 여성이라는 인상을 주는 복장과 화장, 그리고 딱딱한 말투와는 어울리지 않게 천진난만한 웃음이었다. 아마 이것이 꾸밈없는 본모습이리라. 그렇게 웃자 심장이 덜컹할 만큼 어려 보였다. 성숙한 패션으로 얼버무렸지만 생각보다 어릴지도 모르겠다.

하지만 아오이는 바로 웃음을 지우고 아야메와 눈을 맞추더니 진지한 표정으로 말했다.

"나도 아카리도 흡혈종이 등록하지 않을 자유를 침해해서는 안 된다고 생각해. 하지만 지금 이 동네에서 발생하는 사건을 내버려둘 수도 없어. 지금은 단서가 필요해. 또 희생자가 나올지도 몰라."

아야메는 아오이의 시선을 받으며 차분하게 대답했다.

"그렇다고 무관한 사람의 인권을 침해해도 되는 건 아니겠지. 적어도 자청해서 그런 일에 가담할 마음은 없어."

"여러분 얘기는…… 잘 알겠어요."

이번에는 아카리가 앞으로 사뿐히 한 발짝 나서며 입을 열었다.

"물론 여러분에게 기운을 남긴 게 누군지 알아내도 이 동네에 사는 미등록 흡혈종이 한 명 판명될 뿐이지, 그 사람이 이번 사건의 범인이라는 건 아니에요. 저도 아오이도 그 사람을 범인 취급할 생각은 없습니다. 명부에 등록되지 않은 흡혈종은 같은 처지의 동족들끼리 네트워크를 구축하죠. 미등록 흡혈종을 한 명 찾아내서 협력을 얻으면 사건 해결에 바짝 다가설 수 있어요. 그래서 이 동네의 미등록 흡혈종과 이야기를 해보고 싶은 거예요."

가슴에 손을 얹고 부탁한다며 아야메에게, 그리고 한곳에 뭉쳐서 서 있는 다른 사람들에게 머리를 숙였다.

"수사 과정에서 미등록 흡혈종의 개인정보를 입수하더라도 사생활을 최대한 배려해 본인의 동의 없이는 결코 공개하지 않겠습니다. 협조를 부탁할 수 있을지 이야기만이라도 해보고 싶어요. 절대로 정보 제공을 강요하지는 않을 거예요."

"그 사람은 대책실이 본인의 정보를 파악하는 것 자체를 바라지 않을걸."

차갑게 말했지만 아야메의 눈에 망설임이 서렸다. 마음이 흔들리고 있다는 증거다.

인정에 치우치지 않으려고 애쓰는 시점에서 이미 가치관은 제쳐두고 도와주고 싶다는 생각이 든다는 뜻이다.

자신이 타협점을 제시하는 역할을 맡아야 할 것 같아 도노는 자자, 하고 쓴웃음을 지으며 끼어들었다.

"지금 막 이야기를 들었으니 일단 생각할 시간을 좀 줘. 다 함께 상의해서 어제와 오늘의 행적을 알아보고, 그 정보를 두 사람에게 전할지 말지 결정할게. 아까도 말했지만 수사에 협력하기 싫은 건 아니야. 다만 남의 사생활에 관한 일이니까 심사숙고해야겠지."

"……물론이에요."

아카리가 표정을 누그러뜨리며 고개를 끄덕였다.

아야메가 웬일로 머쓱한 듯 눈을 돌렸다. 아야메는 상대가 고자세로 나오면 반발하지만 공손하게 부탁하면 약해진다. 아야메의 가치관과 어우러지도록 조건을 달아서 중재하면 협력을 얻을 수 있을 것 같았다. 한편 사쿠는 누가 애원하든 울며 매달리든 눈도 까딱 안 하므로 정에 호소해봤자 소용없겠지만 아야메만큼 신념이 확고한 건 아니니 잘 구슬리면 어떻게든 되리라.

'협력을 꺼리는 동료를 설득해서 수사에 공헌하다니, 썩 괜찮은 역할 아닌가?'

나중에 사쿠에게 고맙다고 해야겠다.

도노는 무심코 비어져 나오려는 웃음을 간신히 억누르고 말했다.

"미등록 흡혈종은 일단 제쳐놓더라도 협력이 가능한 일은 있을 거야. 난 이 동네에 20년 가까이 살았으니 평소와 다른 점이 있으면 금방 눈치챌 테고…… 지나쓰는 집이 사건 현장 바로 근처인걸. 우리 동네에서 발생한 사건을 해결하기 위해 협력하고 싶어 하는 마음은 모두 똑같아."

"네. 감사합니다."

"든든하네."

그녀들과 친해지기 위해서는 어떻게든 수사에 협력해야 한다. 어떻게 하면 경계당하지 않고 수사에 참여할 수 있을지 궁리에 궁리를 거듭했는데, 이렇게 두 사람이 먼저 협력을 요청할 줄이야. 도노 입장에서는 바라마지않은 전개다. 경계하기는커녕 '생각해보겠다'고 했을 뿐인데 고맙다는 인사까지 들었다.

아무래도 이 추세라면 스스로 부여한 첫 번째 임무도 달성할 수 있을 듯하다.

너무 순조로워서 무서울 지경이었지만 여기서 방심하여 일을 망칠 수는 없었다. 긴장을 억누르고 자매에게 미소를 던졌다.

치근거리는 것처럼 보이지 않도록 어디까지나 자연스러

운 말투로.

"내 전화번호는 줬지만, 이쪽에서 하고 싶은 이야기가 있을 때는 어디로 연락하면 될까?"

이리하여 도노는 아카리와 아오이의 연락처를 손에 넣는 데 성공했다.

🌙

도노 일행과 헤어져 학교를 나서서 밤길을 걸었다.

"착한 애들이네."

"그러게."

솔직한 감상이었다.

유연하고 편견이 없으면서도 똑 부러진다. 그리고 그들이 원래 마음씨가 곱고 오컬트를 좋아한다는 점을 감안하더라도 신기하리만치 협조적이었다.

그들에게 정보를 얼마나 얻을 수 있을지는 아직 모르지만, 낯선 타향에서 협력자를 얻었으니 행운이라 보아도 될 것이다.

"그들 중에 흡혈종이 있을까?"

"모르겠어. 이야기하면서 수상한 느낌은 못 받았지만 뭐라 단언할 수는 없겠지. 모두에게 기운이 남아 있었으니 그들 중에 흡혈종이 있다고 보면 수월하기야 하겠지만."

만약 그들 중에 흡혈종이 있다면 기운을 제어하는 능력이 탁월하다고 할 수 있다. 네 명 모두에게서 기운이 느껴졌지만, 옮아 온 건지 본인이 발산하는 것인지는 판단이 서지 않았다.

"하지만 미등록 흡혈종이든 아니든 그들이 협력자임은 변함없어. 설령 아무것도 모르더라도 흡혈종의 기운이 남았다는 사실 자체가 단서고, 뭔가 알더라도 자진해서 말해주지 않으면 모르는 거나 마찬가지야."

그들 중에 범인이 있을 것 같지는 않지만 만약을 위해 사건이 발생한 날의 알리바이를 조사하여 용의선상에서 완전히 제외할 수 있다면, 그들의 사생활까지 탐색할 필요는 없으리라. 협력자에게 불손한 짓은 하고 싶지 않았다.

그들 중에 미등록 흡혈종이 있다면 다른 미등록 흡혈종들과 이야기를 나눌 수 있도록 중개해주었으면, 하다못해 미등록 흡혈종들의 정보만이라도 알려주었으면 싶었지만 강요할 수는 없는 노릇이다. 아예 말마따나 우리는 살인사건의 범인을 찾고 있지, 미등록 흡혈종을 검거하려는 게 아니니까 억지로 이야기를 시킬 수는 없다.

살인사건이 발생했으며 앞으로도 계속될 수 있다는 점

을 설명하고 사건과 무관한 미등록 흡혈종의 사생활은 최대한 배려하겠다는 뜻을 전했다. 이제 본인들의 판단에 맡기는 수밖에 없다. 대책실 내부의 강경파가 보면 물러 터졌다고 힐난하겠지만 앞으로 행동을 함께하며 신용을 얻으면 혹시 그들이 자진하여 이야기를 해줄지도 모른다.

그들 주장대로 그들 가운데 흡혈종이 없다면, 그리고 자신들에게 기운을 옮긴 흡혈종이 누구인지 짚이는 구석도 없다면 누가 그들에게 기운을 옮긴 걸까. 그들은 그 '누군가'의 사생활을 침해할까 걱정하는 것 같았지만, 그 인물이야말로 일련의 사건을 저지른 범인일지도 모른다. 그들의 협력 여부에 따라 수사 상황은 크게 달라진다.

그들에게 기운을 남긴 흡혈종이 범인이 아닐지언정 이 동네에 사는 미등록 흡혈종과 접촉하는 것만으로도 의미가 있다. 미등록 흡혈종끼리 연락을 취한다면 그 누군가를 통해 다른 미등록 흡혈종에게 정보를 얻을 수 있을지도 모른다.

하지만 그것도 그들의 협력이 있어야 가능한 일이다.

하룻밤 생각해보겠다고 했다. 일단 하룻밤 기다렸다가 당장 내일이라도 다시 성심껏 설명하자.

"우선 예정대로 명부에 등록된 흡혈종들을 찾아가서 이야기를 듣자. 미등록 흡혈종의 네트워크에 대해서도 뭔가 정보를 얻을 수 있을지도 몰라."

명부에 등록된 흡혈종과 미등록 흡혈종은 딱히 대립하는 관계가 아니다. 오히려 교류가 있는 경우도 적지 않다. 하지만 굳이 미등록의 길을 선택한 흡혈종의 정보를 대책실에 흘리면 정보 제공자는 동족들 사이에서 설 자리를 잃으리라.

이것저것 다 따지면 수사는 어떻게 하느냐고 질책당할 것 같았지만, 흡혈종에게는 흡혈종의 생활이 있다. 그들도 사회에서 삶을 영위한다.

설명하기 전에 그러한 점을 이해한 것만으로도 오컬트 연구부 학생들은 높이 평가받을 만했다. 그리고 동시에 수상하기도 했다.

그들이 특별히 총명할 가능성도 물론 있지만, 보통은 그 정도까지 생각이 미치지 않는 법이다.

자신이나, 자신의 소중한 사람이 당사자가 아닌 다음에야.

4장

다음 날은 수업이 한 과목밖에 없어서, 강의를 듣자마자 사쿠와 만나 동아리방으로 갔다.

아야메는 평소와 다름없이 동아리방에서 그림물감을 개고 있었다.

1학년인 지나쓰는 아직 강의가 남았으므로 오후에 합류하겠다고 연락이 왔다.

사쿠는 데생용 팔걸이의자에 앉아 책을 읽기 시작했다.

'어쩨 기분이 묘하네.'

어젯밤에는 아카리와 아오이가 동아리방에 있었는데.

꿈과 현실이 뒤섞인 것처럼 신비한 감각이었다.

'하지만 현실이야.'

아카리에게 받은 메모지를 꺼냈다. 열한 자리 전화번호

가 단정한 글씨체로 적혀 있다. 당연히 이미 외웠고, 전화번호부에도 등록했지만 메모지를 버릴 마음은 안 들었다.

"의외였어."

"응?"

씨익 웃으며 메모지를 바라보던 도노가 건성으로 대답하자 사쿠는 팔걸이의자 등받이에 몸을 맡긴 채 고개만 도노 쪽으로 틀었다.

"미등록 흡혈종의 개인정보에 대해서 말이야. 네 성격상 문제점이 있는 줄 알아도 연애를 최우선할 줄 알았거든."

"그야 최종적으로는 그렇지. 누군지 모를 그 사람에게는 미안하지만 그녀와 가까워지기 위해서는 뭐든지 이용할 거야. 어제는 두 사람이 그런 사고방식을 좋아하는 것 같아서 그렇게 말했을 뿐이야. 인권 의식이 있음을 내비치고 협력하면 인상이 더 좋아지겠지."

"우와, 이런 계산적인 인간이 다 있나."

"사랑 앞에서는 뭐든지 용납돼. 사쿠도 도와줄 거지?"

도와달란 말이지, 하며 사쿠는 눈을 가느스름하게 뜨고 생각에 잠겼다.

다리를 꼬고 팔걸이에 팔을 얹는다. 아야메의 그림 모델이 될 때 취하는 자세다. 습관이 몸에 배어버린 건가.

"걔네들이 소속된 대책실은 요컨대 공권력이잖아. 개인

정보를, 그것도 그걸 관리하고 싶어 하는 조직에 넘기는 걸 돕다니 별로 내키지 않는데……."

"야, 네가 언제부터 그렇게 인권파였어? 그냥 권력에 협조하는 게 마음에 안 드는 거면서. 둘 다 느낌 괜찮았지? 그렇게 열심히 부탁하는데 퇴짜를 놓으려고? 기특하잖아. 우리 동네를 위해서 와줬다고. 게다가 생각해봐, 9년을 이어온 절친의 사랑보다 중요한 게 또 있겠어? '나와의 우정보다 중요한 게'라는 말로 바꿔 생각해봐도 돼."

"무시하기냐. ……어휴, 알았어. 모모세도 기꺼이 협력하겠지만, 구즈미 선배는 네가 알아서 설득해."

사쿠는 성가시다는 듯이 한숨을 쉬고 캔버스 앞에 선 아야메를 눈으로 가리켰다. 좋아, 첫 번째 관문은 통과다.

남은 건 아야메다. 눈앞에서 사쿠가 배신해도 태연하게 붓을 움직이는 아야메에게 몸을 돌렸다.

도노가 자세를 바로 하고 말을 걸기 전에 아야메가 먼저 입을 열었다.

"지난달이었나, 심야에 애니메이션을 봤어."

아무 맥락도 없는 말이었지만 드문 일은 아니다. 이러다 예상치도 못한 방향에서 이야기가 이어지므로 도노도 사쿠도 '무슨 소리예요?'라며 웃지는 않았다.

"부장이 애니메이션? 별일이네요."

"응, 몇 년 전엔가 화제였던 SF 애니메이션의 재방송이었어."

아야메가 팔레트에 그림물감을 개며 내용을 간단하게 설명해주었다.

그 애니메이션이라면 도노도 봤다. 평범한 소년이 아이밖에 조종할 수 없는 인간형 병기에 탑승해 우주에서 온 침략자와 싸운다는 근미래 SF로, 수수께끼 많은 스토리와 전투에 나서는 미소녀 캐릭터로 화제가 됐다. 하지만 그녀는 도중에 주인공을 지키려다 목숨을 잃는다.

우정이 싹트고, 어쩌면 어렴풋이 사랑까지 품었을지도 모르는 소녀를 잃고 주인공은 비탄에 잠긴다. 하지만 며칠 후, 그녀는 기억만 잃은 채 예전과 다름없는 모습으로 주인공 앞에 나타난다.

"사실 그 소녀는 주인공을 지키다가 죽은 소녀의 복제인간이야. 얼굴, 목소리, 유전자까지 동일하지만 본인은 아니지. 주인공도 그 사실을 알게 되지만, 스토리는 그대로 복제인간 소녀를 메인 캐릭터로 삼아 진행돼. 과연 주인공은 '두 번째' 소녀를 '첫 번째'와 다른 존재로 인식할까? 머리로는 이해해도 감정상으로는 두 사람을 동일시하지 않을까? 주인공이 어떻게 생각하는지 작품 속에서는 언급되지 않지만, 보는 입장에서는 궁금하더군."

드디어 무슨 소리인지 이해가 갔다.

사쿠도 궁금해했던 내용이다.

사쿠가 이쪽을 힐끗 보았다.

"시청자, 그것도 열렬한 팬들 사이에는 '첫 번째'만 진정한 그녀이며 '두 번째'는 절대로 인정할 수 없다는 의견도 있는가 보더군. 하지만 나는 주인공이 죽은 '첫 번째'에게 절개를 지켜야 한다고도, '두 번째'와 친해지는 게 배신이라고도 생각지 않아. 설령 그런들 '첫 번째'에게 품었던 마음이 거짓은 아니었을 테니까. 중요한 건 앞으로도 주인공은 살아가야 하며 지금 눈앞에 있는 사람이 누구냐는 거야."

"아카리 씨는 아오이 씨의 복제인간이 아니에요."

"아오이는 죽지 않았고 말이지. 성장해서 현실에 존재해. 하지만 네가 첫눈에 반한 사람은 9년 전에 만난 수수께끼의 소녀지, 어제 여기 있던 현재의 아오이는 아니잖아."

아야메는 이쪽을 한 번 보더니 바로 시선을 앞으로 돌리고 말을 이었다.

"이런 이야기도 있어. 10년쯤 전에 읽은 책인데, 주인공은 낡은 여자 초상화를 보고 첫눈에 반해. 하지만 몇백 년 전에 그려진 그림이라 모델이 된 여자는 당연히 죽었지. 주인공은 여자의 내력을 추적해 내려가. 중간은 기억이 안 나지만 결국 주인공이 초상화 속 여자와 똑 닮은 여자와 만나며 이야기가 끝나. 물론 본인은 아니야. 초상화 속 여자의 몇 대 후손이겠지."

무슨 소설인지는 몰랐지만 하고 싶은 말이 뭔지는 알았다.

"얼굴이 똑같다는 이유로 그만큼 집착했던 사랑을 버리고 눈앞에 있는 다른 여자로 갈아타는 거냐 싶어서 어이가 없었지. 그때는 나도 어렸어. 하지만 생각해보니 원래 얼굴만 보고 반했던 여자야. 상대는 주인공을 알지도 못해. 모두 그 주인공의 내면에서만 일어났던 일이지. 배신이니 뭐니 할 것도 없어."

9년을 이어왔다고 떠들던 사랑이 고작 그 정도냐고 비난하는 게 아니다. 말투는 퉁명스럽지만 걱정해주는 것이다. 그리고 성공 여부를 떠나 위로해주려 한다.

도노는 저도 모르게 입매가 누그러졌다. 하필이면 그때 이쪽을 본 아야메가 그걸 눈치채고 눈살을 찌푸렸다.

"말하자면," 하고 약간 부아가 치민 듯이 내뱉고 아야메는 다시 도노에게서 눈을 돌려 앞을 보았다. "네가 아카리에게 마음을 품은 건 누가 보기에도 명백하지만, 딱히 신경 쓰지 말라는 말을 하고 싶었어."

"제가 신경 쓰는 것처럼 보여요?"

"아니, 괜한 걱정이었나."

아야메는 한숨을 쉬었다. 말하지 말걸 그랬다고 후회하

는 심정이 전해져 왔다.

다정한 면을 보여주는 걸 부끄러워하면서도 이렇게 마음을 써주어서 기뻤다.

"필요한지 어쩐지는 제쳐놓고 마음 써줘서 기쁘네요. 감사합니다."

"얄미운 녀석."

"에이, 너무하다…… 감사하는 마음을 몰라주다니."

아야메는 더는 이쪽에 눈길을 주지 않았다.

사쿠에게 손짓으로 앞을 보라고 지시했다. 사쿠는 평소처럼 팔걸이의자에서 자세를 취했다.

이 이야기는 이쯤 하고 본론에 들어가기로 했다.

"미등록 흡혈종의 사생활을 보호해달라고 아카리 씨와 아오이 씨에게 이야기해볼게요. 방법을 궁리해야겠네요. 예를 들면, 대책실에는 그 사람들의 개인정보를 알리지 않고 우리끼리만 접촉해서 정보 제공을 부탁하는 방법도 있겠죠."

"우리끼리 수사하자고?"

"어느 정도는…… 일정 단계까지는 그래도 되지 않을까 싶어요. 수사에 협력하지만 정보는 선별해서 제공하는 방법도 가능하겠네요. 하지만 그러려면 일단 우리가 정보를 모아야 할 텐데. 어디까지 알려줄지는 둘째 치고."

아직 지나쓰는 오지 않았지만 정보를 먼저 조금 정리해 두는 것도 좋으리라. 두 사람도 그 자체에는 이의가 없는 듯했다. 도노는 의자를 끌어당겨 두 사람을 보고 앉았다.

"우리 모두가 어제랑 그제 접촉한 상대로는 누가 있을 까. 나랑 사쿠랑 지나쓰는 같이 외출했지만, 부장은 여기 있었잖아요."

"학교에 오가는 길에 접촉했다든가? 아니면 식당이나 모두가 이용하는 캠퍼스 시설의 직원이라면 가능성이 있 을 것 같은데."

"하지만 누군가 후보자로 부각돼도 우리는 확인할 방도 가 없잖아. 흡혈종의 기운을 느끼지 못하니까. 결국 그때 는 아카리 자매에게 확인을 받아야 할 텐데."

"아, 꼭 그렇진 않아요. 아카리 씨 말로는 흡혈종의 기운 을 읽어내는 탐지기가 있다니까 그걸 빌리면……."

외부인에게 빌려줄지는 모르지만 적어도 기술적으로는 아카리와 아오이에게 정보를 차단한 채 우리에게 기운을 남긴 흡혈종이 누구인지 밝혀낼 수 있을 것 같았다.

학교 사람을 무작정 조사하는 건 현실적이지 못하지만, 후보자를 몇 명으로 압축하면 탐지기로 확인할 수 있을 터 였다.

사쿠와 아야메도 귀가 솔깃했으리라. 우리끼리 수사를

진행한다는 이야기를 방금 전까지보다 진지하게 고려하는 듯했다.

"우리에게서 흡혈종의 기운을 느꼈다면, 우리가 그 사람과 오랫동안 함께 있었든지, 그 사람이 잠깐 접촉해도 남을 만큼 강한 기운을 발산했든지…… 아니면 접촉한 직후였을 거야. 아카리 씨 말로는 그래."

그날 학교를 나선 뒤로 행동을 함께한 도노, 사쿠, 지나쓰 세 사람이 아카리 자매와 만나기 직전에 흡혈종과 마주쳤을 가능성은 있다. 하지만 함께 나가지 않은 아야메에게도 같은 기운이 남아 있었으니까 역시 캠퍼스에서 기운이 옮았던 걸까.

"우리에게 옮은 기운이 다시 부장에게 옮을 수도 있을까?"

"잔향의 잔향이라는 거야? 그건 아카리한테 안 물어봤어?"

"응, 그리고 신체 접촉이 없어도 기운이 옮는지…… 아, 거리에 따라 달라진다고는 했다. 그럼 포옹이나 악수를 하지 않아도 가까이에 있으면 기운이 옮겠네. 다만 만지면 기운이 진하게 남을 거야, 분명."

아카리가 말한 탐지기로 기운의 농도까지 알아낼 수 있는지는 확인하지 않았다. 만약 기운의 농도에 따라 몇 시간 이내에 만난 상대라는 식으로 구분할 수 있다면, 수사하기가 아주 편해질 것 같다.

"그러고 보니 아카리 자매하고는 두 번 다 다케우치네 집에 다녀오는 길에 만났네."

문득 생각났다는 듯이 사쿠가 말했다.

고개를 이쪽으로 돌리다가 자신이 지금 그림 모델이라는 게 기억났는지 다시 앞을 보며 아야메에게 물었다.

"선배, 다케우치가 집에 틀어박힌 건 언제부터였죠?"

"두 달…… 한 달 반쯤 전부터."

딱 첫 번째 사건이 발생했을 무렵이다.

보도는 안 됐지만 두 번째 사건은 일주일 전에 발생했다고 아카리가 그랬다.

그리고 사건은 다케우치네 집 바로 근처에서 일어났다. 하물며 두 번째 사건 현장은 그의 방 창문 앞이다.

장소와 시기. 전부 우연일까?

"다케우치 말이야, 일주일 전까지만 해도 밤에는 외출했지만 지금은 그것조차 뚝 끊었다고 어머님이 그러셨지."

사쿠가 얼굴을 앞으로 향한 채 이번에는 도노에게 말했다.

맞아, 하고 도노가 대답하자 험악하게 흘겨보았다.

"기억하고 있었으면서 아카리랑 방에 들어가 대화할 때 다케우치 이야기를 안 했어?"

"어, 아직 가능성의 단계랄까…… 그냥 번쩍 떠오른 생각이니까."

이런 변명이 통할까 싶었는데, 아니나 다를까 사쿠는 다 꿰뚫어 본 듯했다. '핑계도 좋다'라고 말하는 듯한 눈으로 이쪽을 보았다.

웃음으로 얼버무리자 나무란다기보다 어이없다는 표정을 지었다.

'완전히 거짓말은 아닌데 뭐.'

다케우치가 밤에만 나가서 돌아다닌 것, 두 번째 사건이 벌어졌을 무렵부터 밤에도 외출하지 않는 것, 사건이 둘다 그의 집 근처에서 발생한 것. 덧붙여 그를 방문한 직후에 마주친 아카리와 아오이가 우리에게서 흡혈종의 기운을 느낀 것. 수상한 구석은 있지만 죄다 아주 약한 상황증거에 불과하다. 수상하다면 수상해 보일 뿐, 모두 단순한 우연일 가능성을 무시할 수 없다.

하지만 아야메는 수긍하지 못한 것 같았다. 붓에 물감을 묻히며 의아하다는 투로 말했다.

"미등록 흡혈종일 수도 있다는 정보는 제쳐놓더라도, 다케우치가 사건에 관여했을 가능성이 높다면 아카리와 아오이에게 정보를 제공해야 하잖아. 아무튼 연쇄살인사건이니까. 어제부터 염두에 두고 있었다면 왜 말하지 않은 거야?"

"오늘 다시 다케우치에게 이야기를 들으러 가보려고요.

그 전에 용의자 취급부터 하고 싶지 않아서."

"확증을 얻기 전에는 알리지 않겠다는 뜻이야? 후배의 사생활을 배려해서? 아니면 아카리와 아오이의 수고를 덜어주기 위해 먼저 확인하려는 거야?"

"뭐, 양쪽 다 조금씩 감안한 셈이죠."

도노는 메모에 적힌 숫자를 손가락으로 쓸며 기쁨에 잠겨 눈을 가느스름하게 떴다.

글씨체마저 사랑스럽지만, 그 이상으로 그녀가 자신을 믿고 전화번호를 써주었다는 것이 기뻤다. 수사를 위해 이 동네에 머무는 동안만 사용할 수 있는 번호라고 할지언정, 재회한 지 이틀 만에 그 정도까지 가까워졌다는 사실에, 그리고 꿈의 그녀에게 손이 닿을 것 같다는 사실에 입매가 풀어졌다. 따라서 기분도 풀어지고 말았는지…….

"이 사건이 해결되면 둘 다 여길 떠나겠죠."

머릿속에 담아둔 생각이 입 밖으로 새어 나왔다.

아야메가 붓을 움직이던 손을 멈췄고, 의자에 앉아 있던 사쿠도 이쪽을 보았다.

그들을 보고 "사랑하는 사람에게 도움이 되고 싶지만, 딜레마네요."라며 웃자, 아야메는 팔레트를 내려놓고 두통을 참듯이 관자놀이를 짚었다. 사쿠는 어이없다는 표정으로 모모세가 없기에 망정이지, 하고 중얼거렸다.

"어제 그 두 사람에게 협력할 수 없다고 해놓고 이렇게 말하기는 뭐하지만, 아니, 난 그저 수사를 한다는 명목으로 무턱대고 사생활을 침해해서는 안 된다고 했을 뿐이야. 협력 자체를 거부하지는 않았어. 알고 있는 정보를 덮어둔 탓에 범인 체포가 늦어지면 희생자가 또 나올지도 모른다고."

어제는 아오이한테 의심하기에 충분한 이유가 없다면 공연히 개인의 사생활을 침해해서는 안 된다고 그토록 의연하게 주장한 아야메가, 이번에는 진지하게 수사에 협력하라고 도노를 타이르는 입장으로 돌아섰다.

사쿠마저 차가운 시선으로 바라봐서 어쩐지 자신이 형편없는 인간이 된 것 같은 기분에 조금 불안해졌다.

"농담이에요. 제대로 이야기할게요. 그냥 그런 생각도 들었다 그거죠. 그 두 사람을 붙잡아두려고 사건 해결을 지체시키다니, 설마 진심이겠어요? 어휴, 날 뭐로 보고."

밝은 목소리로 어물쩍 넘기려고 했지만 사쿠도 아야메도 이쪽을 빤히 보기만 할 뿐 웃지 않았다. 이건 안 믿는다는 눈이다.

'……어, 어라?'

그렇게 뜨악한 소리를 했나 싶었지만 물어보면 시선이 더 차가워질 것 같아서 그만뒀다.

좋아하는 사람과 최대한 오래 같이 있고 싶은 건 당연지

사다.

사이코패스 같은 놈, 하고 아야메가 툭 내뱉자 사쿠도 포기했다는 듯한 표정으로 알고 있었지만, 하고 말하며 숨을 내쉬었다.

도노가 농담이었다고 몇 번 더 말했지만 두 사람의 시선은 한동안 얼음장 같았다.

지나쓰가 수업을 듣는 사이에 사쿠와 둘이서 다케우치를 만나러 가기로 했다.

당분간 방문할 생각이 없었지만 아카리의 이야기를 듣고 사정이 바뀌었다. 우리에게 기운을 남긴 흡혈종은 다케우치일지도 모른다.

지나쓰를 기다려도 됐겠지만 그냥 환한 대낮에 다녀오기로 했다. 설령 다케우치가 흡혈종이더라도 위험할 것 같지는 않았지만, 사건 현장 근처에 사는 미등록 흡혈종이라면 일단은 용의자다. 밤에 찾아가기는 조금 거부감이 들었다.

그리고 이른 시간에 다케우치에게 뭔가 정보를 얻으면 오늘 안에 아카리 자매에게 보고할 수 있을지도 모른다.

사흘이나 잇달아 방문했으니 아무래도 싫은 티를 내지 않을까 했지만, 다케우치 어머니는 오히려 반기는 눈치였다. 다케우치도 놀란 모양이었지만 이번에는 문을 열고 방에 들여보내주었다.

은둔형 외톨이의 방 하면 떠오르는 이미지와는 달리 깔끔했다. 우리가 연일 찾아온 걸 계기로 청소를 했는지도 모른다. 다만 아직 밖이 밝은데도 커튼을 쳐놨다.

"마음 내키면 얼굴 비치라고 해놓고 자꾸 찾아와서 미안해. 너한테 물어보고 싶은 게 있어서."

"어…… 저한테요?"

다케우치의 방에는 의자가 하나밖에 없어서 사쿠와 함께 침대 가장자리에 앉았다. 바퀴 달린 사무용 의자에 앉은 다케우치와 마주 보는 자세였다.

"의견을 좀 들려줘."

어쩐지 불안해 보이는 다케우치에게 사쿠가 웃는 얼굴로 대뜸 말했다.

"……흡혈종에 대해."

다케우치는 눈을 두 번 깜박거리고는 흡혈종, 하고 되뇌었다.

"그러니까…… 박쥐나 곤충을 전반적으로요?"

주의해서 반응을 지켜보았지만 다케우치의 눈에 동요는

없었다.

긴장이 확 풀렸다.

"아니, 인간의 피를 빨아 먹는 전설 속 괴물이라는 의미였어. 이른바 뱀파이어를 중심으로 구울이나 라미아, 말레이반도의 페난갈 등등 종류도 많지? 연구해보면 재미있을 것 같아서."

"아아……."

만약을 위해 아카리 자매에게 탐지기를 빌려 확인하는 편이 낫겠지만, 다케우치는 분명 흡혈종이 아니다. 사쿠도 알았으리라. 여느 때처럼 그럴싸한 말을 늘어놔서 얼렁뚱땅 넘어갔다.

"축제 때 뭘 발표할지 다 함께 고민했는데, 실제로 발생한 사건을 오컬트적인 시각에서 분석하는 건 어떻겠느냐는 의견이 나왔거든. 왜, 요 부근에서 살인사건이 발생했잖아? 그것도 사건 현장이 상당히 처참했던 모양이니까 인간이 아니라 괴물, 예를 들어 흡혈귀의 소행으로 보고 접근하면 어떨까 싶더라고. 남이 들으면 경을 칠 소리지만."

사쿠가 거기까지 말했을 때 다케우치의 안색이 변했다.

흡혈종이라는 말에는 반응하지 않았지만, 사건 이야기에는 반응했다. 사쿠가 도노를 흘끗 보았다.

"왜?"

"……아니요."

다케우치는 눈을 돌리고 말끝을 흐렸다.

밀어붙여야 할 지점이라 판단한 도노가 "혹시……." 하고 입을 열었다.

"사건에 관해 아는 거 있어?"

굳이 대답을 듣지 않아도 다케우치의 눈동자가 좌우로 흔들리고 있었다.

눈에 띄게 동요하고 있다.

그래도 다케우치가 연쇄살인사건의 범인일지 모른다는 생각은 들지 않았다.

다케우치는 겁을 먹은 것처럼 보였다.

"네가 집에만 있게 된 계기가 뭔지는 모르지만…… 얼마 전까지만 해도 밤에 편의점 정도는 다녀왔잖아. 일주일 전부터 그것도 관뒀다고 들었어. 남의 눈에 띄지 않는 밤에만 가끔 하던 외출을 갑자기 뚝 끊었으니, 뭔가 이유가 있겠지?"

도노는 사쿠에게 눈짓하여 대화의 주도권을 다시 넘겨주고, 몸을 조금 앞으로 구부려 무릎 위에 깍지를 꼈다.

"어제, 우리가 돌아갈 때 요즘 이 부근은 분위기가 뒤숭숭하니까 어두워지기 전에 가는 편이 낫겠다고 했잖아. 혹시 밤에 뭔가 위험한 거라도 봤어?"

154

다케우치는 또 시선만 이리저리 돌릴 뿐 대답하지 않았다. 망설이는 듯했다. 이야기해야 할지, 말아야 할지.

끈기 있게 기다리자 마침내 다케우치가 고개를 숙인 채 입을 열었다.

"……아무한테도 말 안 했어요."

그리고 눈을 살짝 들어 길게 자란 앞머리 사이로 탐색하듯 도노와 사쿠를 보았다.

계속하라는 듯 사쿠가 고개를 살짝 끄덕했다. 말로 하지 않아도 누설하지 않겠다는 뜻은 전해졌을 것이다.

"일주일 전, 새벽 1시인가 2시쯤이었을 거예요."

힘을 얻었는지 다케우치도 고개를 끄덕이고 자신이 본 걸 띄엄띄엄 이야기하기 시작했다.

"편의점에 갈 준비를 하고 바깥 동태를 확인하려고 창문으로 앞길을 내다봤죠. 밤늦은 시간에 이 부근을 지나다니는 사람은 거의 없지만, 술 취한 사람이 시비라도 걸면 싫으니까…… 전에 한 번 그런 적이 있었거든요. 그래서 커튼 틈새로 내다봤더니……."

다케우치는 일어서서 커튼을 조금 걷고 틈새로 창 아래를 가리켰다.

루미놀 반응이 있었던 담 언저리였다.

"저기에……."

사람이 피투성이로 엎어져 있었다고 한다. 벽에도 피가 잔뜩 튀어 있어 죽은 건 확실했다. 한눈에도 평범한 시체는 아니었다며 다케우치는 인상을 구겼다.

"확실하지는 않지만 목과 배의 살점이 뭉텅 떨어져 나간 것처럼 보였어요. 피에 검게 젖어서 그래 보였는지도 모르지만요."

"당시 창밖을 볼 때까지는 사건이 일어난 줄 몰랐던 거지? 뭔가 소리는 못 들었어?"

사쿠가 묻자 다케우치는 고개를 저었다.

"귀를 쫑긋 세우고 있었던 건 아니지만, 집 앞에서 사람이 다쳤으면 들렸겠죠. 하지만 비명이나 수상한 소리는 못 들었어요. 길고양이가 싸우거나 어디서 개가 짓는 소리 정도…… 앞길을 지나가는 사람이 큰 소리로 이야기하면 그것도 들리겠지만, 이야기 소리가 들린 것도 기껏해야 10시나 11시쯤이 마지막이었어요."

피해자는 비명을 지를 틈도 없이 살해당했다는 건가. 다툼의 결과가 아니라 급습당해 무슨 일이 생겼는지도 모르는 채. 그런 것치고는 현장이 꽤나 처참했던 모양이니 시체는 피해자가 죽은 후에 손상됐는지도 모르겠다.

"신고는 안 했지?"

보도되지 않았으니 그렇겠지만 확인차 물어보았다. 범

인이 가까이에 있을지도 모르니 밖에 나가보지 않은 건 이해가 가지만, 안전한 집 안에서 신고조차 하지 않은 이유가 궁금할 뿐 그를 나무랄 마음은 없었다.

"시체만 있었으면 신고했을 거예요."

다케우치가 고개를 번쩍 들고 변명하듯 말했다.

"그런데 시체 앞에 서 있는 사람을 보고 무서워서……."

"어, 범인을 봤다는 말이야?"

"죽이는 장면을 본 건 아니지만……."

뭔가 힌트가 될 만한 정보를 얻을지도 모르겠다 싶었지만 설마 범인을 목격했을 줄이야.

도노와 사쿠가 엉겁결에 몸을 내밀자 다케우치는 몸을 뒤로 조금 빼고 난처한 듯 눈썹을 축 내린 채 시체 앞에 서 있었던 사람에 대해 설명했다.

"남자였을 거예요. 머리는 짧았고요. 키는 그렇게 안 컸고, 거무스름한, 아마도 가죽점퍼 차림이었는데…… 시체를 가만히 내려다보고 있었어요. 당황한 낌새는 아니었으니까 그냥 길을 가던 사람은 아니었을 거예요. 사진을 찍어둘걸 그랬지만, 그때는 아무 생각도 안 나서……."

얼굴은 똑똑히 못 봤다고 한다. 그래도 틀림없이 중요한 목격 정보다.

"깜짝 놀라서 그냥 보고만 있었어요. 그런데 그놈이 이쪽으로 돌아서려는 거예요. 기분 탓일지도 모르지만 제 쪽을 쳐다보려는 것처럼 보여서 재빨리 창문에서 물러났어요. 봤나, 들켰나 싶어 가슴이 두근두근하고 어찌나 식은땀이 흐르던지."

그야 그럴 만도 하다.

이야기하는 사이에 당시의 감정이 되살아났는지 지금은 창 아래 아무도 서 있지 않은데도 다케우치는 마치 누군가의 시선에서 도망치듯 커튼 뒤에 몸을 숨기고 나서야 말을 이었다.

"입막음을 하러 오면 어쩌나 걱정이 이만저만 아니었지만 아무 일도 없었어요. 15분쯤 지나서 다시 내다보자 남자는 없더군요. 일단 한숨 돌렸지만 들킨 것 아닌가 하는 불안감이 가시지 않아서…… 확인할 방도가 있는 것도 아니고 찜찜해 죽겠더라고요."

창문에서 물러나더니 다시 의자에 앉아 고개를 숙였다.

"봤는지 못 봤는지 확실하지 않다 보니 지금은 그냥 눈감아준 건지도 모른다, 내가 신고하면 목격자임이 들통 나서 목숨을 노릴지도 모른다는 생각이 계속……. 결국 아무것도 못 본 걸로 하는 편이 낫지 않을까 싶어서……."

신고를 하지 못했다고 작게 말했다. 그 심정은 이해가 가고도 남는다. 다케우치는 수치스러워하는 것 같지만 아무도 그를 비난할 수는 없으리라.

"하지만 역시 마음에 걸리더군요. 언젠가는 누가 지나가리라고 생각하고 커튼 틈새로 가끔 내다봤어요. 얼마쯤 지나 사람이 몇 명 오더라고요. 경찰차 사이렌은 안 들렸지만…… 어쩐지 분위기가 경찰 같았어요. 사진을 찍고, 통행금지 간판 같은 걸 설치하고, 피범벅이 된 담과 땅바닥 주위에 시트를 둘러치는 등 이것저것 하더군요. 아무도 지나다니지 않아서 통행을 금지할 필요까지는 없었지만."

잠시 후에 시트를 치우자 시체도 피도 흔적도 없이 사라지고 없었다고 한다.

'분명 대책실의 지시야.'

같은 생각을 하는 듯한 사쿠와 시선을 교환했다. 당시 아카리 자매는 아직 이 동네에 오지 않았을지도 모르지만, 첫 번째 사건이 흡혈종의 소행임을 알고 나서 대책실과 경찰은 합동수사를 벌였을 것이다. 소동이 벌어지기 전에 증거를 최대한 보전하고 현장을 청소했으리라.

"누가 신고해서 경찰이 왔나 보다고 안심했지만, 다음 날도 그다음 날도 뉴스에는 안 나오더라고요. 그 시체는 어떻게 됐는지, 대체 무슨 일이었는지 영문을 몰라 불안해져서…… 꿈이나 영화 촬영, 아니면 몰래카메라였나 싶기도 했지만 아무한테도 말은 못 하겠더군요. ……만약 그 시체가 진짜고, 그 남자가 범인이고, 저를 봤다면…… 제가 사건을 목격했다는 게 들통 나면 이번에는 저를 노릴 것 같아서 무서웠어요."

거기까지 말한 후 다케우치는 고개를 들고 불안이 묻어나는 목소리로 물었다.

"못 믿으시겠어요?"

사쿠와 함께 바로 고개를 저었다.

"물론 믿지. 실은 널 보고 돌아가는 길에 우연히 경찰 관계자들과 마주쳤어. 이것저것 물어보더라. 이 부근에서 살인사건이 발생했다는 이야기도 했고. 사람들이 겁을 먹고 혼란에 빠지지 않도록 보도도 자제하고 비밀리에 수사하는 중이래. 우리한테도 함구하라고 했어. 그러니까 네가 본 건 꿈이 아니라 실제로 있었던 일이야."

시체도 핏자국도 사라졌으니 더더욱 신고하기 힘들다. 증거도 없는데 시체를 봤다고 해봤자 상대도 해주지 않을 테고, 경찰의 비호도 없이 괜히 시선만 끌어 범인의 표적이 될 우려까지 있다. 실은 아카리 자매가 수사를 진행 중이었지만 다케우치는 그런 사실을 몰랐다. 자신과 범인만 사건을 알고 있다고 믿었다면 섣불리 행동에 나서지 못할 만도 하다.

어지간히도 불안에 시달려왔는지 도노의 말을 듣고 다

케우치는 눈에 띄게 안도한 표정을 지었다. 힘들었겠다고 위로하자 울음을 터뜨릴 것처럼 얼굴이 일그러졌다.

어디까지 말해도 될지 몰라서 아카리 자매의 신원은 일단 덮어둔 채, 경찰에 공원에서 발생한 사건을 조사하는 담당자가 있으며 다케우치가 목격한 광경이 그 사건과 관련이 있을지도 모르겠다고 설명했다. 흡혈종에 관해서는 밝히든 감추든 아카리 자매에게 맡기자.

"이 부근에서 수상한 사람을 봤다거나, 무슨 정보가 있으면 알려달라면서 연락처를 줬으니까 우리가 수사 담당자한테 말해볼게. 그 사람들이 너한테 이야기를 들으러 올지도 모르는데, 그건 괜찮을까?"

"네…… 범인에게 들키지 않도록 배려만 해준다면."

만약 다케우치 본인이 흡혈종이라면 이번 사건이 흡혈종의 소행이며, 대책실 직원이 수사에 가담했음을 이미 눈치챘을 것이다. 하지만 그는 수사 담당자를 소개하겠다고 해도 동요하는 기색이 없었다.

역시 다케우치는 흡혈종이 아니다.

그저 목격자일 뿐이니 아카리 자매에게 이야기해도 미등록 흡혈종의 사생활은 침해당하지 않는다는 뜻이다.

"범인이 붙잡혀서 사건이 해결되면 알려달라고 부탁해둘게. 그럼 너도 걱정 없이 밖에 나갈 수 있겠지."

그는 사건이 일어나기 전부터 집에 틀어박혔으니 사건이 해결된다고 즉시 상태가 개선되지는 않겠지만, 계기 정도는 마련되리라.

경찰에 사람들 눈에 띄지 않게 주의해서 방문해달라는 뜻을 전하기로 약속하고 일어섰다. 아카리 자매에게 연락해야 한다.

"잘 부탁드릴게요. 저어…… 감사합니다."

2층 복도까지 나온 다케우치가 계단 위에서 배웅해주었다.

어깨의 짐을 내려놓은 듯한 표정이었다.

"다케우치는 흡혈종이 아닌가 봐."

버스 정류장으로 걸어가면서 사쿠의 말에 고개를 끄덕이고 휴대전화를 꺼냈다.

다케우치는 흡혈종이 아니므로 용의선상에서 제외될뿐더러 정보도 가지고 있었다.

아야메의 가치관을 어기지 않고, 친구를 수사기관에 넘긴다는 죄책감도 없이 아카리 자매에게 협력할 수 있다. 가장 좋은 결과가 나온 셈이다.

"아니어서 다행이야. 흡혈종이라는 이유만으로 용의자 취급은 하지 않겠지만, 사건 현장 바로 근처에 살고 딱 일주일 전부터 은둔형 외톨이 기질이 악화됐다면 아무래도 의심을 면치 못할 테니까."

"흡혈종 수가 얼마 안 되니 요건에 조금이라도 들어맞으면 용의자가 되겠지."

본인에게 동의를 얻었으니 아카리 자매에게 다케우치의 이름과 집을 가르쳐줘도 된다. 아카리 자매가 직접 만나면 다케우치가 흡혈종이 아니라는 사실도 분명히 확인될 것이다.

그렇다면 흡혈종의 기운이 어디서 우리에게 옮았는지 다시 따져봐야 한다.

"용의자가 될 법한 미등록 흡혈종을 찾기 위해 누가 우리에게 기운을 남겼는지 조사하는 게 합리적인 수사 방침이기는 해. 희생자가 또 나오기 전에 사건을 해결하려면 부득이한 일이겠지만…… 부장은 화를 냈고, 사쿠 너도 마음에 안 드는 모양이고, 나도 뭐 찜찜한 구석이 없는 건 아니고. 어떻게 균형을 잘 잡아야 할 텐데 말이야."

명부에 등록하지 않는 길을 선택한 흡혈종의 사생활을 배려하지 않고 미등록 흡혈종들을 닥치는 대로 조사하면 그들의 반감을 살 것이다. 협력을 얻고 싶은 상대와 반목하면 아카리 자매도 일하기가 쉽지 않으리라. 미등록 흡혈종들은 안 그래도 흡혈종을 관리하고자 하는 대책실에 안

좋은 감정을 품고 있다니까 더 그렇다.

"그 두 사람은 미등록으로 머무는 길을 선택한 흡혈종들의 마음을 이해하는 모양이지만, 대책실이라는 조직 전체의 방침은 또 다를 테니까. '미등록'이라는 호칭 자체가 흡혈종은 등록해서 관리를 받아야 한다는 생각을 전제로 한 것 같잖아."

"그러게. 부장도 아카리 씨 자매는 마음에 드는 모양이지만, 그렇다고 바로 전면적으로 협조하지는 않겠지."

버스 정류장에 도착했다. 시간표를 보자 다음 버스가 올 때까지 5분쯤 남았으므로 휴대전화 전화번호부로 들어가 아카리의 번호를 찾았다.

"바로 전화하려고?"

"응. 빨리 만나고 싶거든."

그녀들에게 제공할 새로운 정보를 얻었다. 분명 기뻐하리라. 또 한 걸음 가까워진다.

웃음을 지으며 휴대전화를 만지작거리고 있자니 그런데, 하고 사쿠가 말을 꺼냈다.

"네 첫사랑 말이야. 9년 전에 고등학생으로 보였지? 딱 지금의 아카리와 비슷한 정도야. 열예닐곱 살쯤일까. 그럼하고 얼굴도 똑같고."

"응?"

"아오이는 스물두세 살이잖아. 옷차림이랑 화장은 성숙하지만 피부결 같은 걸 보면 말이야. 그렇다면 아무리 생각해도."

버스 시간표에서 이쪽으로 시선을 돌리고 시험하는 투로 물었다.

"나이가 안 맞지 않나?"

네가 모를 리 없지 않느냐는 눈빛이었다.

"응. 그러니까 분명 내가 착각한 거겠지."

과연 사쿠는 예리하다. 아카리와 아오이 중에 누가 운명의 상대냐고 물어봤을 때 이미 눈치챘는지도 모르겠다.

슬쩍 흘려 넘기고 휴대전화를 귀에 댔다.

"그때 만난 여자는 열예닐곱 살이 아니었던 거야."

네, 하고 휴대전화에서 아카리의 목소리가 들렸다.

범인일지도 모르는 남자를 목격한 사람이 있다고 아카리에게 연락한 후 도노와 사쿠가 학교로 돌아가자 동아리방은 이미 만원이었다.

도노와 사쿠보다 먼저 동아리방에 도착한 아카리와 아

오이는 각각 지나쓰와 아야메에게 붙들려 있었다.

아카리는 지나쓰에게 질문공세를 당하는 중이었고, 아오이는 아야메의 그림 모델이 된 모양이었다. 뜻밖에도 아오이는 나름대로 즐거워 보였다.

적어도 두 사람 다 기다리는 동안 지루하지는 않았을 것 같았다.

도노가 다케우치에게 들은 이야기를 간단하게 설명하자 아카리와 아오이뿐만 아니라 지나쓰도 목소리를 높였다.

"다케우치가 범인을 목격했다고요?"

"시신 곁에 서 있었을 뿐이니 범인인지 아닌지는 아직 불분명해. 눈이 마주칠 뻔해서 급히 창문에서 물러나는 바람에 얼굴은 똑똑히 못 봤대."

"창문으로 사건을 목격한 사람이 있지만, 시신과 핏자국이 수습된 후 사건 자체가 지워졌다……. 마치 드라마 같네요. 다케우치가 그런 일을 숨기고 있었구나."

나도 오늘 갈걸 그랬다며 지나쓰는 아쉬운 표정을 지었다.

지나쓰가 갔다면 다케우치는 기뻐했겠지만, 이번 같은 이야기를 들을 수 있었을지는 의심스럽다. 예쁜 여자 동기에게 살인귀가 입막음을 할까 봐 무서워 집에서 나오지 못했다고 말하기는 쉽지 않을 것이다.

"다케우치 씨가 목격한, 현장을 정리하러 온 사람들은

대책실의 지시를 받은 경찰이에요. 저희도 보고를 받았지만 현장에 남자가 있었다는 말은 못 들었네요. 다케우치 씨만 그 남자를 목격한 셈이군요."

다케우치가 우리에게 기운을 남긴 흡혈종일지도 모른다고 의심하고 찾아갔다가 생각지도 못한 단서를 건졌다.

범인과 이어질 수도 있는 유일하고도 직접적인 단서다.

아카리와 아오이가 진지한 표정으로 시선을 교환했다.

"다케우치는 흡혈종이 아닌 것 같았어. 나랑 사쿠가 아까 만나고 왔는데, 어때, 기운은 남았어?"

"아니요. 오늘은 만났을 때 기운이 느껴지지 않았어요. 기운을 감출 수 있는 흡혈종도 있으니까 하나무라 씨가 저희에게 협력한다는 걸 눈치채고 기운이 옮지 않도록 조심했을 수도 있지만…… 가능성은 낮을 거예요."

"걔가 미등록 흡혈종이라면 우리를 소개한대도 동의하지 않았을 테고 말이야."

아카리와 아오이는 다케우치를 용의선상에서 제외한 듯했다. 목격자 진술을 청취하고 싶다기에 주소를 알려주었다. 어머니가 걱정하면 안 되므로 방문하기 전에 도노가 다케우치에게 연락하기로 했다.

"동의는 받았어. 다만 자신이 목격자라는 게 드러나면 범인의 표적이 될지도 모른다고 걱정하더라."

"알겠습니다. 유념할게요."

내일 오전 중에 만나고 싶다기에 바로 다케우치에게 연락했다.

신변의 안전을 위해서라도 사건이 빨리 해결되기를 바라는지, 다케우치는 진술을 하겠다며 아주 협조적인 자세로 쾌히 승낙했다. 다리만 놓아준 도노까지 고맙다는 인사를 받았다.

휴대전화를 주머니에 넣고 아카리와 아오이에게 "내일 11시가 괜찮대." 하고 전달했다. 아오이는 눈썹을 치켜뜨며 "일사천리네." 하고 기뻐했고, 아카리는 의자에서 일어서서 "감사합니다." 하고 머리를 숙였다.

"다만 한 가지 마음에 걸리는 게 있는데……."

"네, 뭔가요?"

생각이 나서 말을 꺼내자 아카리가 자세를 바로 했다.

"첫 번째 사건 때도 소문이 돌았고 다케우치에게도 들었는데, 피해자의 시신에는 살점이 뭉텅 떨어져 나간 듯한 상처가 있었대. 짐승이 물어뜯은 것처럼 말이야. 흡혈종은 그런 식으로 피를 빨아? 흡혈종들은 왠지 피해자의 목에 엄니 자국 두 개를 남길 것 같은데."

"앗, 그건 저도 마음에 걸렸어요."

지나쓰도 그렇게 말하며 아카리와 아오이를 보았다.

아카리가 천천히 고개를 저었다.

"아니요. 하나무라 씨 말씀대로 훨씬 작은 상처가 남아요. 피를 빨기 위해 살을 물어뜯을 필요는 없답니다. 아마도 흡혈한 자국을 없애기 위해 나중에 살점을 뜯어낸 게 아닐까요?"

과연, 혈액이 뽑혀 나간 시신의 목에 물린 자국이 있다면 누구든지 흡혈귀를 연상할 것이다. 그리고 상처에서 타액이 검출되면 범인을 규명하는 중요한 증거로 쓸 수 있다.

범행을 저지르며 피를 마구 튀겼고 시신도 길거리에 방치했지만 흡혈종의 소행임이 알려지지 않도록 최소한의 배려는 했다는 뜻인가. 하지만 그렇다면 시신 자체를 감추는 등 좀 더 좋은 방법이 있었을 것이다. 범인의 행동은 아무래도 모순으로 느껴졌다.

"아니면 광폭화한 흡혈종일 가능성도 있지만…… 아직 모르겠네요. 적어도 평범한 흡혈 행위로 생길 만한 상처는 아니니까, 흡혈 후에 시신이 손상됐을 가능성이 높다고 봐요. 시신을 분석하는 중이니까 조만간 좀 더 자세한 경위가 밝혀지겠죠."

"광폭화?"

"인간이 흡혈종으로 변화할 때 극히 드물게 피가 거부 반응을 일으켜서 흉포한…… 다른 생물처럼 변할 때가 있어요. 그걸 저희는 광폭화라고 해요."

"이성과 지성이 사라지고 몸도 야수처럼 변하지. 광폭화한 흡혈종에게 습격당하면 이번 사건의 시신처럼 물어뜯긴 상처가 남아도 이상할 것 없지만…… 나랑 아카리가 생각하기에 아마 그건 아닐 거야."

아오이가 아카리의 말을 이어받았다.

"애당초 흡혈종으로 변화할 때 광폭화하는 사례 자체가 몹시 드물기도 하고…… 광폭화한 흡혈종은 야생동물이나 마찬가지라 사람 눈을 피하거나 증거를 은폐하려는 생각이 없어. 욕망이 시키는 대로 피를 갈구하여 제압당할 때까지 미친 듯이 날뛰지. 하지만 이번 범인은 미쳐 날뛴다는 느낌이 아니야. 피해자는 두 명에 그쳤고, 다케우치라는 사람 말고는 목격자도 없지. 목격당하지 않은 건 요행이었는지도 모르지만 광폭화한 흡혈종이 하룻밤에 한 명만 습격하고 몸을 숨기다니, 그건 있을 수 없는 일이야."

흡혈종의 혈액을 체내로 섭취하면 인간이 흡혈종으로 변화한다는 사실은 아카리에게 듣고 다른 부원에게도 이야기해두었다.

흡혈종의 피가 폭주하는 셈인가, 하고 아야메가 중얼거리자 아오이가 고개를 끄덕였다.

"새로운 흡혈종이 탄생했다, 즉 '신입'에게 피를 제공한 흡혈종이 있다는 뜻이니까 피가 거부반응을 일으켜 광폭화했다면 대책실에 연락이 갈 법도 한데."

"맞아, 만일을 위해 다른 흡혈종이 입회하여 변화가 무사히 끝나는지 지켜보는 게 관례인가 보더라고. 설령 미등록 흡혈종이라도 동족이 광폭화하는 사태가 벌어지면 신고할 테지."

대책실에 그런 신고가 들어오지 않았으니 이 동네에 광폭화한 흡혈종은 없다는 견해이리라.

"광폭화한 흡혈종이 지켜보던 흡혈종들까지 살해하지 않았다면 말이지."

사쿠가 덤덤하게 무서운 소리를 했다.

"그러게. 하지만 광폭화한 흡혈종은 시체를 처리하거나 증거를 인멸한 만한 지성이 없어. 그런 사건이 발생했다면 우리 귀에 들어왔을 거야."

아오이는 전혀 동요하지 않고 대꾸했다.

광폭화한 흡혈종이 남몰래 날뛰고 있을 가능성은 낮은 듯했다.

그럼 좀 안심해도 되려나, 하고 사쿠는 고개를 왼쪽으로 기울이고 무언가 고심하다 말을 이었다.

"좋아, 범인은 광폭화하지 않아 논리적으로 사고할 수 있는 흡혈종이라 치자. 그럼 일단 보통 살인사건 수사와 동일하게 진행하는 편이 낫겠네. 흡혈종은 체질 말고는 우리와 다를 바 없잖아?"

확실히 그렇다.

흡혈종이 범죄를 저질렀다기에 피를 빨 목적으로 지나가던 행인을 아무나 살해한 줄 알았는데, 피를 빨기 위해 죽일 필요는 없다니까 차라리 흡혈종 운운은 일단 제쳐놓고 수사해야 뭔가 보일지도 모르겠다.

"일리 있네."

아오이가 그렇게 말하고 의견을 구하듯 아카리를 보았다.

아카리도 그러게요, 하고 고개를 끄덕여 사쿠의 의견에 동의했다.

"확실히 범인이 흡혈종이라는 사실에만 너무 주목했는지도 모르겠어요. 흡혈종도 사회에서 생활하는 이상, 인간관계에 문제가 생겨서 살인을 저지를 수도 있을 테니까요. 흡혈종을 찾아내는 데 연연하지 말고 사건 자체를 보는 편이 유익하겠어요."

"보통 살인사건이라면 일단은 첫 번째 발견자와 피해자의 관계자가 용의선상에 오르겠네요."

미스터리를 좋아하는 지나쓰가 활기차게 말을 꺼냈다.

"첫 번째 사건 현장을 처음으로 발견한 사람은 깨끗해. 이른 아침에 달리기를 하던 대학생이지. 만나봤는데 흡혈종이 아니었어."

아오이가 바로 대답했다.

"두 번째 사건은 익명으로 신고가 들어왔어. 주택가에
시체가 있는데 공원에서 발견된 시체와 비슷하다고……
신고자는 못 찾았고."

"그거 의미심장하군."

사쿠가 한쪽 눈을 가느다랗게 떴다.

"다케우치가 봤다는 남자가 신고한 걸까. 그럼 범인이
아니라 그냥 지나가던 사람? 하지만 범인이 아니라면 신
고 후에 왜 자취를 감췄는지 잘 모르겠군."

범인이라면 죽인 후에 시체가 빨리 발견될 만한 짓을 할
까. 예를 들어 대책실이 움직여 시체를 정리하리라는 걸
알고 굳이 신고를…… 아니다, 시체가 발견돼서 곤란할 것
같으면 애초에 주택가 한복판에서 안 죽이면 그만이다.

"첫째, 그 남자는 범인이 아니라 그냥 신고자다. 둘째,
그 남자가 범인이고, 신고자는 따로 있다. 셋째, 그 남자가
범인이자 신고자다. ……어째 전부 미묘한데. 신고자가 범
인이 아니라면 왜 익명을 고수한 걸까. 난리법석을 치지
않은 것도 이상하고."

"신고자는 미등록 흡혈종일지도 몰라요. 연관되기가 싫
었던 건지도……."

"과연, 그럴 수도 있겠네."

다케우치가 목격한 가죽점퍼를 입은 남자가 범인이라면, 그를 찾아내는 즉시 사건은 해결된다. 설령 그가 목격자에 지나지 않는다 해도 미등록 흡혈종이라면 아카리 자매가 파악하지 못한 정보를 가지고 있을지도 모른다. 그가 미등록 흡혈종들의 네트워크를 이용하도록 협력해준다면 수사를 확대할 수 있으리라.

아무튼 그 남자를 찾아내는 게 급선무일 듯했다.

하지만 단서가 다케우치의 목격 증언 하나뿐이므로 좀 미덥지 못하다. 밤에 2층 창문으로 슬쩍 본 정도니까 가죽점퍼를 입은 남자를 찾아내기가 쉽지는 않을 것이다. 병행하여 따로 조사할 수 있는 사항은 조사해두어야 하리라.

"피해자 두 사람 사이에 접점은 있었나요?"

"아니요, 조사한 바로는 딱히…… 같은 동네에 살았으니 어디서 마주쳤어도 이상할 건 없지만요."

지나쓰의 질문에 아카리가 대답했다.

집이 근처라면 예컨대 같은 피트니스클럽에 다닌다거나 통근길이 같다는 등 뭔가 접점이 발견될 수도 있다. 하지만 같은 구역에 사니까 행동반경이 겹치는 건 당연하다. 접점이 있더라도 그걸로 범인을 유추해내기는 힘들지도 모르겠다.

지나쓰는 해외 드라마에 등장하는 FBI 수사관처럼(예전에 지나쓰가 DVD를 빌려줬다) 입술에 손가락을 대고 고개를 꼬았다.

"피해자는 여자 회사원과 젊은 남자죠. 피해자 유형에 범인의 취향은 반영되지 않은 듯한 인상이에요. 특별히 점찍은 게 아니라 그냥 지나가던 사람을 덮친 걸까요?"

"대부분 그렇지 않냐고 하면 이상하려나, 인간 연쇄살인범 중에도 무차별 살인을 저지르는 경우가 있잖아. 이번 사건도 그런 걸지도 모르지. 흡혈종 연쇄살인범이 그냥 눈에 띈 사람을 죽여서 피를 빨았을 수도 있지만…… 어쩐지 찝찝하다고 할까, 뭔가 개운치 못해. 무슨 생각인지 모르니까 어디부터 추리해야 할지도 모르겠고…… 범인의 이미지가 그려지지 않아."

아오이의 말을 받아 사쿠가 입을 열었다.

"두 건 모두 아주 좁은 범위에서 발생했어. 범인의 활동 범위가 상당히 한정된 느낌인데, 범인도 그 구역 내에 산다고 봐도 될까?"

사쿠는 의견을 구하듯 아카리를 보았다.

"케이스가 두 건뿐이니 단언은 못 하지만, 그럴 가능성이 높겠죠."

사건 현장 근처에 사는 지나쓰가 불안한 듯 눈썹을 모았다. 방금 전까지만 해도 의욕 넘치게 추리를 펼쳤지만, 자기가 사는 동네가 더 이상 안전하지 않다는 사실에 생각이 미친 것이리라.

사건이 극히 한정된 범위에서 발생하는 만큼 같은 구역에 사는 지나쓰가 불안해하는 것도 결코 지나친 생각은 아니었다. 나머지 사람에게도 남의 일은 아니다.

아마도 이 동네에 사는, 적어도 그 주변을 행동반경으로 삼는 미등록 흡혈종이 범인이다. 그게 가죽점퍼를 입은 젊은 남자인지 아닌지는 불분명하다.

아무튼 근처 흡혈종 가운데서 용의자를 추려내는 것이 제일 효율적인 수사방법이다.

"……요는 우리에게 기운을 남긴 흡혈종이 누구냐 하는 건데."

결국 이야기는 거기로 되돌아간다.

돌아갈 수밖에 없다는 걸 모두 잘 알고 있었다.

입을 연 도노에게 시선이 모였다.

"이건 어떨까. 우리는 대책실이 아니라 아카리 씨와 아오이 씨 개인에게 협력한다. 두 사람은 우리 도움을 받아 미등록 흡혈종을 발견하더라도 그 정보를, 이번 살인사건을 해결하는 목적 이외에는 사용하지 않는다. 그 정보를 보관하지도, 대책실 본부와 공유하지도 않는다."

사쿠와는 동아리방에 오는 도중에 미리 상의했다.

"우리는 대책실에 대해 아직 잘 몰라. 대책실 내부에도 다양한 의견이 존재하겠지만, 일단 아카리 씨와 아오이 씨는 신뢰해도 될 것 같아. 사건 해결을 돕고 싶은 마음도 있고. 그러니까 사건을 해결하는 과정에서 얻은 정보는 파기하고, 앞으로도 그 사람을 관리하기 위해서는 절대로 사용하지 않겠다고 약속하면 아야메 부장과 사쿠도 안심하고 협력할 수 있을 것 같은데."

원래 아야메와 사쿠도 협력하고 싶은 마음은 있지만, 어떤 명분을 내세우느냐로 고민하고 있었을 테니 동의해줄 것 같았다.

"난 좋아."

예상대로 사쿠가 바로 대답했다.

"나도 그렇다면 이의는 없어."

아야메도 뒤이어 말했다.

아카리와 아오이를 믿는다는 뜻이다.

아오이의 표정이 밝아졌다. 아카리도 안도하는 듯하더니 곧 자세를 가다듬고 진지한 표정으로 가슴에 손을 댔다.

"수사 이외의 목적으로 개인정보를 이용하지 않으며, 정보는 저와 아오이 선에서만 다루고 미등록 흡혈종을 찾아내더라도 명부에는 등록하지 않겠다고 약속할게요. 반드시 지키겠습니다."

성심성의껏 다짐했다.

아오이가 눈웃음을 지으며 아야메를 보고 "고마워." 하고 인사했다. 아야메는 머쓱한 것 같았지만 지나쓰는 그 모습을 보고 기쁜 표정을 지으며 말했다.

"그럼 어제와 그제 저희가 뭘 했는지부터 짚어볼까요? 다케우치가 흡혈종이 아니라면 저희에게 기운을 남긴 게 누구냐는 문제는 원점으로 돌아간 셈이니까요."

"검은 가죽점퍼를 입은 남자랑 만난 기억은 없어. 그냥 길에서 스쳐 지나갔을지도 모르지만, 기억은 안 나는군. 우리에게 기운을 남긴 자와 다케우치가 본 남자는 다른 흡혈종일까. 우리와 접촉했을 때는 옷차림이 달랐을 가능성도 있지만."

도노의 말에 사쿠가 음, 하고 고개를 기웃했다.

"나랑 도노는 같은 수업을 들으니까 강의실에서 기운이 옮았다고 볼 수도 있지만…… 모모세는 1학년이고, 구즈미 선배는 동아리방에서 거의 안 나가는데 어디서 접촉한 걸까. 우리에게 옮은 기운이 동아리방에서 다시 구즈미 선배에게 옮을 수도 있나?"

"기운이 아주 강하다면 그럴 수도 있겠지만…… 그런 것치고 여러분에게서 느껴진 기운은 그렇게 강하지 않았어요. 구즈미 씨에게서는 다른 분들보다 약한 기운이 느껴졌지만, 그저 시간이 흐른 탓일지도 모르죠. 저희는 하나무라 씨를 비롯한 세 분을 먼저 만났고, 구즈미 씨는 여기서 30분쯤 후에 만났으니까요."

아카리는 사쿠를 보며 정중하게 대답하고 나서 시선을 바닥으로 향했다. 생각을 정리하려는 것이리라. 확인하듯 천천히 말했다.

"전에도 말씀드렸다시피 여러분께 남은 기운이 그다지 강하지 않았다는 건 대상자와 접촉하고 시간이 흘렀거나, 아주 잠깐 접촉했거나…… 대상자가 기운을 제어할 줄 아는 흡혈종이었을 가능성도 있지만, 애당초 인상에 그다지 남지 않을 방식으로 접촉했을지도 모르겠네요. 예를 들면, 다 함께 카페에 갔을 때 옆자리에 앉은 손님이었다든가……."

"음, 그 정도까지 나아가면 기억이 안 나는 걸 넘어서 아예 접촉한 줄 몰랐을 가능성이 있는데."

사쿠가 고개를 더 기울이자 아카리도 그렇겠죠, 하고 미안한 표정을 지었다.

지나간 길과 밥을 먹은 식당 등등을 기록해서 경로를 되짚어보는 정도밖에 방도가 없을 듯했다. 그렇게 해서 뭔가 생각날지도 모르지만, 우연히 스쳐 지나가거나 옆자리에 앉은 사람은 찾아내기 힘들 것이다. 아카리 자매는 흡혈종의 기운을 느낄 수 있으니까 둘이서 대학 캠퍼스를 돌아다니거나, 어제와 그제 우리가 지나간 길을 함께 다니며 뭔가가 두 사람의 센서에 걸리기를 기다리는 수밖에.

가능성은 희박하지만 손 놓고 있는 것보다는 낫다.

"오늘은 우리에게 기운이 안 느껴지지?"

문득 생각이 나서 아카리 자매에게 확인했다.

"네. 어제와 그제는 금방 기운을 느꼈지만요."

"즉, 우리 네 명은 흡혈종이 아니라고 증명됐다. 그렇게 받아들여도 될까?"

"미안하지만 단언은 못 해. 기운을 지우는 능력이 탁월한 흡혈종도 있고, 계약자와 흡혈종의 기운에 그다지 차이가 없을 때도 있어서 아주 어려운 문제야."

아오이는 미안하다는 듯 눈썹을 늘어뜨리며 고개를 설레설레 흔든 후에 웃음을 지으며 "하지만……." 하고 말을 이었다.

"솔직히 당신들이 흡혈종이든 아니든 이제 별로 신경 안 쓰기로 했어. 당신들 가운데 미등록 흡혈종이 있다면 다른 동족의 정보를 알려주길 바라지만 강요할 수 있는 일은 아니니까. 당신들이 미등록 흡혈종이든 아니든 이렇게 수사에 협력해주는 것만으로도 고마워."

최대한 협력해준다면 사건과 직접 관계가 없는 일은 추궁하지 않겠다는 뜻인가 보다. 도노는 그녀들과 사건이랑 관련이 없는 이야기도 잔뜩 하고 싶고 그러기 위해서라면 개인정보쯤은 얼마든지 밝히겠다는 입장이지만, 아오이 나름대로 성의를 보여준 것이리라.

"당신들에게 기운을 옮긴 흡혈종이 누군지 밝혀져도 그 사람이 범인이 아니라면 역시 협력을 요청하는 것 말고는 할 수 있는 게 없어. 흡혈종이든 아니든 범인 말고는 '선량한 일반 시민'인걸, 억지로 진술을 받아내지는 않아."

"그런 마음가짐이라면 이쪽도 협력하기 편하지. 흡혈종으로 의심되는 사람을 찾아낸들, 험한 취조를 받을지도 모른다면 어떻게 알려주겠어?"

사쿠는 아오이의 말을 호의적으로 받아들인 것 같았다. 아야메도 마찬가지인 듯 웬일로 나서서 제안했다.

"내일까지 각자 이틀간의 행적을 기록해 올게. 일단은 그걸 대조해서 모두가 갔던 장소와 만난 사람을 목록으로 만들면 되겠지?"

"네, 잘 부탁드립니다."

아카리가 기쁜 표정으로 고개를 숙였다.

내일 도노와 사쿠는 오전 중에 수업이 없으므로 다케우치네 집에 아카리와 아오이를 안내하고, 오후 수업이 끝나면 동아리방에 모여 행적을 대조해보기로 했다. 내일 또 만날 수 있다.

피해자가 늘어나는 걸 원하진 않지만, 사건 해결에 시간이 좀 걸리면 좋겠다고 도노는 자기중심적으로 생각했다.

그때 얇은 코트에 팔을 끼우며 돌아갈 채비를 하던 사쿠가 내친김이라는 듯이 말했다.

"그러고 보니 둘 다 캠퍼스는 아직 제대로 안 둘러봤지? 도노, 안내해주는 게 어때? 난 볼일이 있어서 먼저 가봐야겠지만."

아오이와 아카리가 도노에게 고개를 홱 돌렸다.

"안내해준다면 고맙지."

"부탁드려도 될까요?"

나이스 어시스트. 역시 사쿠다.

"물론." 도노는 명랑하게 대답하고 감사의 마음을 담아 친구에게 눈짓했다.

다음에 뭐라도 쏴야겠다.

식당을 안내하는 도중에 아오이의 휴대전화가 울렸다.

"미안해, 잠깐 전화 좀 받고 올게."

업무 전화이리라. 아오이가 가고 나자 도노는 아카리와 단둘이 식당 한복판에 남았다.

잠깐 쉬자고 아카리에게 말하고 무료로 제공되는 차를 세 잔 따라서 빈자리에 앉았다.

아카리는 공손하게 인사를 하고 찻잔을 받아 연한 차를 마셨다. 행동거지에 기품이 있고 손끝까지 예뻤다.

넋 놓고 바라보자니 아카리가 얼굴을 들어 시선이 마주쳤다.

아카리가 왜 그러느냐는 듯이 고개를 갸웃거렸다.

"아까."

그냥 예뻐서 봤다고는 말할 수 없어서 궁금했던 점을 물어보기로 했다.

"우리가 흡혈종이든 아니든 이제 신경 안 쓴다고 아오이 씨가 그랬잖아. 그거, 사건의 범인인지 아닌지가 중요하다, 흡혈종 여부는 범인의 정체를 판단하기 위한 요소 중 하나일 뿐이다, 즉, 범인이 아니라는 게 확실하면 그 사람이 흡혈종인지 아닌지는 관계없다는 말이지?"

"네. 여러분이 흡혈종인지 아닌지는 둘째 치고, 이번 사건의 범인이 아니라는 건 알아요. 범인이라면 굳이 저희에게 접촉해 올 리 없으니까요. 그렇다면 선의의 협력자인 여러분의 사생활을 궁금해할 필요는 없겠죠."

값어치 있는 정보를 제공한다면 흡혈종이든 아니든 개의치 않는다는 뜻이다. 유연할뿐더러 합리적인 사고방식이었다. 사실, 그런 자세 덕분에 사쿠와 아야메의 협력도 얻어냈다.

"개인적으로 인연을 맺기에는 어때? 상대가 흡혈종인지 아닌지는 중요해?"

"친구나 동료처럼 가까운 사이를 말씀하시는 건가요?"

도노가 고개를 끄덕이자 아카리는 양손으로 감싼 찻잔을 들여다보며 진지한 표정으로 잠시 입을 다물었다.

"저는…… 그건 중요하지 않다고 생각해요. 흡혈종도 인간과…… 흡혈종이 아닌 사람과 다를 바 없다고요. 하지만 그렇게 생각지 않는 사람도 있겠죠."

천천히 차분하게 대답했다.

아카리라면 그렇게 대답하리라 예상은 했지만, 진지하게 생각하고 대답해줘서 기뻤다.

하지만 진짜 질문은 이제부터다. 고개를 조금 기울여 아카리의 얼굴을 들여다보며 물었다.

"아카리 씨, 그럼 혹시 내가 흡혈종이라도 친하게 지내줄 거야?"

"하나무라 씨가 흡혈종이라면 제게 접근하지 않았겠죠. 저는 대책실 직원이에요. 흡혈종이 특히나 질색하는 존재인걸요."

"그렇지 않아."

아카리가 고개를 들어 도노를 보았다.

지척에서 눈이 마주쳤다.

"흡혈종이냐 아니냐는 인종, 종교, 문화의 차이와 다를 바 없어. 중요한 건 개인의 성격이 맞느냐지. 업무 내용도 그래. 아카리 씨가 흡혈종을 관리하는 일을 한다지만, 나를 관리할 생각인지 아닌지는 별개의 문제잖아."

방금 전까지 이야기를 나누어서 도노를 포함한 오컬트 연구부 부원들이 그렇게 생각한다는 게 충분히 전해진 줄 알았건만, 아카리는 놀랐는지 눈이 휘둥그레졌다.

이윽고 찻잔을 턱 높이로 들고 포근하게 미소 지었다.

"……참 멋진 생각이에요."

웃는 얼굴이 막 피어난 꽃봉오리 같았다.

너무 기쁘게 웃어서 거짓말은 하나도 안 했지만 가슴이 좀 뜨끔했다.

속을 떠봐서 미안해.

5장

아카리와 아오이를 다케우치네 집까지 안내한 후 사쿠와 둘이서 슬렁슬렁 걸어 첫 번째 사건이 있었던 공원에 들렀다.

넷이 들어가기에는 아무래도 다케우치의 방이 좁다. 도노와 사쿠는 주변을 산책하며 이야기가 끝나기를 기다리기로 했다.

일기예보가 맞는다면 비는 내리지 않을 테지만 당장에라도 퍼부을 것처럼 하늘은 잔뜩 흐렸다.

"산책은 그렇다 치고, 왜 여기야? 출입금지잖아."

사쿠는 어이없다는 표정으로 말하면서도 아무렇지 않게 노란 테이프를 넘어 도노보다 먼저 안으로 들어갔다. 도노도 재빨리 뒤따랐다. 사쿠만큼 다리가 길지 않아 거뜬히 넘지는 못했지만 오기로 어떻게든 손을 쓰지 않고 넘어갔다.

"현장은 백 번 봐야 한다는 말도 있잖아. 범인은 현장에 돌아온다는 말도 있고."

만에 하나 남에게 들켜서 혼이 나더라도 사과하면 그만이다. 저번에는 여기서 아카리 자매와 마주쳐 현장검증이 불발로 끝났지만, 역시 한 번은 현장을 제대로 둘러보고 싶었다.

안으로 들어간 사쿠가 멈춰 섰다. 왜 그러나 싶어 사쿠의 시선을 좇다가 알아차렸다.

먼저 온 사람이 있다.

남자다. 옅은 금발에 다부진 체격, 가죽점퍼는 아니지만 검은 옷을 입었다. 얼핏 보인 얼굴로 판단컨대 아무래도 외국인 같았다.

한 손에 소형 게임기 같은 물건을 들고 커다란 미끄럼틀 앞을 어정거렸다.

"아카리 씨 자매의 동료인가? 말을 걸어볼까?"

다가가려 하자 사쿠가 팔을 잡았다.

눈치는 어디 팔아먹었느냐고 당황한 듯 작은 목소리로 나무랐다.

"범인이면 어쩌려고 그래. 아까 범인은 현장에 돌아온다고 네가 그래놓고."

대낮에 당당하게 돌아다니고 있지 않느냐고 반박하고
싶었지만, 오늘은 날이 흐리고 햇볕에 대한 내성은 개체마
다 차이가 있다는 아카리의 말이 떠올랐다. 확실히 범인일
가능성을 무시할 수 없다. 아카리 자매에게 대책실 동료가
올 예정이라는 말은 못 들었다.

하지만 그렇다면 더더욱 저 남자를 쫓아야 뭔가 실마리
를 잡을 수 있을지도 모른다.

망설이는 사이에 남자는 도노와 사쿠가 들어온 출입구
반대쪽으로 나가버렸다.

사쿠가 휴대전화를 꺼내 남자의 뒷모습을 촬영했다. 하
지만 이미 거리가 많이 벌어진 탓에 이 사진으로 나중에
얼굴을 확인할 수 있을지 의심스러웠다.

"사쿠, 쫓아가자. 들키지 않도록 몰래 미행하면 돼."

"잠깐, 위험하다니까! 도노!"

사쿠의 초조한 목소리가 날아들었지만 도노는 아랑곳없
이 달렸다.

설령 들키더라도 한낮에 남의 눈이 있는 곳에서 느닷없
이 공격하지는 않으리라.

남자는 이미 시야에서 사라졌다. 달리던 여세를 몰아 노
란 테이프를 뛰어넘었다.

"악."

착지할 때 무릎 높이의 갈색 덩어리에 부딪칠 뻔해서 균형을 잃었다.

관목 때문에 몰랐는데, 산책하던 개가 마침 공원 입구에 다다랐던 모양이다.

도노가 갑자기 펄쩍 뛰어나와서 개도 놀랐으리라.

부딪히지는 않았지만 왕 하고 크게 한 번 짖었다.

오른발은 무사히 땅에 닿았지만 왼발이 테이프에 걸렸다. 어떻게든 자세를 가다듬으려고 애썼지만 한 발로는 체중을 지탱할 수 없어 엉덩방아를 찧었다.

"죄송합니다! 괜찮아요?"

개 주인이 허둥지둥 개목걸이를 붙잡고 쪼그려 앉아 도노의 얼굴을 들여다보았다. 사쿠도 달려왔다.

금발 남자를 추적하는 것은 포기한 채 주저앉아 겸연쩍게 하하 웃었다.

평소 운동이 부족했던 게 화근이었다.

"우리 개가…… 미안합니다.

"무슨 말씀을. 제가 갑자기 튀어나오는 바람에 놀라셨을 텐데……."

미안한 표정으로 사과해서 도리어 이쪽이 몸 둘 바를 모를 지경이었다. 다쳤다고 해봐야 좀 까진 정도고, 애당초 자신이 잘못해서 발이 걸려 넘어진 것이다.

신경 쓸 것 없다고 말하려다 알아차렸다.

개목걸이를 붙잡은 사람은 예전에 다케우치네 집 앞에서 말을 나누었던 그 노인이었다.

노인의 이름은 미타무라 다카시였다.

공원에서 그리 멀지 않은 곳에 산다고 한다.

별로 다치지 않았다고 했지만 치료를 해야 한다고 그가 주장해서 사쿠와 함께 정원이 있는 낡은 단독주택까지 따라갔다.

미타무라는 도노와 사쿠를 툇마루가 딸린 다다미방으로 안내하고 붕대와 거즈를 가져와서 상처를 봐주었다. 관목에 팔꿈치가 쓸렸을 뿐인데 너무 과하다 싶었지만, 미타무라는 하필이면 반창고가 없다고 미안한 듯 말했다.

"저도 얼마 전에 정원을 관리하다가 다쳐서 몇 년 만에 처음으로 붕대와 거즈를 샀답니다. 다친 적이 거의 없다 보니 어떻게 하는지도 잘 몰라서 엉망으로 감아놨죠."

그제야 미타무라의 셔츠 왼쪽 소맷자락 아래로 드러난 붕대가 눈에 들어왔다. 느슨해진 붕대 사이로 희미하게 피가 밴 거즈도 보였다.

개 이름은 '다로'라고 한다. 지금은 정원에 묶어놓았다. 마당 한쪽에 깔린 시트에 플라스틱 밥그릇이 놓여 있었다.

동그란 그릇 하나에 네모난 그릇 두 개.

개가 한 마리가 아닌가 싶어 주변을 둘러보았다.

"우리 집에는 이 녀석밖에 없지만 가끔 떠돌이 친구를 데려와서요. 좋지 않다는 건 알지만 어쩌다 보니……"

미타무라가 무안한 듯이 말했다.

살펴보자 정원수의 비교적 낮은 가지에 과일을 잘라서 꽂아두었다. 이건 새 먹이이리라. 미타무라 씨는 동물을 좋아하는 모양이다. 아니, 그보다는 혼자 살아서 외로운지도 모르겠다.

그에게는 가족이 없는 것 같았다.

"혼자 사세요?"

"네, 오래전에 아내와 사별한 뒤로요. 이 집에는 홀로 되고 나서 이사 왔어요. 너무 넓은가 싶었지만 정원이 있는 집에 살고 싶어서…… 옛날에 살던 집과 조금 비슷하기도 하고요."

미타무라는 사쿠의 질문에 대답하며 서투르게 손을 놀려 상처 주변을 닦고 거즈를 댄 후 붕대를 감았다.

피를 보는 게 고역인지 상처를 똑바로 보지 않으려 애쓰는 것 같았다. 사쿠가 대신 하겠다고 나서자 "이제 다 돼갑니다." 하고 웃으며 거절했다. 책임을 느끼는 모양이었다.

"이 집은 마음에 들지만, 역시 혼자 지내면 외로울 때

도 있더군요. 이제 익숙해졌다 싶다가도 갑자기 울컥하곤
해요. 앞으로 내내 혼자구나 생각하면 미쳐버릴 것 같아
서……. 미안해요, 이런 이야기나 하려고 데려온 게 아닌데."

"아니요……."

"오래 살다 보면 그럴 때도 있답니다. 하지만 지금은 다
로가 있으니까…… 제 유일한 가족이에요."

미타무라는 그렇게 말하고 정원 쪽을 보며 흐뭇한 미소
를 지었다.

그의 태도와 말투는 온화했다. 원래 말수가 많은 사람은
아닌 듯한데, 거의 초면인 우리에게 이런 이야기를 하다니
의외였다. 외로운 탓인지도 모르겠다.

미타무라는 작은 가위로 붕대를 자르고 치료를 마쳤다.

"좋아, 이 정도면 됐으려나. 정말로 미안합니다. 차를 내
올 테니 들고 가요. 과자고 뭐고 없습니다만."

"신경 쓰실 것 없어요. 제가 다로를 놀라게 해서 오히려
죄송하네요."

"아니요, 아니요."

미타무라가 부엌으로 향하면서 "오랜만에 손님을 대접
하는군요."라며 웃기에 더 이상은 사양하지 않기로 했다.

사쿠가 치료에 사용한 붕대와 거즈를 들고 일어섰다.

"이거, 어디에 두면 되나요?"

"아아, 내 정신 좀 보게. 그럼 부탁 좀 해도 될까요? 거기 서랍 제일 밑단에 넣으면 됩니다."

다다미방 벽 앞에 허름한 장롱이 덩그러니 놓여 있었다.

사쿠가 다가가서 무릎을 꿇고 제일 아래 서랍을 열었다.

"안에 뭔가가 들어 있는데 같이 넣어도 될까요? 어, 이 거는…… 앗."

따가워, 하고 그다지 긴박감 없이 말하며 사쿠가 서랍을 더듬던 오른손을 빼냈다.

작은 목소리였지만 부엌에 있던 미타무라가 냉큼 달려 나왔다.

"다쳤나요?"

"어, 아니요, 괜찮아요. ……어라."

자기 오른손 집게손가락을 보고 사쿠가 놀란 표정을 지었다. 도노가 곁으로 가서 보자 사쿠의 베인 손끝에서 피가 흘러나왔다.

"이럴 때는 다친 곳을 심장보다 높은 곳에 두어야 한다더라."

사쿠의 손목을 붙잡고 위로 올리면서 서랍 속을 살피자 갈색 가죽 칼집에 든 칼이 보였다. 칼집이 빠져서 칼날이 약간 드러났다. 사쿠가 실수로 칼날을 건드린 모양이었다.

사쿠는 피가 나는 걸 보고서야 다쳤다는 사실을 알았다

는 듯한 표정으로 손가락을 타고 흐르는 피를 신기하게 바라보았다.

도노가 호주머니에서 티슈를 꺼내서 주었다. 사쿠는 티슈로 손가락에 묻은 피를 닦고 상처를 눌렀다.

"피가 제법 많이 나는데. 뭘 그렇게 멍하니 있냐."

"이렇게 싹 베인 줄 몰라서 깜짝 놀랐거든. 하지만 상처가 깊지는 않으니까 괜찮아."

미타무라가 걱정하자 "그냥 살짝 스친 거예요."라며 웃었다. 하지만 종이에 베인 것과는 차원이 다르다. 피를 닦았으니 됐다고 넘어갈 수는 없다.

피가 멎을 때까지 상처를 압박한 후에 붕대와 거즈를 빌려 이번에는 도노가 사쿠의 손가락에 붕대를 감아주었다. 손가락을 베인 것 가지고 붕대라니, 하고 사쿠는 민망한 표정을 지었지만 이 집에는 반창고가 없으니까 어쩔 수 없다. 본인이 말한 만큼 상처가 얕지도 않은지 거즈에 피가 서서히 배었다.

"죄송합니다. 조심성 없이 굴다가 붕대만 낭비했네요."

"아이고, 무슨 말을. 나 때문에 다쳤는걸요. 미안합니다. 아참, 갈아야 할 테니 붕대와 거즈를 가지고 가요."

"할아버지도 쓰셔야 할 텐데요. 팔을 다치셨잖아요."

"이건 거의 다 나았어요. 난 이제 필요 없습니다."

미타무라는 어쩔 줄 몰라 하며 거듭 사과했다.

치료를 받고, 차를 얻어 마시고, 거즈와 붕대까지 받아서 문을 나섰다.

현관 바로 오른편에 정원이 있고, 툇마루 너머로 아까까지 우리가 있던 다다미방이 보였다.

정원에 묶인 개 다로는 모르는 사람이 찾아와서 기분이 어수선한지 몸을 흔들고 자꾸 흙냄새를 맡았다.

그러고 보니 도노는 이 개가 담 냄새를 맡는 걸 보고 다케우치네 집 앞길에서 두 번째 사건이 벌어진 게 아닐까 낌새를 챘다. 미타무라 씨는 분명 매일같이 다로를 데리고 범행 현장 앞을 지나다닐 것이다.

"할아버지, 다로를 주로 밤에 산책시킨다고 하셨죠? 밤은 피하시는 편이 좋을 것 같아요. 최근에 요 부근에서 수상한 사람을 봤다는 소문을 들었거든요."

"수상한 사람요?"

미타무라는 불안한 듯 미간을 모았다. 금시초문이었으리라. 두 번째 사건은 공식적으로 발표되지 않았다.

"얼마 전에 공원에서 여자 시체가 발견되는 사건이 있었잖아요. 그거랑 동일범일지도 모른다고…… 그 밖에도 습격을 당해 크게 다친 사람이 있는가 보더라고요. 소문을 너무 퍼뜨리는 것도 무책임한 짓이겠지만 그 주변을 자주 지나다니신다면 조심하는 편이 좋지 않을까 싶어서요."

아카리 자매 말로는 근처 주민이 겁을 먹고 혼란에 빠지지 않도록 두 번째 사건은 존재 자체를 덮어놓았다지만 이 정도는 괜찮을 것이다.

요전에도 그랬고 오늘도 다로와 미타무라하고 사건 현장 부근에서 마주쳤다. 낮에는 괜찮지만 밤이 되면 그 부근은 정말 위험하다. 보통은 굳이 개를 거느린 사람을 덮치지 않겠지만, 상대가 흡혈종이라면 안심은 금물이다.

"그렇군요…… 감사합니다. 조심할게요. 안 그래도 밤에 하는 산책을 그만두려던 참이었으니."

젊은 놈이 대뜸 이상한 소리를 한다고 여길 만도 했지만, 미타무라는 점잖은 표정으로 그렇게 대답했다.

다로는 여전히 기분이 약간 어수선한지 도노와 사쿠를 배웅하러 나온 주인의 발치에 코를 문질렀다.

"아카리 씨 자매도 볼일을 다 봤으려나."

미타무라의 집을 나서서 걸으며 손목시계를 보자 시간이 얼추 맞을 듯했다.

산책으로 시간을 때우다가 돌아가는 길에 우연히 마주친 척하기는 시간상 어려울 듯했는데, 마침 잘됐다.

"아까 공원에 있던 남자를 사진으로 찍었잖아. 두 사람에게 보고하고 다케우치가 본 남자와 동일 인물인지 본인에게 확인하자. 앗싸, 합류할 이유가 생겼어."

"꼭 이유가 필요하냐. 그냥 기다리면 될 걸 가지고."

어처구니없다는 듯 말하면서도 사쿠는 사진을 바로 도노의 휴대전화에 보내주었다.

꽤 멀리서 찍은 탓에 남자의 옆얼굴만 아주 살짝 나왔지만, 함께 찍힌 공원의 관목 따위로 체격과 키 정도는 알아낼 수 있을 듯했다.

출입이 금지된 사건 현장을 어슬렁거렸으니 범인이 아니더라도 뭔가 정보를 가지고 있을 가능성이 높다. 그냥 구경꾼일 가능성도 없지는 않지만 다케우치가 창문으로 보았다는 남자와 동일 인물인지도 모르고, 범인이 누구인지 짚이는 구석이 있는 미등록 흡혈종이 현장을 보러 온 건지도 모른다. 아카리 자매에게 말할 가치가 있는 정보다.

"그게, 볼일도 없이 기다리면 부담스럽잖아. 타이밍을 봐서 우연히 합류한 척할까 싶었는데 공원에서 본 남자 이야기를 전하러 왔다고 하면 자연스럽겠지. 아무래도 신이 도와주는가 봐."

도노는 평소처럼 가벼운 투로 말했다. 사쿠가 어이없어하거나 웃으면서 "그래, 그래, 어련하시겠어." 하고 받아넘기리라 예상했건만……

"그렇게 자꾸 간만 볼 필요 없을 것 같은데."

사쿠는 휴대전화를 코트 주머니에 넣으며 대꾸했다.

"신중한 것도 좋지만 지금 분위기가 제법 괜찮은 것 같으니 네 본모습을 좀 더 드러내는 게 어때? 뭐, 내숭을 떨든 본모습을 드러내든 크게 다를 바 없을지도 모르지만."

놀랐다. 사쿠가 도노의 사랑에 의견을 내놓다니 별일이다.

하기야 평소에 도노가 일방적으로 이야기를 자꾸 늘어놓으니까 그럴 필요가 없었을 뿐인지도 모르지만.

"내 본모습은 그녀를 사랑하는 평범한 남자야."

"얼렁뚱땅 넘어가려고 하지 마. 너도 알겠지만 언젠가는 이번 사건도 해결될 거야. 수사가 몇 년이나 계속되지는 않는다고. 두 사람은 우리랑 같이 행동하지 않을 때도 수사를 할 테고, 경찰도 움직이고 있어. 어쩌면 당장 내일이라도 범인을 찾아낼지 몰라."

분명 맞는 말이다.

사건이 해결되길 바라고, 사건이 해결되면 그녀도 고마워하리라. 하지만 그래서는 협력해줘서 고맙다는 말로 끝난다. 그녀에게는 현지에 협조적인 사람이 있어서 다행이었다는 정도의 감상밖에 남지 않을 것이다.

흡혈종에 흥미가 있으니 대책실에 들어가고 싶다고 하면 분명 이야기를 들어줄 테고, 전화번호나 메일 주소를 알려줄지도 모른다. 하지만 그녀와 사적인 관계는 맺을 수 없다.

연락할 방법이 있는 것만으로는 안 된다. 그래서는 다시 만나기 위해 또 긴 시간과 많은 노력을 들여야 한다.

원래 9년이나 이름조차 모른 채 그리워했던 사람이다.

접점이 생기면, 또 만날 기회가 있다면 그걸로 됐다고 생각했지만…….

"눈치챘잖아. 네가 모를 리가 있나. 그녀는…….."

"응."

역시 사쿠도 알아차린 모양이다. 어쩌면 아야메도.

"넌 그걸 알면서도 마음에 변함이 없어. 그 마음을 전해야지."

도노보다 한 발짝 앞서 걸으면서 사쿠가 웬일로 진지한 표정을 지었다.

"간신히 만났잖아. 좋아한다고 말하지 않아도 되겠어? 말조차 꺼내기 전에 헤어질지도 모르는데."

"그녀 입장에서는 얼마 전에 안면을 튼 사이잖아. 남자를 좀 거북해하는 느낌도 있으니 너무 밀어붙이면 당혹스러울 거야. 다른 속셈으로 협력했다는 게 들통 나면 정도 뚝 떨어질 테고."

"넌 나름대로 신사고 괜찮은 놈이니까 걱정 마. 우연을 가장하거나 동네 평화를 위해서 협력한다고 꾸밀 것 없어. 좋아하는 여자를 위해 최선을 다하는 게 뭐가 나빠?"

너무나도 뜻밖의 말이라 무심코 걸음을 멈췄다.

사쿠는 좀 더 냉철한 남자인 줄 알았다.

그런 생각을 한다는 데 놀랐고, 그걸 입 밖으로 꺼내서 더욱 놀랐다.

도노가 멈추는 바람에 몇 발짝 거리가 생기자 하는 수 없다는 듯 사쿠도 걸음을 멈췄다. 이윽고 몸을 돌려 도노를 보았다.

아무래도 마주 보고 이야기하기는 쑥스러운지 코트 주머니에 양손을 넣고, 얼굴은 이쪽으로 향했지만 시선은 다른 곳에 둔 채 입을 열었다.

"정이 왜 떨어지냐? 이야기해봤으니 알잖아. 만약 9년 내내 한시도 잊은 적 없이 좋아해왔다고 고백했는데 기분 나빠한다면 때려치우는 편이 나아. 그런 여자한테는 네가 아까워."

놀라움이 채 가시기도 전에 더 놀랄 말을 들어서 농담조차 나오지 않았다.

도노가 할 말을 잃자 쑥스러움을 감추려는지 사쿠가 불쾌하다는 듯 눈살을 찌푸리고 노려보았다.

"왜?"

"아니, 사쿠 너는 참 좋은 녀석이다 싶어서."

부끄러우니까 감동했다는 말은 하지 않기로 했다.

생긴 게 마음에 들어서 사이좋게 지냈지만(기왕이면 다 홍치마라는 말도 있잖은가) 사쿠와 진지한 이야기를 한 적은 별로 없다. 첫사랑 이야기도 늘 도노가 일방적으로 꺼낼 뿐이었다. 언젠가 재회하면 도와달라고 농담처럼 말했고, 맡겨만 달라고 농담처럼 대답했다.

첫사랑 말고 다른 일에는 도통 흥미가 없는 도노와 뭐든지 빈틈없이 해내면서 늘 모든 걸 남의 일처럼 대하는 사쿠. 자기 주관이 뚜렷한 점을 빼면 닮은 구석이 없지만, 아마도 그래서 마음이 편한 것이리라.

어쩐지 마음이 잘 맞아서 같이 다녔지만 사쿠는 도노를 생각했던 것보다 훨씬 친한 친구로 여겼던 모양이다.

"뭐야 그게, 지금까지 날 어떻게 본 거야."

사쿠는 도노의 말에 피식 웃으며 평소대로 돌아왔다.

도노는 자연스레 입매가 누그러졌다.

자기처럼 가치관이 편향된 인간도 친구가 호의를 보여주면 기쁘다는 것을 알았다.

멈춰 선 탓에 벌어진 몇 발짝의 거리를 좁혔다.

"네 안경에 도수가 없는 걸 알았을 때 '같은 처지인 줄 알았는데 아니었구나, 이 가짜 안경잡이'라고 생각했는데 미안해."

"이제 와서 웬 고해성사? 뭐, 상관없지만."

다시 나란히 걸었다.

발걸음이 가벼웠다.

걸음을 옮기던 사쿠가 기분이 좋아진 도노를 힐끔 쳐다보았다.

"신은 어떤지 모르겠지만, 난 네 편이야. 든든하지?"

"엄청."

명부에 등록된 흡혈종들을 방문해 이야기를 들어보자 소문대로 도내의 미등록 흡혈종들 사이에 지도자가 존재하며 대단한 정보통이라고 했다.

이야기를 들려준 흡혈종들 중에 지도자와 만난 사람은 없었지만 다들 그 존재를 알고 있었다.

"독자적인 정보망이 있는지 흡혈종과 관련된 사건이 발생했다든가, 대책실 사람이 왔다든가, 그런 정보를 우리…… 명부에 등록된 흡혈종에게도 전달해줍니다. 유에라고 불리는데 미등록 흡혈종들 사이에서는 인망이 아주

두터운 모양이더라고요. 소문으로는 아주 강력한 흡혈종 이랍니다."

두 건의 살인사건도 흡혈종들은 이미 알고 있었다. 대책실 직원들이 수사를 시작했다는 것도.

정보는 힘이다.

유에라는 흡혈종은 미등록 흡혈종의 지도자이지만 명부에 등록된 흡혈종에게도 어느 정도 영향력을 발휘하는 듯했다.

강력하다는 소문이 퍼질 정도니 무용담이 생길 만한 일화가 있겠지만, 아무래도 흡혈종들을 지배하는 입장은 아닌 것 같았다. 들은 바에 따르면 스스로 지도자라 칭하지는 않는다고 한다. 이야기를 들려준 흡혈종들도 '중개인', '얼굴마담' 등 제각기 다양한 표현을 사용했다.

유에는 흡혈종들에게 강한 영향력을 행사하는 입장에 있으면서도 그들과 적당한 거리를 유지하고 있다. 유에는 그냥 통칭일 테고, 얼굴도 거의 알려지지 않았다.

너무 눈에 띄면 대책실과 헌터의 표적이 될 우려가 있다는 걸 알기 때문이리라.

아주 신중한 성격인 듯하다. 이래서야 본인과 접촉하기는 힘들지도 모르겠다.

"난 유에 씨와 만난 적 없고, 만났다는 사람도 몰라요.

하지만 미등록 흡혈종뿐만 아니라 흡혈종 모두가 살기 편하도록 여러 시스템을 만든 사람이라고 들었어요. 그래서 다들 고마워한답니다."

진술 청취에 응한 흡혈종 모두가 비슷한 이야기를 했다.

만난 적은 없다. 연락처도 모른다. 하지만 그 존재는 알며 고마운 마음을 품고 있다. 유에 덕분에 질서가 유지되고 있다.

연락을 취하고 싶으니 알고 지내는 미등록 흡혈종이 있으면 소개해달라고 부탁해보았지만, 다들 그 부탁에는 응하지 않았다.

명부에 등록된 흡혈종은 미등록 흡혈종과 대립하는 관계가 아니다. 교류할 때도 있다. 명부에 등록하여 대책실의 지원을 받는 길을 택했다고 해서 관리당하기 싫어 등록을 거부하는 자들의 선택이 그릇됐다고 생각지는 않는다고 그들은 말했다.

존중 없이는 공존도 불가능하다. 등록을 거부한 자들의 개인정보를 팔아넘기지 않는 것은 최소한의 매너이며 암묵적인 규칙인 셈이다. 그건 물론 이해가 갔다.

명부에 등록됐다고 해서 그들이 대책실의 요구를 무조건 받아들여야 하는 것은 아니다.

미등록 흡혈종은 소개받지 못했지만, 이야기를 들려준

흡혈종 중 하나가 흡혈종의 쉼터라는 신주쿠의 한 바를 알려주었다. 바의 점장은 명부에 등록된 흡혈종이지만, 미등록 흡혈종도 손님으로 자주 드나든다고 한다.

정보를 준 흡혈종은 곤란한 일이 생겼을 때 거기서 상담하여 도움을 받은 사람이 있다는 이야기를 들었다고 했다. 콕 집어 말하지는 않았지만 그 가게를 통해 유에와 접촉할 수 있을지도 모른다는 뜻이리라.

"범인이 빨리 잡히기를 바라는 마음은 다들 같을 테니까요."

아카리와 아오이가 고맙다고 인사하자 그런 대답이 돌아왔다. 미등록 흡혈종도 드나드는 가게를 대책실 직원에게 알려주려니 망설여졌던 모양이다. 그래도 자신들을 믿고 정보를 준 것에 감사하며 한시라도 빨리 사건을 해결하겠다고 약속하고 진술 청취를 마쳤다.

명부를 확인해보니 도내에 거주하는 흡혈종의 수는 얼마 되지 않으며 사건 현장 주변으로 한정하면 손가락으로 꼽을 정도밖에 없었다. 명부에 적힌 순서대로 진술을 청취하는 것도 이틀 만에 끝났다.

즉시 신주쿠의 바 '보이드'로 가서 사정을 설명한 후, 유에에게 연락을 취하고 싶다고 부탁하며 명함을 두고 돌아왔다. 점장은 아무 장담도 하지 않았지만 매몰차게 굴지도 않았다.

대책실 소속임을 밝혔을 때 카운터 자리에 앉은 젊은 남녀가 거북한 기색을 보였으므로 미안해서 재빨리 가게를 나섰다.

답변을 너무 기대하지는 않기로 다짐했지만 다음 날 도노가 대학 캠퍼스를 안내해주고 있을 때 아오이의 휴대전화에 모르는 번호로 전화가 걸려왔다.

"보이드에 남긴 말을 들었어."

"당신이 유에 씨?"

"유에의 심부름꾼이야."

아직 소년이라고 해도 될 만큼 앳된 남자 목소리였지만, 흡혈종의 나이는 목소리와 외모만으로는 분간하기 어렵다.

아오이는 아카리와 도노 곁을 떠나 인적 없는 복도 구석에서 통화했다. 신중하게 대응해야 했다.

남자가 정말로 유에의 심부름꾼인지는 불분명하다. 어쩌면 유에 본인일 수도 있다.

"이 동네에서 발생한 사건과 관련해 유에 씨에게 이야기를 듣고 싶은데."

"유에는 사건과 무관해. 개인의 사생활을 파고들지 않는다면 수사에는 협력할게."

남자는 무슨 사건이냐고 묻지 않았다. 당연히 파악하고

있는 모양이었다.

"유에 씨는 미등록 흡혈종의 지도자 격이라고 들었어. 유에 씨가 그렇게 말했으니 미등록 흡혈종 모두가 협력해준다는 뜻으로 받아들여도 될까?"

"모두들 살기 편하도록 문제가 발생하면 일이 커지기 전에 수습하고, 가능한 범위에서 동족에게 상담을 해주는 게 다야. 정보에 정통할 뿐 뭔가 지시하거나 관리하는 입장은 아니지."

"인망이 두텁다고 들었는데."

"미등록 흡혈종은 불안한 처지에 있으니까. 자유를 선택했다지만 뭔가에 기대고 싶은 법이지."

덧붙여 지도자를 자칭하는 것은 아니라고 못을 박았다.

그렇다 해도 이 나라에서, 적어도 도내에서 미등록 흡혈종의 정보를 제일 많이 가지고 있는 것은 틀림없이 유에다.

"수사를 위해 필요한 정보를 제공해줄 수는 없을까?"

"용의선상에 올릴 만한 자의 개인정보라는 뜻이라면 그건 안 돼. 무엇보다 미등록 흡혈종의 목록 같은 건 없어."

관리당하기 싫어 등록도 거부했으니 당연하다.

명부에 등록된 흡혈종과 등록되지 않은 흡혈종. 이 자체도 관리하는 쪽에서 설정한 범주다.

"유에 씨 머릿속에만 있다는 거야?"

"뭐, 그런 셈이지."

선선히 긍정했다.

그 정보를 대책실과 공유할 마음이 없다는 뜻이다.

"수사에 도움이 될지도 모른다는 이유만으로 본인의 동의도 없는데 사건과 무관한 개인정보를 제공할 수는 없어. 다만 개인정보를 침범하지 않는 범위에서라면 정보를 공유하겠어."

전면적인 협력은 얻어내지 못했지만, 적어도 유에는 무턱대고 대책실에 적개심을 품거나 선민의식이 강해 인간을 낮잡아 보는 유형은 아닌 것 같았다. '동족'을 지킨답시고 범인의 도주를 방조하는 지도자가 아니어서 다행이었다.

도내에서 미등록 흡혈종에게 가장 영향력이 있는 유에와 척을 지지 않고, 얼마간 협력도 얻어냈으니 그것만으로도 다행이라 해야 할 것이다.

"헌터가 동네로 들어왔어. 확인한 바로는 한 명뿐인 것 같더군. 등록, 미등록 구분 없이 동족들에게 경고해두었지만 발견하면 따끔하게 한마디 해주면 고맙겠어. 헌터 중에는 과격한 놈들도 많으니까."

헌터. 흡혈종을 사냥하는 자다.

못마땅한 호칭이 나오자 아오이는 눈살을 찌푸리며 저쪽에서 도노와 대화를 나누는 아카리를 돌아보았다. 이건 즉시 공유해야 하는 정보다.

"알았어. 정보 줘서 고마워."

"범인을 찾아내면 꼭 당신들에게 넘길게. 연쇄살인범을 다음부터 조심하라고 설교하고 풀어줄 수는 없는 노릇이지. 그렇다고 사적으로 제재할 수도 없고, 흡혈종을 가둬둘 만한 시설이 있는 것도 아니니까."

"흡혈종끼리라도 위험할 수 있어. 예를 들어, 범인이 광폭화했다면 말이야. 당신들끼리 확보하려 들지 말고 용의자를 발견하는 즉시 알려줘."

흡혈종끼리 싸움을 벌였다간 무고한 인간이 말려들 우려가 있다. 가능하면 별 탈 없이 원만하게 범인의 신병을 확보하고 싶었다.

"알았어. 범인을 알아내면 접촉하기 전에 연락할게."

속뜻을 알아차렸는지 상대는 바로 그렇게 답했다.

전화를 끊자마자 아오이는 아카리에게 통화 내용을 전달했다.

도노는 내일 아침 다케우치네 집을 방문할 시간만 정하고 바로 물러갔다. 눈치가 빠르고 배려심이 있는 청년이다.

즐겁게 이야기를 나누는 중이었으므로 방해해서 조금 미안했지만, 도노는 섭섭해하는 기색 없이 흔쾌히 아카리와 아오이 둘만 있게 해주었다. 친절한 학생들 중에서도 그는 특히 협조적이다. 왜 이렇게까지 해주는지 신기할 정도다.

그들이 사는 동네에서 발생한 사건이다. 그들의 안전을 위해서도, 진지한 협력에 보답하기 위해서도 어떻게든 해결하고 싶다.

아카리도 마찬가지 생각인 듯 헌터가 이미 동네에 들어왔다는 정보를 듣자 표정이 흐려졌다.

"헌터가 먼저 범인을 찾아내면 틀림없이 전투가 벌어질 거야. 휩말리는 사람이 나올지도 모르고, 헌터가 범인을 찾는 과정에서 무고한 흡혈종들에게 피해를 입힐 수도 있어. 빨리…… 헌터보다 먼저 범인의 신병을 확보해야 해."

헌터는 흡혈종을 상대로 한 전투에 특화된 인간들을 가리키는 총칭으로, 대책실과 무관하며 국가의 후원도 없이 활동한다.

그들은 흡혈종에게 걸린 상금을 노리는 현상금 사냥꾼을 자처하지만, 실상은 그저 '흡혈종 사냥'이 목적인 집단이다. 상금이 걸린 도망자의 신병을 확보하는 것이 생업인 현상금 사냥꾼이 미국에 있기는 하지만 대책실은 범죄를 저지른 흡혈종에게 현상금을 걸지 않는다. 헌터라 불리는 그들의 목적은 상금이 아닌 것이다.

흡혈종은 위험하니 인간의 안전을 위해서는 싸우는 수

밖에 없다. 그런 사고방식을 가진 자들이 많다.

흡혈종에게 가족을 잃은 인간의 복수심이 헌터라고 불리는 자들이 탄생한 계기라고 한다. 흡혈종에게 원한을 품은 인간이 실제로 현상금을 걸고 헌터들에게 돈을 지불하는 일도 있는 모양이다. 하지만 실제로 그러한 사연이 있어서 흡혈종에게 원한을 품는 인간은 별로 없다.

도저히 이해가 안 되지만 흡혈종과 싸운다는 비일상적인 행위를 즐기는 인간이 있다. 대책실이 경계하고 문제로 삼는 것은 그런 자들이었다.

인간으로서 사회에 동화된 흡혈종을 이유도 없이 공격하면 당연히 범죄지만, 죄를 저지른 흡혈종이 상대라면 시민으로서 체포에 협력한다는 명분이 생긴다. 전투가 벌어져 죽이게 되더라도 흉악하고 인간보다 신체 능력이 우월한 흡혈종이 저항하는 바람에 생명을 지키기 위해서는 어쩔 수 없었다고, 정당방위였다고 변명할 수 있다.

애당초 흡혈종의 존재를 아는 인간이 한정되어 있으므로 헌터로 활동하는 인간도 극소수지만, 대신에 그들은 흡혈종이 사건을 일으켰다는 소식이 들리면 자신들의 거주지는 물론 경우에 따라서는 국경까지 넘어서 쫓아간다.

이번에는 멀리 떨어진 일본이라서 방심했는데, 생각했던 것보다 빨리 사건이 알려진 모양이다.

흡혈종이 연쇄살인사건을 저지르는 일은 드무니까 결국 냄새를 맡을 줄은 알았지만.

가능하면 그 전에 사건을 해결하고 싶었다며 아카리가 입술을 깨물었다.

범인을 알아내기 위해 그들은 막무가내로 나올지도 모른다. 이대로 가다가는 동네 분위기가 더 흉흉해진다. 미등록 흡혈종들도 그건 피하고 싶을 것이다. 유에가 협력 요청을 받아들인 데는 그런 내막이 있었을지도 모른다.

"젊은 남자 목소리였어. 유에 본인인지는 모르겠지만. 모습을 드러낼 생각은 없는 것 같지만 정보는 공유해줄 모양이야."

협상이 가능한 상대인데도 헌터가 개입하여 일이 틀어진 사례는 과거에도 있었으나 이번에는 보기 드물게 상대가 정말로 위험한 흡혈종이다. 헌터도 피와 살을 가진 인간이므로 반격을 당해 그저 피해자만 늘어날지도 모른다.

범인과 헌터도 포함하여 더는 사상자를 내지 않고 마무리하고 싶다.

그 친절한 학생들이 사는 동네를 더 이상 엉망으로 만들고 싶지 않다.

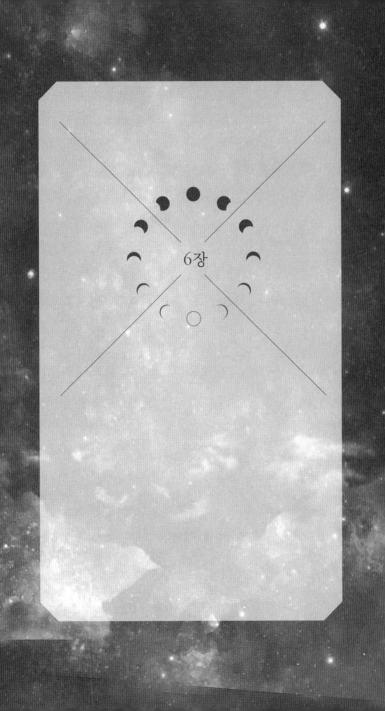

6장

학생들이 소개해준 다케우치 유야에게서 흡혈종의 기운은 느껴지지 않았다. 학생들도 말했듯이 그는 그냥 목격자이리라.

그에게 얻은 정보로 범행 시각을 조금 압축하고, 사건 직후 시신 곁에 있었다는 남자에 관해 이야기를 들은 것은 다행이지만 범인에 근접하기 위한 구체적인 단서는 얻지 못했다.

사건이 발생하기 전후에 비슷한 남자를 보았다는 목격자는 없었는지 경찰에 조사를 부탁했지만, 늦은 밤 시간이라 기대는 하지 않는 편이 나으리라.

역시 유에의 연락을 기다리는 수밖에 없을까.

아카리와 아오이가 다케우치에게 인사하고 일어섰을 때

아카리의 휴대전화가 울렸다. 도노였다.

"공원에서 수상한 사람을 봤어. 다케우치가 본 남자와 동일 인물인지 확인하는 편이 좋을 것 같아서."

기다리는 동안에도 주변을 둘러본 모양이다.

수상한 남자의 사진을 찍었다기에 아오이를 다케우치의 방에 남겨두고 아카리가 집 앞으로 내려가서 도노, 사쿠와 합류했다.

두 사람은 각자 팔꿈치와 손가락에 붕대를 감고 있었다. 아까 헤어졌을 때는 멀쩡했다.

대충 둘둘 감은 붕대가 꽉 끼는지 도노는 한쪽 소매를 걷어 올린 모습이었다.

"무슨 일 있었어요?"

"넘어졌어. 공원에서 본 남자를 쫓아가다가 산책하던 개랑 마주쳐서 놀랐거든."

"저런, 괜찮으세요?"

"응, 개 주인이 상처를 치료해줬어. 사쿠도."

"난 넘어진 게 아니지만."

수사에 협력하려다 다치기까지 했는데도 도노는 웃음을 거두지 않았다. 왜 그렇게 열심인지 아카리로서는 알 수 없었다.

붕대 때문에 상처는 보이지 않았지만 도노의 셔츠 소매

부분에 피가 묻었다. 붕대를 감지 않은 쪽 손도 피는 나지 않지만 아주 살짝 까졌다.

흡혈종이라면 이 정도 상처는 몇 초 만에 낫는다.

이들은 흡혈종이 아니라는 증거였다.

"난 볼일이 있으니까 먼저 갈게. 다케우치한테 안부 전해줘."

붕대가 감긴 오른손을 흔들고 사쿠가 등을 돌렸다.

넷이서 다케우치의 방에 들어가기는 아무래도 너무 비좁으니까 배려한 건지도 모르겠다.

도노는 웃는 얼굴로 사쿠를 배웅하고 다케우치네 집에 들어가기 전에 휴대전화에 저장한 사진을 보여주었다.

물론 사진만으로는 흡혈종인지 아닌지 알 수 없지만, 일반론은 제쳐놓고 이번 사건의 범인이 현장에 되돌아올 것이라 보기는 힘들다. 사람들 사이에서 소동이 벌어졌는지 멀찌감치 떨어져서 살펴본다면 모를까 출입금지 테이프가 붙은 사건 현장에 굳이 침입하다니, 범인의 프로파일과 일치하지 않는 행동이다.

도노는 그 남자가 범인의 관계자일지도 모른다고 여긴 모양이지만, 그보다는 아카리와 같은 부류, 즉 범인을 추적하는 쪽이라고 봐야 할 것이다.

'예를 들면 헌터.'

"손에 무슨 게임기 같은 걸 들고 있었어. 잘 안 보였지만 이런 상자 모양이었는데."

"흡혈종의 기운을 탐지하는 탐지기일 거예요. 그걸 사용하면 인간도 흡혈종의 기운을 탐지할 수 있죠. 그런 물건은 우리 같은 대책실 직원이나 가지고 다닐 텐데, 대책실에서 누가 또 파견됐다는 소식은 못 들었으니…… 개인적으로 흡혈종을 쫓는 헌터일지도 모르겠네요."

헌터는 수가 얼마 안 되므로 대책실에서 파악하고 있는 사람의 얼굴은 대체로 머릿속에 들어 있지만 사쿠가 찍었다는 사진에는 얼굴이 거의 나오지 않았다. 체격과 머리 색깔이 들어맞는 헌터가 두 명쯤 있지만 사진만으로는 판단이 불가능하다.

도노와 함께 집에 들어가서 아오이와 다케우치에게도 사진을 보여주었다.

다케우치는 사진을 찬찬히 뜯어본 후 고개를 젓더니, 자기가 창문으로 본 남자는 덩치가 더 작고 외국인이 아니었다고 말했다.

예상했던 대답이었다. 도노도 확인차 물어봤을 뿐이리라. 창문으로 본 남자가 외국인이었다면 애초에 다케우치가 그렇게 말했을 것이다.

다케우치에게 다시 감사를 표하고 셋이서 집을 나섰다.

"결국 건진 게 없네."

"지금은 단편적인 정보일지라도, 뭔가를 계기로 서로 연결되면 사건의 전모가 보일 거예요. 다케우치 씨를 소개해준 덕분에 목격자가 있었다는 것도 확실해졌고요."

"그렇게 말해주면 고맙지만. ……이것도 단편적인 정보지만 아까 그 사진 보내줄까?"

거의 아무 정보도 없는 사진이지만, 하고 미안해하며 도노가 공원에서 찍은 사진을 아카리와 아오이의 휴대전화에 보내주었다.

"얼굴은 제대로 못 봤지만 외국인 같았고, 금발에 검은 옷에…… 그건 사진을 보면 알겠지. 으음, 공원 관목 끝부분이 겨드랑이 높이까지 왔어."

그걸로 남자의 키를 대강 가늠할 수 있다.

사소한 정보도 지금은 중요하다.

이렇게 생긴 남자는 헌터로 추정되니까 접근하지 말라고 주변 흡혈종들에게 주의를 촉구할 수 있다.

아오이가 고개를 끄덕이고 휴대전화를 꺼냈다.

"고마워, 그 밖에 또 생각나는 게 있으면 아카리에게 말해. 난 본부랑 경찰…… 유에에게도 연락할게. 방금 전까지 공원에 헌터가 있었다는 건 최신 정보야. 미등록과 등록 흡혈종에게 경계하라고 전해야 해."

조금 떨어진 곳에서 전화를 걸기 시작했다.

도노가 고개를 휙 돌려 아카리를 보았다.

"유에라니?"

"미등록 흡혈종의 지도자라고 할까…… 영향력이 있는 사람이에요. 그 사람을 통해서 미등록 흡혈종들에게 주의를 촉구하고 정보를 제공하려고요."

다케우치가 목격한 검은 가죽점퍼 차림의 남자는 두 번째 사건을 익명으로 신고한 사람과 동일 인물로 봐도 되지 않겠느냐고 아카리와 아오이는 판단했다.

신고만 하고 자취를 감춘 것만 보더라도 신고자는 틀림없이 흡혈종이다. 흡혈종이 그 사건을 저질렀음을 알고 자신과 동족에게 누가 되지 않도록, 일이 커지지 않도록 대책실에 의지한 것이다.

신고자는 범인이 흡혈종이라는 사실을 알고 있었다. 다시 말해, 범인을 알거나 범행 현장을 목격했다는 뜻이다.

유에나 다른 동족이 아니라 바로 대책실에 의지하려고 했으니 신고자는 명부에 등록된 흡혈종일 가능성이 높다. 그러나 부근에 거주하는 흡혈종 중에 해당하는 남자는 없었다.

만약을 위해 등록된 남자 흡혈종의 얼굴 사진을 전부 다케우치에게 보여주었지만 그는 역시 고개를 저었다.

더 이상은 손쓸 방도가 없을 것 같지만, 유에라면 그게 누구인지 알아낼 수도 있으리라.

미등록 흡혈종의 동향을 파악하려면 유에의 정보망에 기대야 하니, 지금 당장 자신들이 할 수 있는 일이 없어서 안타깝지만.

"목격자라면…… 아야야."

뭔가 말하며 팔을 올리려던 도노가 인상을 찌푸렸다.

"괜찮으세요?"

"응, 괜찮아. 넘어져서 화단에 쓸린 걸 가지고 뭘. 그리고 치료도 제대로 받았으니까."

붕대를 감은 팔을 어색하게 위아래로 흔들었다. 방금 그러다가 아파했지만, 아카리를 안심시키려는 것이리라.

"미타무라라는 노인의 집, 요 근처야. 주로 밤에 개를 산책시킨다니까 어쩌면 사건이 발생한 날도 범인이 근처에 있었을지 모르겠네. 아, 그건 아닌가. 밤이래도 그렇게 늦은 시간에는 산책을 안 나간다고 했으니까……. 하지만 개는 후각이 예민하잖아. 흡혈종의 냄새를 탐지해서 찾아낼 수는 없으려나. 거기가 사건 현장이 아닐까 의심한 것도 다로가 담에 코를 대고 냄새를 맡아서거든."

"다로?"

"미타무라 할아버지가 기르는 개. 나한테는 짖었지만 주인은 잘 따라. 귀엽더라. 아카리 씨는 개 좋아해?"

"네. 길러본 적은 없지만요."

예전에 이웃이나 동료가 기르는 개를 접할 기회는 있었다. 애교 있는 표정과 몸동작이 귀여웠고, 부드럽고 따뜻한 털을 쓰다듬으면 기분이 편안해졌다.

하지만 가족으로 맞아들이려고 생각한 적은 없다.

"길러볼 생각은 없고?"

"네. 그게…… 금방 죽잖아요."

슬퍼서 싫다고 말한 후에 조금 다르게 말할걸 하고 후회했다. 도노가 기껏 오늘 본 귀여운 개 이야기를 해줬으니 기르고 싶지만 바빠서 못 돌본다는 식으로 말할걸 그랬다.

스스로 생각하기에도 딱딱한 대답이다 싶었지만 도노가 머쓱해하는 기색은 없었다.

"확실히 인간의 수명에 비하면 짧긴 하지."

아주 짧은 침묵 후에 다시 입을 열어 부드러운 목소리로 말했다.

"하지만 짧은 시간이나마 함께 지낼 수 있다면 행복하지 않을까. 내 생각은 그래."

방금 전까지보다 조금 진중해진 말투, 그리고 상냥한 목소리.

무심코 그를 보자 목소리와 마찬가지로 상냥한 시선과

마주쳤다.

"내가 개라면 상대에게는 짧은 시간일지라도 기억해주면 행복할거야, 분명. 보내는 쪽은 슬프겠지만."

"……그렇겠죠."

나도 개는 길러본 적 없지만, 하고 도노는 다시 밝은 목소리로 말하며 웃었다.

착한 사람이다.

아카리가 입매를 누그러뜨리자 도노도 더 활짝 웃었다.

"개를 좋아하면 같이 보러 가지 않을래? 치료해준 답례로 내일 과자라도 사서 찾아가볼까 하거든. 기분 전환 삼아……. 그런 여유는 없으려나. 하지만 현장 근처니까 뭔가 알고 있을지도 모르고, 다로의 후각이 도움이 될 수도 있잖아."

"그러게요…… 근처에 살면서 밤에도 산책을 나가셨다니 이야기를 한번 들어보고 싶네요. 일반인의 반려견을 수사에 투입하기는 힘들겠지만요……."

유에에게만 의존하는 상황을 어떻게든 타개해야겠다고 생각하던 참이다. 아무리 작은 정보라도 소홀히 하면 안 된다.

개 주인이 범인으로 의심되는 사람을 실제로 목격했을 가능성은 한없이 낮지만, 개가 사건 현장의 냄새에 반응했다는 데는 관심이 갔다.

개의 후각을 이용해 범인을 찾을 수 있을까. 예를 들면 경찰견을 빌려서. 아오이하고도 상의해봐야겠다.

"다행이다. 나, 내일 오전에는 강의가 없어. 같이 가자. 마침 하고 싶은 이야기도 있으니."

"저한테요? 지금은 안 되고요?"

"응."

나도 마음의 준비를 해야 하니까. 도노는 그렇게 말하고 어쩐지 쑥스러운 듯 눈을 내리뜨며 웃었다.

아카리와 만나기 전에 근처 화과자 가게에 들러 미타무라에게 선물할 과자를 샀다. 치료해준 답례를 하러 간다는 건 핑계다. 잠깐이나마 아카리와 함께 시간을 보내고 싶었을 뿐이지만, 미타무라는 혼자 쓸쓸히 지내는 것처럼 보였으니까 인사하러 가도 민폐는 아니리라.

어제 감아준 붕대는 집에 돌아가서 풀었다. 지금은 약국에서 산 팔꿈치 및 무릎용 대형 반창고를 붙여두었다.

도노는 당연히 아카리와 아오이가 함께 올 줄 알았지만,

만나기로 약속한 공원에 나타난 건 아카리 혼자였다.

"너무 많이 몰려가면 번잡할 테니까요."

위험한 곳에 가는 것도 아니고, 수사라는 명목으로 한숨 돌리는 땡땡이에 가까울지도 모른다. 아니면…… 좀 더 현실적으로 생각하면 일대일로 이야기할 기회를 만들어 도노가 숨겼을지도 모르는 정보를 끌어내려는 의도인 걸까.

어느 쪽이든 상관없었다. 오늘은 사쿠도 안 불렀다. 단둘이 이야기를 나눌 수 있는 기회다.

사쿠가 기합을 넣어준 직후에 이런 기회가 찾아오다니 신이 등을 떠밀어주는 것 같다.

이걸 계기로 거리를 좁혀 슬며시 호의를 전달하면 된다.

들뜬 마음을 억누르며 아카리보다 반 발짝 앞서서 주택가 구석에 자리한 미타무라의 집으로 향했다.

공원에서 걸어서 몇 분 거리다.

좀 더 멀면 좀 더 오래 함께 걸을 수 있을 테니 아쉽기도 했지만, 짧은 거리나마 둘이 나란히 걷는다는 기쁨이 더 컸다.

미타무라의 집으로 이어지는 마지막 모퉁이를 돌자 앞쪽에서 검은 옷을 입은 남자가 걸어오는 게 보였다.

튼실해 보이는 체격, 굴곡이 뚜렷한 얼굴, 금발.

그가 빠른 발걸음으로 지나가기 직전에 어디서 본 것 같다는 생각이 들었다.

이 남자는.

저도 모르게 옆을 보자 아카리도 만난 이래 처음 보는 냉엄한 시선을 남자에게 던지고 있었다.

"제이크 브래들리!"

아카리가 몸을 돌리며 매서운 목소리로 불렀다.

남자가 걸음을 멈추고 이쪽을 보았다.

"나를 아나, 아가씨?"

영어다.

아카리는 남자에게 다가가 케이스에 든 신분증을 꺼내 얼굴 옆으로 들어 올렸다.

남자는 눈썹을 치켜세우고 무해하다는 걸 보여주겠다는 듯 양손을 펼쳤다.

"난 아무 짓도 안 했어."

"네, 앞으로도 아무 짓 하지 마세요. 특히 선량한 시민에게 위해를 가하는 짓은요. 당신 자신의 안전을 위해서도 사냥은 그만두세요."

"난 헌터야. 사냥은 해야지. 하지만 당신들의 적은 아니야. 우리는 둘 다 악인을 퇴치하는 쪽이잖아?"

동료 아니냐는 듯 남자가 입꼬리를 끌어 올렸지만 아카리는 험악한 표정을 풀지 않았다.

"당신에게서 흡혈종의 기운이 느껴지네요. 피 냄새도. 어디선가 흡혈종과 접촉했나요?"

"아니, 공교롭게도 엇갈린 모양이야. 한발 늦었어."

"그게 무슨……."

"가봐. 저 집이야."

턱을 움직여 길 끝, 왼편에 있는 단독주택을 가리켰다.

아카리가 그쪽으로 눈을 돌린 틈에 남자는 다시 걸음을 옮겼다.

아카리는 한순간 망설인 듯했지만 남자를 불러 세우지 않고, 그가 가리킨 주택으로 향했다. 도노도 따라갔다.

"아카리 씨, 지금 저 남자……."

"네. 헌터예요. 흡혈종을 없애자는 과격한 사상을 가지고 있어서 대책실에서도 요주의 인물로 간주하고 있죠."

"뒤쫓지 않아도 돼?"

"아직 그를 구속할 근거가 없어요. 감시를 붙이고 싶지만…… 그보다 흡혈종의 기운과 피 냄새가……."

아카리가 도노보다 먼저 남자가 가리킨 집 앞에 도착했다.

집은 3면이 콘크리트 담으로 둘러싸여 있었지만, 정면은 담이 아니라 관목을 심어서 만든 산울타리였다. 산울타리 사이의 나무문은 열려 있었다.

아카리가 부리나케 정원으로 뛰어들자마자 두 다리를

멈칫하더니 표정이 싹 달라졌다.

"아카리 씨, 여기는 미타무라 할아버지의……."

아카리를 따라 정원에 들어가려는데 역한 냄새가 코를 찔렀다.

"안 돼요."

도노가 그 냄새의 정체를 짐작하기 전에 아카리가 돌아서서 도노의 가슴을 세게 밀었다.

도노는 시키는 대로 가느다란 팔에 떠밀려 문밖으로 나갔다.

"하나무라 씨는 안 보는 편이……."

아카리가 새파랗게 질린 얼굴로 말했다.

완전히 문밖으로 나가기 직전, 뭔가 붉은 것이 시야에 들어왔다.

정원에 무엇이 있을지는 붉은 색깔과 역한 냄새, 아카리의 표정으로 짐작이 갔다.

"남자가 사망했어요. 정원에서…… 다른 피해자의 시신과 비슷한 상태예요. 밖으로 나가세요. 아오이에게 연락할게요."

틀림없이 미타무라의 집이다.

정원에서 사람이 죽었다면 피해자는 집주인이라고 봐도 무방하리라.

어제만 해도 멀쩡히 살아 있었던, 친절하게 상처를 치료해준 미타무라가.

머리가 당장 현실을 받아들이지 못해 슬프거나 무섭다기보다 그냥 얼떨떨했다.

"하나무라 씨는 이만 돌아가세요. 날이 밝은 동안은 혼자라도 위험하지 않을 거예요. 저는 아오이와 경찰을 기다렸다가……."

당차게 말했지만 도노의 가슴에 닿은 아카리의 손가락은 떨리고 있었다.

아카리도 처참한 시신에 익숙한 건 아니리라.

흡혈종이 흉악한 범죄를 저지르는 일은 많지 않다고 했다.

그래도 도노에게 지인의 시신을 보여주지 않으려고 창백한 얼굴로 애쓰고 있다.

그걸 깨닫자 사고력이 조금 되돌아왔다.

심호흡을 하고 나서 아카리의 손을 가만히 내렸다.

"고마워. 하지만 괜찮아."

생각했던 것보다 차분한 목소리가 나왔다.

"나도 남을게. 나랑 사쿠는 어제 할아버지와 만났으니까…… 시신이 본인이 맞는지 확인하는 게 낫겠지. 가족은 없는 모양이었으니까."

아카리는 잠시 주저했지만 시신의 신원 확인은 이른 편

이 낫다고 판단했는지 결국 알겠다며 고개를 끄덕였다.

"그럼 부탁할게요. 하지만 경찰이 와서 현장을 확인하고, 시신에 시트를 덮은 뒤에 보세요. 얼굴만 보면 충분하니까요."

그때까지는 안에 들어가지 말라고 신신당부하더니, 도노가 멋대로 안에 들어갈까 봐 걱정이 되는지 집 입구를 막고 서서 아오이에게 전화를 걸었다.

"세 번째 피해자가 나왔어. 지금 현장이야. 하나무라 씨도 같이 있고. 공원 근처 2번가의…… 미타무라라는 사람의 집. 흡혈종의 기운이 강하게 남아 있어. 현장은 내가 보존할 테니까 당장 대책실과 경찰에 연락해서 사람을 보내. 너도 합류하고."

아카리의 목소리를 들으며 멍하니 산울타리를 바라보았다.

나뭇잎이 무성해 밖에서는 정원이 거의 보이지 않는다.

걱정되는지 아카리가 가끔 이쪽으로 시선을 주었다.

"아까 집 앞길에서 헌터 브래들리와 마주쳤어. 그가 범인의 단서를 가지고 있을지도 몰라. 그렇다면 스스로 사냥할 작정이겠지. 찾아내서 감시를 붙여야……."

눈이 마주쳐서 괜찮다는 뜻으로 웃음을 지었다. 그리고 등을 돌려 산울타리에 몸을 기댔다.

아카리가 안심한 듯 통화에 집중하는 틈에 고개만 살짝 움직여 산울타리 나뭇잎 사이로 정원을 훔쳐보았다.

검붉게 물든 흙과 신발 밑창, 바짓단이 보였다.

미타무라의 시신은 그 정도밖에 보이지 않았지만 조금 떨어진 곳, 시신 앞쪽에 빨간색이 보였다. 눈을 가늘게 떠 초점을 맞추었다.

피 웅덩이 속에 털 뭉치 같은 것이 있었다.

개인 줄도 알아보기 힘들 만큼 처참하게 변한 사체였다.

시신은 분명 미타무라였다.

사복 경찰관이 발끝에서 머리끝까지 덮은 시트를 조금 걷어서 보여준 얼굴로 확인했다.

턱과 뺨이 피에 붉게 젖었지만 얼굴은 손상이 없는 듯했다. 언뜻 눈에 들어온 목에 물어뜯은 듯한 상처가 있었지만 바로 시트에 가려졌다.

그것으로 도노의 역할은 끝났다.

아카리와 함께 사건 현장인 정원을 가로질러 밖으로 나왔다.

산울타리 너머로 보였던 피 웅덩이도 시트로 가려놓았다.

하지만 콘크리트 담에 튄 혈액과 피 묻은 개 발자국이 사방에 천지라 그야말로 참상이라는 말이 딱 어울렸다.

오늘은 이만 돌아가는 편이 좋겠다는 말에 미타무라에게 무슨 일이 생긴 건지 가르쳐달라고 부탁했다. 아카리는 알아낸 사실을 오늘 안에 보고하겠다고 약속했다.

"그러니까 일단 안심할 수 있는 곳에서 쉬세요. 나중에 반드시 그쪽으로 가서 설명할게요."

학교 동아리방에서 아카리 자매를 기다리기로 했다.

사쿠에게는 메일로 알렸지만 아야메와 지나쓰에게도 세 번째 피해자가 나왔다고 말해야 한다. 특히 지나쓰는 이 부근에 산다. 안전을 위해서라도 알아둬야 한다.

도노가 아카리와 헤어져 걸어가자 조금 떨어진 곳에서 미타무라의 집을 지켜보던 이웃 주민으로 보이는 여자들이 불러 세웠다.

"저 집에서 무슨 일 있었어?"

출입금지 테이프는 붙이지 않았지만 사람들이 여럿 드나드는 걸 보고 사건이 일어났나 싶어 모여든 모양이었다.

"자세한 사정은 모르지만 강도가 들었나 봐요. 집주인은 다쳐서 병원에 실려 갔다든가…… 불안해서 이사 갈지도 모른다나."

흡혈종의 소행임은 덮어놔야겠지만 무슨 일이 생겼다는 낌새를 챈 사람들에게 아무 일도 없다고 대답해봤자 역효과만 난다. 나중에 이야기의 앞뒤가 맞도록 적당히 얼버무리기로 했다.

흉흉해라, 무서워라, 하며 여자들이 얼굴을 마주 보았다.

"그러고 보니 새벽에 웬일로 개가 엄청 짖어서 왜 저러나 싶었는데."

"개가 있는 집에 굳이 강도질을 하러 들어갈까?"

"개는 최근에야 기르기 시작했으니 몰랐던 거 아닐까? 왜, 산책시키는 것도 요 한두 달 전부터 눈에 띄었잖아."

"그래? 작년에 반상회 안내문을 전달하러 갔을 때 개 울음소리를 들었는데. 집 안에서 강아지를 키우나 싶었어. 집주인이 병원에 갔으면 개는 어쩌나."

"어머, 하지만 새벽에 막 짖다가 잠시 후에 잠잠해졌는걸. 어쩌면 개도 강도에게……."

도노는 제쳐놓고 이야기에 열중하던 여자들이 문득 그의 뒤편을 보더니 입을 다물었다.

돌아보자 사쿠가 이쪽으로 걸어오는 참이었다.

이제 동아리방으로 가겠다는 메일을 보고 마중 나온 모양이다.

이제 도노는 익숙해졌지만, 이렇게 주택가에서 보니 이

질적일 만큼 외모가 돋보였다. 얇은 검은색 코트인지 롱재킷인지의 옷자락이 펄럭였다.

아, 이건 몸매와 비율이 좋아야 어울리는 옷이다. 생뚱맞게 이런 태평한 생각이 들었다.

도노와 사쿠는 키가 거의 똑같지만 다리 길이는 차이가 큰 것 같았다.

여자들 가운데 한 명이 연예인이냐며 옆 사람과 소곤대는 소리가 들렸다.

"어, 마중 나왔어? 일부러? 너무 착한 거 아니야?"

"마침 근처에 있었어. ……가자."

흥미진진하게 쳐다보는 여자들 때문인지 사건 이야기는 꺼내지 않고 바로 몸을 돌려 왔던 방향으로 되돌아갔다.

잠깐 기다리라며 사쿠를 세워놓고 미타무라 집 앞에 있는 사복 경찰관에게 가서 알렸다. "저 사람들이 새벽에 개 짖는 소리를 들었대요."

조금이라도 도움이 될 만한 정보가 있다면 진술 청취는 전문가에게 맡기는 편이 낫다.

도노는 사쿠에게 돌아가서 걸음을 옮겼다. 구경하던 여자들과 점점 멀어졌다.

"미타무라 할아버지가 돌아가셨다고?"

그제야 사쿠가 물어보았다.

"응. 분명 할아버지였어. 목에 물어뜯긴 듯한 상처가 있었고, 현장은 피범벅이었지. 아카리 씨 말로는 흡혈종의 기운이 강하게 남아 있대."

"괜찮아?"

"충격이었지만, 난 얼굴밖에 못 봤으니까."

아카리 자매에게 들었던 살해 방법과 동일하다. 미타무라는 흡혈종이 저지른 연쇄살인사건의 세 번째 피해자인 셈이다.

친분이 깊지는 않지만 아는 사람이 살해를 당하자 사건이 대번에 현실감을 띠었다. 우리 가까이에서 사건이 발생했으며 결코 남의 일로 치부할 수 없다는 것을 새삼 실감했다.

공원 앞까지 왔을 때였다.

"할아버지는 왜 살해당했을까?"

사쿠가 불쑥 말을 꺼냈다.

물어보았다기보다는 저도 모르게 입 밖으로 새어 나온 말인지 도노를 돌아보지는 않았다.

"왜냐니…… 피를 빨기 위해서겠지? 흡혈종이 범인이니까."

범행은 무차별적이며 피해자들은 서로 관련성이 없는 듯하다고 아카리 자매에게 들었다. 첫 번째와 두 번째 사건 현장과 같은 구역에 사는 사람이 다음 피해자가 된들 이상할 건 없다. 어쩌다 보니 그가 피해를 입은 것 아닐까.

"할아버지는 정원에서 돌아가셨잖아. 즉, 굳이 집까지 들어가서 덮쳤다는 뜻이야. 지금까지와는 수법이 달라."

"아…… 그렇구나."

아는 사람이 살해당했다는 충격 때문에 금방 깨닫지 못했지만 확실히 그렇다.

하지만 민가에 침입해서 범행을 저질렀다고 해서 통행인을 무작위로 습격한 첫 번째와 두 번째 범행보다 수법이 대담해졌다고는 할 수 없다.

심야라고는 하나 누가 지나갈지도 모르는 길거리에서 사람을 덮치기보다, 혼자 사는 사람을 노리면 목격될 위험성은 오히려 낮아진다. 범인이 드디어 그걸 깨달았을 뿐인지도 모른다.

그러나 구경하던 이웃 사람도 말했듯이 아무라도 상관없었다면 굳이 개가 있는 집을 선택할 이유가 있었을까.

아니면 미타무라여야 할 이유가 있었던 걸까.

"물론 마침 눈에 띈 집이 할아버지 집이었을 수도 있어. 단순한 우연일지도 모르지만……."

사쿠도 구체적인 생각이 있는 것은 아닌지 말투가 시원치 못했다.

사쿠는 한동안 말없이 생각에 잠겼다. 공원 바깥 둘레를 돌아 역으로 향하는 길을 걷다가 횡단보도에서 멈췄다.

횡단보도에서 신호가 바뀌기를 기다리던 여자가 사쿠를 힐끔힐끔 쳐다보았다.

이럴 때 사쿠는 대개 시선을 알아차리고도 모른 척 넘어가지만, 오늘은 전혀 의식하지 못하는 것 같았다.

"아까 길에서 헌터와 마주쳤다고 했는데, 그 녀석은 할아버지 집에서 나왔어?"

"본 건 아니지만 아마도."

그럼 역시 우연이 아닐지도 모르겠다며 사쿠는 턱에 손을 대고 미간을 찌푸렸다.

"그 헌터는 어째서 그 집에 갔을까. 다음 피해자가 되리라고 예상한 걸까, 아니면 사건이 일어났음을 알고 현장에 간 걸까…… 어느 쪽이 됐든 어떻게 그걸 알았을까."

해가 지자 아카리와 아오이가 동아리방에 와서 현장검증 결과를 알려주었다.

오늘 세 번째 사건이 발생하여 정신이 없을 텐데도, 피해자가 도노와 사쿠의 지인이었음을 배려하여 두 사람이 같이 와준 것이리라.

아야메와 지나쓰에게도 세 번째 사건이 발생했다는 사실과 피해자의 신원은 설명해두었다. 두 사람도 아카리와 아오이에게 자세한 이야기를 듣고 싶다며 돌아가지 않고 동아리방에 남았다.

아카리가 보고서에 기재된 피해자의 주소, 성명, 사인, 범행 추정 시각 등을 읽어주었다.

"검시 결과는 내일 이후에 나오겠지만 그가 흡혈종에게 살해된 건 거의 틀림없어요. 현장에 기운이 꽤 강하게 남아 있었습니다."

아카리는 차분한 표정으로 그렇게 말하고 네 사람을 둘러보았다.

"이번이 세 번째, 흡혈종의 연쇄살인은 여기서 끝나지 않을 걸로 추정돼요. 수사 인원을 증원하겠죠. 야간 순찰도 실시할 예정이고요. 많이 불안하시겠지만 하루라도 빨리 해결하도록 노력할 테니 앞으로도 협조 부탁드립니다. 다만 실제 수사 활동은 저희에게 맡겨주세요. 궁금하거나 마음에 걸리는 게 있으면 저나 아오이를 부르고, 여러분끼리는 절대로 그 구역을 조사하지 마세요."

부원 가운데 살인사건과 흡혈종에 제일 흥미가 많았던

지나쓰도 불안한 표정을 감추지 못했다. 그럴 만도 하다. 지나쓰의 집은 사건이 발생한 구역에 있다. 단기간에 사건이 속출하자 남의 일이 아니다 싶은 것이리라.

"미타무라 할아버지가 피해를 입은 건 우연일까. 이전 두 건과 달리 자택에서 습격당했잖아. 할아버지는 다로를 산책시키느라 자주 그 부근을 돌아다닌 모양이니, 예를 들어 본인이 자각했는지는 둘째 치고, 범인과 연관된 뭔가를 목격하는 바람에 표적이 됐다든가……."

도노가 끼어들어 말하자 아카리는 고개를 끄덕였다.

"헌터 브래들리가 우연히 범행 현장 앞을 지나가다 이변을 알아차렸다고 보기는 힘들겠죠. 무슨 이유가 있어서 그 집을 방문했다가 시신을 발견했을 거예요."

사쿠와 같은 의견이었다.

왜 미타무라 집에 갔는지 확인하기 위해 현재 경찰이 브래들리를 찾는 중이라고 한다. 근처에 숙소를 잡았을 테고, 외국인은 눈에 띄니까 비교적 빨리 발견될 것이다.

유에의 정보와 브래들리의 정보. 이제 둘 다 보고되기만을 기다리면 된다. 우리가 도울 일은 더 이상 없을 듯하다. 그렇게 생각하자 조금 서운했다. 상황이 상황인 만큼 이런 생각을 하는 게 불경스러울지도 모르지만.

"조금씩이지만 수사는 진행되고 있어요. 입수된 정보 여하에 따라 단숨에 진전될지도 모르고요. 그때까지는 불안하겠지만 여러분도 해가 진 뒤에는 가급적 그 부근을 혼자 돌아다니지 마세요. 피해는 그 구역에 한정되어 있습니다. 특히 그 근방에서는 인적이 있는 시간대에 한해서 외부 활동을 해주기 바랍니다."

이미 밖은 어둡다.

그야말로 위험천만한 구역으로 귀가해야 하는 지나쓰가 창밖을 힐끔거렸다. 사쿠가 알아차리고 "바래다줄게." 하고 제안하자 그제야 약간 안심한 듯했지만, 표정은 밝아지지 않았다. 무리는 아니다.

"다케우치가 집에서 나오지 않는 마음이 이해가 가요. 지금까지 제가 공감력이 너무 없었네요."

지나쓰는 고개를 숙이고 기운 없이 말했다.

흡혈종과 살인사건의 수사 협력이라는 말에 반색했던 것을 지금이나마 반성하는 모양이었다.

그리고 얼굴을 들어 아카리를 보았다.

"방어책이랄까…… 뭔가 흡혈종 퇴치법 같은 건 없나요? 치한 퇴치용 스프레이나 호신용품 같은 건 무의미하려나. 유사시에 대비해서 좀 알려주세요."

지나쓰가 애원하는 눈으로 쳐다보자 아카리는 약간 망설이는 듯한 얼굴로 아오이를 보았다.

두 사람 입장에서는 흡혈종을 물리치는 방법을 설명하려니 마음이 복잡한 것이리라.

하지만 지나쓰도 흡혈종 전체에 편견이 있는 것은 아니다. 어디까지나 지금 그녀의 집 주변을 어슬렁거리고 있을 범인에 대응할 방도를 묻고 있다는 것을 이 자리에 있는 모두가 이해했다.

위험한 구역에 사는 지나쓰가 두려워하는 것도 무리는 아니라고 판단했는지 아카리는 결국 고개를 살짝 끄덕이고 입을 열었다.

"흡혈종에게도 약점은 있어요. 흡혈종은 다쳐도 금방 회복되지만 순은에 의한 상처와 햇볕에 의한 화상은 예외예요……. 정도에 차이는 있지만 햇볕을 불쾌하게 느끼는 흡혈종은 많답니다. 햇볕을 쬔다고 바로 화상을 입는 흡혈종은 적지만 인간보다 빛을 눈부시게 느끼니까 낮에는 별로 활동하지 않는다거나……. 그 밖에도 싫어하는 게 여러 가지이지만, 뭘 얼마나 싫어하는지는 개체에 따라 달라요. 저희는 그걸 '금기'라고 부르죠."

"엇, 햇볕을 쬐면 재가 되는 거 아니었어요?"

목소리를 높인 후에 "아, 그건 흡혈귀구나……." 하고 지나쓰가 창피한 듯 중얼거렸다. 작은 목소리로 죄송하다고 사과하자 아카리는 아니라며 고개를 저었다.

"그 지식도 완전히 잘못됐다고 할 수는 없지만…… 예를 들어, 변화한 지 얼마 안 되어 상태가 불안정한 흡혈종은 햇볕에 노출되는 순간 화상을 입으니까 보통 낮에는 밖에 나가지 않죠. 하지만 흡혈종이 햇볕을 싫어하는 건 대부분 눈이 부셔서 불쾌하기 때문이랍니다. 영화에서처럼 햇볕을 쬐는 것만으로 재가 되지는 않아요. 인간과 거의 다름없이 생활이 가능한 흡혈종도 있고요."

"십자가가 질색이라거나, 교회로 도망치면 안전하다든가? 아, 마늘을 창문에 걸어두면 못 들어온다는 건요?"

"마늘은…… 글쎄요. 흡혈종은 오감이 예민하고, 후각도 인간보다 뛰어나니까 강한 냄새는 불쾌하게 느낄지도 모르지만 격퇴할 수 있을 만큼 효과가 있을지는 의문이네요. 교회나 십자가 역시 개체차가 있겠지만 큰 의미는 없다고 봐야겠죠."

아카리는 고개를 젓고 미안한 듯 말을 이었다.

"예를 들어 찬송가나 성서 구절을 들으면 두통이 난다는 흡혈종도 있지만, 그건 그 사람이 흡혈종으로 변화하기 전에 기독교 신자였을 경우에 흔히 그래요. 아니면 기독교 가정에서 자랐다거나. 그런 흡혈종은 교회에도 접근하지 않죠. '흡혈귀는 교회나 찬송가를 질색한다'는 사전지식이 있기 때문이랍니다."

"정신적인 요인이라는 건가."

팔짱을 낀 채 듣고 있던 아야메가 중얼거렸다.

"네. 무엇에 스트레스를 받느냐의 문제예요. 흡혈종은 전설 속 흡혈귀와 달라요. 박쥐로 변신하거나 안개가 되어 사라지지 못하죠. ……적어도 제가 알기로는 그래요. 그리고 십자가와 찬송가가 흡혈종의 육체에 무슨 영향을 끼친다고 보기도 힘들어요. 교회 안이나 십자가 앞에서 마음껏 힘을 발휘하지 못하는 흡혈종이 있는 건 사실이지만, 그건 그들이 그렇게 믿기 때문이에요."

"십자가와 교회 자체에 흡혈종을 제압하는 힘이 있는 건 아니로군."

"네. 흡혈귀에 관해 사전지식이 있는 인간은 흡혈종이 되면서 '나는 교회에 못 들어간다', '나는 햇볕에 약하다'라는 고정관념에 사로잡혀요. 그래서 굳이 대낮에 돌아다니거나 교회에 가지는 않지만 못 하는 건 아니죠. 십자가를 걸고 다니는 것도, 글쎄요, 한순간 기를 꺾는 정도의 효과는 있을지도 모르겠네요. 하지만 격퇴할 수준은 아닌 거죠."

아카리는 아야메에게서 시선을 돌려 제일 열심히 듣고 있는 지나쓰를 보았다.

"예를 들면, 사건 현장에 붙여놓는 출입금지 테이프……거기에 물리적으로 출입을 금지하는 효과는 거의 없잖아요. 넘어가기도 자르기도 간단해요. 하지만 그러면 안 된다고 여기는 사람이 많죠. 그러니 무의미하다고 할 수는 없겠지만, 테이프를 붙여두었다고 안심인 건 아니에요. 흡혈종의 '금기'도 마찬가지예요."

"그렇구나……."

어느 정도 효과는 있지만 어디까지나 심리적으로 거부감을 느끼는 수준이라는 뜻이다.

게다가 이번 범인의 '금기'가 뭔지는 모른다. 지금까지 사건은 전부 밤에 발생한 듯하지만 범인이 햇볕을 싫어해서인지 그저 남의 눈에 띄지 않는 시간대에 움직였을 뿐인지는 불분명하다.

실망한 듯 지나쓰가 한숨을 쉬었다. 아오이가 지나쓰의 어깨에 손을 대고 "그래도 아무것도 없는 것보다는 낫잖아." 하고 위로했다.

"범인도 사람을 덮칠 때는 신중하게 굴 거야. 인기척을 살펴 목격자가 없는 시간과 장소를 선택한다거나, 습격하기 수월하도록 최면을 건다거나. 그런 능력을 가진 흡혈종도 있다더라. 아무튼 그러려면 집중할 필요가 있어. 십자가가 보이거나 햇볕이 눈부시면 방해가 되겠지. 만약 습격당하더라도 상대의 집중을 흩트리거나 한순간이나마 기를 꺾으면 달아날 기회가 생겨."

빈틈을 만드는 정도는 가능하겠지만 십자가를 가지고 다닌다고 반드시 안전하지는 않다는 뜻인가.

아오이는 동의를 구하듯 아카리를 보고 나서 덧붙였다.

"순은 수갑의 사슬은 끊지 못한다, 은제품으로는 상처를 입힐 수 있다. 실제로 흡혈종에게 효력이 있다고 확인된 사례는 그 정도가 전부야."

순은으로 만든 무기를 일반인이 소지하기는 하늘의 별 따기다. 설령 소지한들 훈련도 제대로 받지 않고 제대로 다룰 수 있을 리 만무하다. 100퍼센트 반격당한다.

무엇보다 지나쓰는 흡혈종과 싸우려는 게 아니라 마주칠 확률을 낮추고, 만에 하나 마주치더라도 달아나거나 살아남는 데 도움이 되는 정보를 원할 따름이다. 아카리 자매도 그걸 아니까 뭔가 없느냐는 말에 난감해하는 것이리라.

"밤에는 돌아다니지 않고 인적이 없는 곳은 피한다. 예방책은 그 정도랄까요."

"햇볕에 끄떡없는 흡혈종도 있지만 이번 사건은 전부 밤에 일어났으니 해가 지고 나서 혼자 돌아다니지만 않아도 위험성은 많이 낮아지겠지. 흡혈종뿐만 아니라 살인범은 남의 눈이 있는 곳에서 범행에 나서지 않아. 혼자 행동하지 말고 밤에 돌아다니지 않는 걸로 충분해."

오늘은 이미 어두워졌으니 다 함께 돌아가죠, 하고 아카리가 달래자 지나쓰는 고개를 끄덕였다.

"위안이라도 되게끔 내일 십자가 액세서리를 사러 가야겠네요. 오늘은 나무젓가락으로 십자가를 만들어서 들고 갈까……."

전혀 무의미하지는 않다니까 아무것도 안 하는 것보다는 낫겠지만, 나무젓가락 십자가에 얼마나 효과가 있을지는 의문이다. 도노는 쓴웃음을 지으며 쳐다보았다.

"아, 그럼 그때까지 이거 빌려줄게. 순은은 아니고 티타늄이지만."

그때 사쿠가 왼손 집게손가락에 낀 반지를 빼서 지나쓰에게 쑥 내밀었다. 폭이 넓은 반지에 가로와 세로로 파인 홈이 교차하는 부분이 십자가 모양으로 보였다.

"앗, 정말요?"

"없는 것보다는 낫겠지."

지나쓰는 눈을 반짝이며 양손으로 반지를 받아 가느다란 목에 건 목걸이에 소중하게 꿰었다. 핑크골드 목걸이에 심플한 남성용 반지의 조합은 어울리지 않았지만 지나쓰는 기뻐 보였다. 반지에 새겨진 십자도 큰 효과는 없을 것 같지만 불안감은 조금 가신 듯했다.

"슬슬 나가는 편이 좋겠어. 범행 추정 시각이 되려면 아직 멀었지만 밖은 이미 컴컴해."

아야메의 말에 지나쓰도 찬성했다.

시계를 보자 9시가 지났다. 생각보다 시간이 많이 흘렀다. 세 건의 범행은 늦은 밤부터 동틀 녘 사이에 발생했다니까 아직 위험한 시간대는 아니다. 하지만 꾸물대다가는 시간이 금세 지나간다. 꼭 흡혈종 때문이 아니라도 어둡고 인적 없는 길을 여자 혼자 걷기는 불안하리라. 더구나 지금까지 자정 이후에 사건이 발생했다고 해서 앞으로도 그럴 거라는 보장은 없다.

"구즈미 씨도. 늘 늦게까지 남아 있는 모양이던데, 오늘은 같이 돌아가는 게 어때? 바래다줄게."

"우리 집은 사건이 일어난 구역이 아닌걸. 위험하지는 않겠지."

"아직 범인의 행동반경이 정확히 판명된 건 아니야. 가능하면 집까지, 하다못해 역까지라도 바래다줄게. 벌써 세 번째야. 사건 발생 간격이 짧아지고 있다고. 반드시 해결하겠다고 약속할 테니 그때까지만이라도."

"……알았어."

아야메가 이용하는 역은 다른 사람들의 귀갓길과는 반대 방향이므로 학교를 나서자마자 반대쪽으로 가야 한다. 학교를 나선 순간부터 혼자가 되므로 아오이가 바래다준다면 안심이었다.

"지나쓰랑 나는 도중까지는 같이 가네. 하지만 금세 헤어지게 되려나……."

"모모세는 내가 집까지 바래다줄게."

"어, 하지만 사쿠 선배의 집은 전혀 방향이 다르잖아요."

"괜찮아. 마침 그 근처에 볼일이 있거든. 아, 모모세를 바래다준 뒤에도 혼자 돌아다니지는 않을 테니 걱정 말고. 친구를 만나고 나면 택시 타고 들어갈게."

역시 일을 처리하는 요령이 좋다.

코트를 집어서 팔을 소매에 끼우는 모습도 폼이 났다.

지나쓰가 부랴부랴 돌아갈 채비를 시작했으므로 도노도 짐을 챙겼다.

"하나무라 씨는 제가 바래다줄게요."

아카리가 선뜻 말했다.

어, 하고 도노가 고개를 들자 아카리가 이쪽을 보고 고개를 살짝 끄덕였다.

잘못 들은 게 아닌 모양이다.

'왜 나를?'

진의를 물어볼 틈도 없이 사쿠가 "그렇게 하자."라며 손뼉을 쳤다.

"둘씩 짝을 지으니 딱 좋네. 그럼 가자. 서두르지 않으면 10시 넘어서야 집에 도착하겠어."

교문을 나서자 아야메랑 아오이, 다음 모퉁이에서 지나
쓰랑 사쿠와 헤어져 아카리와 단둘이 남았다.

하늘은 캄캄했지만 이 부근은 가게가 있어서 그럭저럭
밝은 편이다. 역으로 걸어가며 도노는 옆에 있는 아카리를
보았다.

"왜 나야? 집 위치와 성별을 고려하면 지나쓰와 함께 가
는 편이 나을 것 같은데."

이유야 뭐든 아카리와 둘이서 돌아갈 수 있다면 더 바랄
나위가 없지만, 궁금하기는 했다.

"쓰지미야 씨가 모모세 씨와 같이 가겠다고 했고……
하나무라 씨는 다쳤으니까요. 시간상 잠깐은 혼자 다녀도
문제없겠지만, 만에 하나를 대비해서요."

"다친 게 왜?"

"범인이 피 냄새를 맡고 접근할지도 모르니까요."

마치 야생짐승이나 다름없이 취급하는 말투였다.

지금까지 혈액을 영양분으로 삼는 것 말고는 흡혈종을
보통 인간과 다를 바 없는 존재로 여기며, 그들이 괴물 취
급 당하는 것을 마음 아파해왔던 아카리로서는 의외의 모
습이었다.

아카리 스스로도 그 발언이 마땅치 않은 듯 표정이 딱딱
했다. 속상해 보이기도 했다.

"오늘 처음으로 경찰이 정리하기 전에 사건 현장을 직접 봤는데요. 흡혈종의 범행치고도 이상하리만큼 참혹했어요. 시신을 훼손한 것도 흡혈하기 위해 깨문 자국을 감출 목적인 줄 알았는데, 개까지 그렇게 끔찍하게 죽이다니…… 광폭화했을 가능성을 염두에 두어야겠네요. 좀처럼 드문 일이고 광폭화한 것치고는 의문점도 많지만…… 만약을 위해서요."

그리고 걱정스러운 듯이 도노를 보며 말했다.

"하나무라 씨도 현장과…… 그, 노인의 얼굴을 봤잖아요. 신원을 확인해줘서 도움이 됐지만 마음이 아팠겠죠. 아는 분이었으니까."

"마음 써준 거구나. 고마워. 안면만 튼 사이니까 특별히 슬프다거나 그런 감정은 없지만…… 역시 충격이었어. 어제까지 멀쩡히 살아 있던 사람이 이제는 없다니."

하지만 괜찮아, 하고 웃어 보였으나 아카리는 여전히 시무룩한 표정이었다.

미타무라 집 정원에서 개 사체를 봤으며 시트를 걷었을 때 미타무라 몸에 생긴 상처까지 보이더란 이야기는 아카리에게 하지 않았다. 하지만 시트로 시신은 가렸을지언정 현장에 튄 피까지 전부 가리지는 못했다. 어쩔 수 없이 눈에 들어오는 것도 있었다.

아카리는 그러한 광경을 '일반인'인 도노에게 보여준 것이 마음에 걸린 듯했다.

"흡혈종이 무서우세요?"

"그야 이번 사건의 범인은 무섭지."

어깨를 움츠렸다.

"인간 중에도 엽기 살인을 저지르는 놈이 있잖아. 흡혈종 전체가 무서운 건 아니야."

흡혈종이라는 이유만으로 무서워할 필요는 없다. 이전에도 그렇게 말했는데 왜 아카리는 또다시 이런 질문을 하는 걸까.

뭔가 말하고 싶은 낌새였지만 아무 말도 하지 않는 것이 묘해서 물어보았다.

"아카리 씨는 흡혈종이 싫어?"

그러자 아카리는 대답을 머뭇거렸다.

"그런 걸 가지고 좋다 싫다를 따지지는 않아요."

"나도 마찬가지야. 전에도 말했지만 흡혈종이냐 아니냐는 문제가 아니야. 개인의 성격이 맞느냐가 중요하지."

소고기덮밥집 앞을 지나쳤다.

유리문으로 새어 나오는 불빛이 아카리의 뺨에 비쳤다. 아카리가 도노를 빤히 쳐다보았다.

'아, 눈 색깔이 낮이랑 달라 보이네.'

9년 전에도 눈과 머리 색깔이 예쁘다고 생각했던 게 기억났다.

"예를 들어, 오컬연 부원 중 한 명이 실은 흡혈종이라고 해도 난 개의치 않아. 다들 잘 아니까. 그 세 명 중 누가 흡혈종이라도 나를 습격해서 피를 빨지 않을 걸 아니까 하나도 무섭지 않아. 하지만 생판 처음 보는 사람에게 내일 당장 칼에 찔릴 수도 있는 거잖아. 당연하지만 사이좋은 흡혈종보다는 모르는 살인귀가 더 무서워."

아카리와 지금 이렇게 나란히 걷고 있다니 어쩐지 신기했다.

밤이 되자 9년 전 그때가 새삼 떠올랐다.

사쿠가 말한 대로다.

기적같이 찾아온 기회를 허투루 날려서는 안 된다. 전하고 싶은 말을 해야 한다.

"인종이나 문화랑 똑같아. 낯서니까 처음에는 당황스럽겠지만 익숙해지면 다들 나와 똑같이 느낄 거야. 그런 사람이 그렇게 적어?"

"……그렇죠, 흡혈종의 존재를 아는 사람 자체가 얼마 안 되니까요."

"언젠가 공식 발표할 수 있으면 좋겠다. 아카리 씨 말마따나 더 이상 숨길 수 없어서 알리는 것보다는 제대로 준비해서 공식 발표하는 편이 낫겠지."

횡단보도를 건너며 그렇게 말했을 때, 좌회전한 자전거가 꽤 빠른 속도로 앞을 지나갔다.

도노는 재빨리 아카리의 등에 손을 얹고 자기 쪽으로 끌어당겼다. 그러지 않아도 아슬아슬하게 부딪치지는 않았겠지만 거의 반사적인 행동이었다.

옷 위로 살짝 건드렸을 뿐이지만 아카리의 몸이 경직됐음을 알고 아차 싶어 손을 거두었다.

"앗, 미안해."

"아니요…… 죄송해요."

아카리도 한 발짝 펄쩍 물러나 도노에게 거리를 두었다.

평소 같으면 상처 입을 만한 반응이었지만 아카리에게 악의가 없음은 안다. 여기서 좌절하면 앞으로 나아갈 수 없다.

"내가 싫은 건 아니지?"

"네?"

본모습을 보여주라는 사쿠의 말이 떠올라 과감하게 밀고 나가기로 했다.

"어, 아니면 역시 내가 싫은 건가?"

"그게, 그러니까……."

아카리에게 성큼 다가서서 그녀의 표정에 적어도 혐오

감은 없음을 재차 확인하고 안도했다.

아무리 봐도 아카리는 밀당에 비교적 약한 타입이다. 요 며칠의 태도로 이성을 대하는 데 익숙하지 않다는 걸 알고서 무해함을 강조하며 같이 있어도 스트레스를 받지 않는 존재로 머물려 했지만, 사쿠 말대로 시간은 무한하지 않다.

일단 호의를 확실히 전달해 자신의 존재감을 부각하는 방향으로 작전을 변경했다.

"역시 싫은 거구나. 미안해. 뭐가 특히 마음에 안 들었어? 청결에는 신경을 쓴다고 썼는데. 오타쿠 같은 더벅머리? 안경? 아, 동아리방에서 입고 있는 가운이 촌스럽다거나? 그럼 앞으로는 가운 안 입을게. 더벅머리가 거슬린다면 까까머리도 불사할 테고, 내 정체성의 일부인 안경도 지금 당장 벗을 용의가 있어. 앗, 그럼 아카리 씨 얼굴이 안 보이겠지만 걱정하지 마. 콘택트렌즈를 끼면 되니까."

"아니요…… 그 안경, 잘 어울려요. 멋지다고 생각해요. 그러니까 그냥 하던 대로……."

이야기를 하다가 지나치게 열이 올라버려 그나마 있는 정도 뚝 떨어지겠다 싶던 순간에 아카리가 그렇게 대답해서 둘 사이에 침묵이 감돌았다.

어라? 뭔가 이상한 소리를 한 것 같은데. 서로 그렇게 생각한다는 것을 알았다.

신호가 깜박거리기 시작했으므로 서둘러 횡단보도를 마저 건넜다.

인도에 멈춰 서서 마주 보았다. 차가 뒤쪽을 지나가는 소리가 들렸다.

먼저 입을 연 것은 아카리였다.

"……어렸을 적에 한동안 수도원에 살았어요. 수녀님의 보살핌을 받았죠. 이성과의 접촉은 금지됐고요. 그래서 지금도 좀 익숙지 않다고 할까…… 싫은 건 아니지만, 그……."

집중력이 흐트러져서 실행력이 저하된다고 할까, 업무에 차질이 생겨서 그런 거라고 미안한 듯이 말했다.

아카리가 자진하여 사적인 정보를 알려준 것은 처음이었다.

지금 마지막 한 걸음을 내딛기로 결심했다.

"그게 아카리 씨의 '금기'야?"

"어떻게!"

고개를 번쩍 든 아카리는 도노와 눈이 마주치자 금세 냉정을 되찾은 것 같았다.

턱을 당기고 알고 있었느냐고 물었다.

"응."

"언제부터……."

"처음부터."

아카리가 놀란 표정을 짓기에 정말이라며 웃었다.

"그야 아카리 씨는 9년 전과 하나도 달라지지 않았으니까."

진정한 의미에서 재회했다고 생각하자 저절로 웃음이 나왔다. 불안보다 기쁨이 먼저 밀려왔다.

이제야 말할 수 있다.

"우리 9년 전에도 한 번 만났어. 아파트 부지에서 밤에…… 그거 아카리 씨였잖아."

귀가 똑같이 생겼다며 도노가 자기 귓불을 톡톡 치자 아카리가 모양 좋은 귀에 손을 댔다. "귀요?" 하고 당황한 목소리로 말하기에 지금 그건 좀 변태 같았다고 약간 반성했다. 하지만 뭐, 이게 본모습이다.

"초등학생이던 나는 아파트 창문으로 밖을 보고 있었어. 당시에 여자를 노리는 상해사건이 빈번했지. 웬 남자가 벤치에 앉은 여자에게 다가가는 걸 보고 잠옷 차림으로 도우러 나갔어. 결국 아무것도 못 했지만."

"그때의……."

"응. 그 애가 나야."

도노는 아카리의 얼굴, 목소리, 골격까지 전부 기억하고 있었기에 만나자마자 첫사랑임을 알아보았다.

그때는 왜 9년 전과 다름없는 모습인지 몰랐지만, 아카리와 아오이의 이야기를 듣자 수수께끼가 풀렸다.

흡혈종은 나이를 먹지 않는다.

그녀들이 꼭 집어 말한 것은 아니지만 쉽사리 추측이 갔다. 흡혈종과 인간이 서로 이해하도록 애쓰는 것도, 흡혈종에게 편견이 없는 부원들의 발언에 기뻐한 것도 추측의 결과를 뒷받침했다.

그녀들도 꽁꽁 숨기려고 한 것은 아니리라. 굳이 말하지 않았을 뿐이다.

헌터가 가지고 있던 탐지기가 있으면 인간도 흡혈종의 기운을 탐지할 수 있다고 했다. 뒤집어 말하면 인간은 탐지기 없이는 흡혈종의 기운을 감지할 수 없다는 뜻이다.

하지만 아카리는 측정기 없이도 흡혈종의 기운을 감지했다.

"잠자코 있어서 미안해. 아카리 씨는 날 기억 못 할 것 같았고, 당시 일이 기밀에 속한다면 말하지 않는 편이 낫겠다 싶어서…… 9년이나 지난 일을 마음속에 간직하고 있다니 기분 나쁘다고 싫어하지는 않을까 불안하기도 했고."

"싫어하다니요. 저야말로 여러분에게 겁을 주지는 않을까 불안해서…… 알려서 서로 이해하는 게 중요하다고 해놓고……. 죄송합니다."

아카리의 성격상 이쪽에서 비굴한 소리를 하면 그렇지 않다고 감싸주리라는 것 정도는 계산했다. 하지만 그걸 넘어서서 정말로 미안해하며 머리를 숙이는 바람에 어쩔 줄 모를 지경이었다.

왜 사과하느냐며 얼른 고개를 들게 했다.

"마음에 둘 것 없어. 말하든 말든 자유지. 흡혈종이 명부에 등록하느냐 마느냐도 개인의 자유잖아, 똑같아."

아카리에 대해 뭐든지 알고 싶지만 그건 도노 개인의 욕심이며, 아카리가 그 기대에 부응할 의무는 전혀 없다.

도노가 그렇게 말하자 아카리의 입매가 조금 풀어졌다.

퇴근하는 듯한 정장 차림의 여자가 두 사람 사이를 빠져나갔다. 어느새 등 뒤의 신호가 다시 파란불로 변했다. 길을 막고 있었음을 깨닫고 허둥지둥 걸음을 옮겼다.

아카리는 걸으면서 천천히 자기 이야기를 해주었다.

"저는 인간과 흡혈종 사이에서 태어난 혼혈이에요. 순혈…… 보통 흡혈종과 비교하면 기운이 옅어서 인간인 척하고 수사 대상이 된 흡혈종을 방심시키거나 동족인 척 접근하는 등 여러모로 쓸모가 많아서 대책실에 채용됐어요."

"아오이 씨도?"

"아오이는 인간이지만 제 계약자예요. 예전에 잠깐 말씀드렸죠. 제가 정기적으로 아오이의 피를 섭취하고, 아오이는 그 효과로 흡혈종과 동등한 신체 능력을 얻어요. 나이도 천천히 먹죠. 그래도 외관상으로는 제 나이를 넘어섰지만요."

"자매는 맞는 거지?"

"네, 아오이는 제 동생이에요. 아버지는 다르지만."

개는 금방 죽는다며 슬픈 표정을 지었던 것이 생각났다. 아카리에게는 인간도 개와 비슷하게 연약하고 수명이 짧은 생명체이리라.

예를 들면, 도노도 그녀가 보기에는 눈 깜짝할 사이에 스러질 운명이다.

하지만 그건 어쩔 수 없는 일이다. 그런 이유로 거리를 두다니 받아들일 수 없다.

그러므로 아카리가 거리를 두기 전에 말했다.

"대책실에는 나처럼 흡혈종이 아닌 인간도 소속되어 있잖아. 일본인도 있어? 어떻게 하면 들어갈 수 있을까?"

"하나무라 씨?"

"도노라고 불러주면 기쁘겠는데."

이걸로 두 번째다.

이름으로 불러달라, 즉 친해지고 싶다는 뜻을 이번에야말로 전하기 위해 말을 이었다.

"아카리 씨와 함께 있고 싶어. 가까이 있는 것만으로 족

해. 도움이 되고 싶어. 동기가 불순한지도 모르지만, 아카리 씨처럼 흡혈종과 인간이 서로 이해하는 세상이 되도록 내가 할 수 있는 일을 하고 싶다는 마음은 진심이야. 당장은 무리라도 언젠가 반드시 도움이 되도록 할게."

그러니 그럴 권리를 내게 허락해주세요.

마주 보고 서서 최선을 다해 마음을 전했다.

처음에는 무슨 소리인지 몰라 어리둥절하던 아카리의 표정이 순식간에 바뀌고 커다란 눈이 더 크게 벌어졌다.

도노가 아카리에게 품은 마음이 단순한 우애나 호의가 아니라는 건 똑똑히 전해진 모양이다.

"내 마음을 알아줬으면 할 뿐이야. 미움을 살 짓은 하지 않겠다고 약속할게. 그러니까 사건이 해결돼도 말없이 사라지지는 마. 언젠가 다시 만날 기회만이라도 줘. 몇 년이 걸려도 상관없어."

아카리에게는 짧은 시간이겠지만, 도노는 일생을 바칠 각오가 되어 있었다.

"9년 내내 좋아했어. 앞으로도 평생 좋아할 거야."

마지막까지 아카리에게서 눈을 돌리지 않고 말했다.

잠시 굳어 있던 아카리가 갑자기 움찔하며 뭔가 말하려고 입을 벌렸다가 다물었다. 뭔가 말을 해야 하는데 무슨 말을 해야 할지 결정하지 못한 것 같았다.

"아…… 감사합니다."

간신히 꺼낸 첫마디에 아카리 스스로 놀란 표정을 지었다.

생각이 정리되기 전에 말부터 나온 모양이었다.

아니라는 듯 급히 고개를 젓다가 부정하는 것도 이상하다 싶었는지 난감한 표정으로 가슴에 손을 대고 시선을 이리저리 돌렸다.

"저, 저도 일본 국내에 대책실을 설치할 필요가…… 있다고 보니까 그…… 상담을 해줄 수 있을 거예요. 그런 생각을 가지고 있다니 동지로서 기쁘네요."

우물쭈물하며 그렇게 말했다.

어두워서 잘 안 보이지만 얼굴이 빨개진 것 같았다.

"앞으로 조금씩…… 그런 이야기도 나눈다면 유익할 거예요, 분명."

고백에 대한 답변은 아니다. 물론 일부러 언급하지 않은 것이다.

하지만 거절은 아니었다.

도노의 마음을 알고도 아카리는 그 마음을 거부하지 않았다.

지금은 그것만으로 충분하다.

"이번 사건이 해결돼도 우리 관계가 끝나는 건 아니라고 받아들여도 될까?"

"네, 그야 물론. ……어, 동지로서 잘 부탁드립니다."

아카리도 조금 마음이 놓이는지 어색하지만 웃음을 지었다.

그리고 미끄러지듯 도노 옆에서 몇 발짝 물러났다.

"그…… 조금 떨어질게요. 가슴이 두근거려서요."

앞을 여미지 않은 코트 안으로 손을 넣어 가슴을 누른 채 스읍, 후 하고 숨을 들이마셨다가 내쉰 후 진지한 표정으로 말했다.

"집중이 안 되면 흡혈종이 가까이 있어도 기운을 못 느낄 수가…… 있거든요."

'응? 어…… 이건…….'

이 반응은.

'가까이 있으면 가슴이 두근거려서 집중이 안 된다니.'

진정되어가던 도노의 심장 박동이 다시 빨라졌지만 아카리는 자기가 무슨 소리를 했는지 자각하지 못하는 듯했다. 진지하게 심호흡만 되풀이했다.

'그런 소리를 하면 기대하게 되잖아.'

호흡을 정리한 아카리가 가자고 재촉하여 다시 함께 걸음을 옮겼다.

방금 전보다 물리적으로는 거리가 조금 벌어졌지만 아쉽지 않았다.

차인 게 아니다. 그냥 마음을 있는 그대로 전달했을 뿐이다.

그게 목적이었으니까 고백은 성공했다고 볼 수 있다.

아직 약간 겸연쩍은 듯했지만 아카리도 예사롭게 대하려고 애쓰는 걸 알았으므로 최대한 태연한 얼굴로 평소처럼 말했다.

"음, 아카리 씨는 나를 바래다주고 어떻게 할 거야?"

"아오이와 합류해서 위험 구역을 감시할 거예요. 이제 한두 시간쯤 지나면 경찰도 순찰을 돌겠죠. 자외선 라이트와 순은 수갑을 지참한 경찰관 두 명이 한 조로요."

"그렇구나, 그럼 지나쓰도 안심이겠네. 다행이다. 우리 집은 9년 전과 똑같은 곳이야. 작은 언덕 같은 게 있는 아파트. 차 한 잔 정도는 대접하고 싶은데, 그럼 일에 지장이 있으려나."

아카리가 대답하려고 하는데 도노의 휴대전화가 울렸다.

화면을 보니 지나쓰였다.

지나쓰가 사는 독신자용 오피스텔은 학교에서 걸어서 15분 거리니까 슬슬 도착했을 무렵이다. 무사히 귀가했다는 연락일까. 메일이 아니라 전화 연락이라니 별일이다. 걸으면서 휴대전화를 귀에 댔다.

"네."

"저기, 지나쓰예요. 도노 선배, 아직 아카리 씨와 함께 있죠?"

"응. 지나쓰는 집이야?"

"네, 방금 도착했어요. 그런데 지금 밖에 웬 남자가 있는 것 같아서요."

"뭐?"

목소리에 긴장감이 서려서인지 아카리가 도노를 쳐다보았다.

도노는 휴대전화를 조작해 스피커폰 기능을 켰다. 스피커폰이라고 지나쓰에게 알리고 이야기를 재촉했다.

"저희 집은 3층인데요. 오자마자 창문으로 아래를 내려다봤어요. 사쿠 선배가 보일까 싶어서."

바래다준 사쿠에게 창문으로 손이라도 흔들 생각이었으리라.

하지만 지나쓰가 내려다보자 사쿠는 이미 없고, 검은색 라이더재킷을 입은 남자가 오피스텔 앞을 어정거리고 있었다고 한다.

"외국인은 아니었어요. 혹시 다케우치가 봤다는 남자와 동일 인물이 아닐까 싶어서…… 전화한 거예요. 지금 사진을 보낼게요."

통화하며 조작한 듯 바로 메일이 왔다.

3층에서 창문 너머로 촬영해 빈말로도 잘 찍은 사진은 아니지만 얼굴은 확인이 가능했다. 10대 후반이나, 기껏해야 스무 살 정도로 보였다. 미타무라의 집 근처에서 마주친 남자와는 분명 다른 사람이다.

두 번째 사건 현장에서 범행 직후에 다케우치가 목격한 남자하고는 특징이 일치했다.

아카리가 긴장된 표정으로 고개를 살짝 끄덕였다. 휴대전화를 꺼내 아오이인지 경찰인지, 누군가에게 연락을 취했다.

"지나쓰, 그 녀석 아직 집 앞에 있어?"

"지금은 없어요. 사쿠 선배한테 전화했는데 연결이 안 돼서…… 어쩌죠, 사쿠 선배가 밖에 있는데, 놈이 범인이라면…….'"

불안한지 지나쓰의 목소리가 뒤집어졌다.

진정하라고 타이르고 일부러 느릿느릿하게 말했다.

"아직 그 녀석이 범인으로 판명된 건 아니야. 아직 이른 시간이고, 사쿠도 친구를 만난다고 했으니 혼자 있지는 않겠지. 너무 걱정하지 마. 혹시 모르니까 나도 사쿠한테 연락해볼게. 받으면 바로 알려줄 테니까 집에서 나오지 마."

평소 같으면 걸어갈 거리였지만, 긴급사태이므로 택시

를 잡았다.

아카리가 먼저 집에 가라고 했지만, 동요한 지나쓰를 달래려면 자기도 함께 가는 편이 낫다고 설득했다. 옥신각신할 시간도 아깝다 싶었는지 도노가 택시에 올라타자 아카리도 더 이상은 아무 말도 하지 않았다.

몇 분 만에 지나쓰가 사는 오피스텔 앞에 도착해 택시에서 내리자, 입구 앞에 지나쓰가 서 있었다.

"밖에 나오지 말라고 했잖아."

오피스텔 입구가 밝으니까 보통은 밖에 있어도 위험하게 느껴지지 않겠지만 지금은 상황이 다르다.

도노가 야단치자 지나쓰는 미안하다며 머리를 숙였다.

"지금 로비로 돌아가려고 했어요. 도노 선배가 언제 오려나, 사쿠 선배가 돌아오지는 않으려나 신경이 쓰여서 들락날락했는데…… 놈이…….'

고개를 들고 헝클어진 머리를 매만진 후 말을 이었다.

"놈이 돌아왔어요. 아까요. 여기서 선배를 기다리는데 저쪽에서 오는 게 보여서…… 급히 오피스텔로 들어가려다가 눈이 마주쳤어요. 무서워서 얼어붙었더니 다가오더라고요."

놈이란 검은색 라이더재킷을 입은 남자를 가리키는 것이리라. 이야기하며 다시 공포에 사로잡혔는지 지나쓰는 굳은 얼굴로 두 팔을 꽉 끌어안았다.

그리고 목에 건 목걸이를 손으로 더듬어 남자용 반지를 꽉 움켜쥐었다.

"다리가 움직이지 않았지만 사쿠 선배가 준 반지를 부적처럼 쥐고 있던 게 생각나서…… 이렇게 십자가 모양을 놈에게 내밀었어요. 조금 놀라는 것 같더군요. 멈춰 서서 저를 보다가 아무 짓도 않고 물러갔어요."

십자가 모양을 보고 놀랐다?

무심코 아카리를 보았다.

그 시선을 좇듯 지나쓰도 아카리를 보았다.

"십자가에 반응했으니 놈은 흡혈종이겠죠. 저는 반지 덕분에 살았지만 놈이 사쿠 선배와 마주치면 어쩌죠?"

매달리듯 질문하는 지나쓰의 어깨를 아카리가 손바닥으로 살짝 누르더니 "진정해요." 하고 눈을 보며 달랬다.

"그 남자가 범인으로 판명된 건 아니에요. 하지만 만약을 위해 아오이와 경찰에게 연락했어요. 이미 근처에 왔을 거예요. 다 함께 쓰지미야 씨를 찾아내서 보호할게요. 찾자마자 연락드릴 테니 모모세 씨는 안전한 곳에 가 있어요."

지나쓰는 뭔가 말을 꺼내려다 아카리가 가만히 쳐다보자 입을 다물었다.

자신이 이성을 잃고 허둥거리면 쓸데없이 시간만 낭비

할 뿐이라는 걸 깨달았는지 얌전하게 고개를 끄덕이고 시킨 대로 오피스텔로 돌아갔다.

"찾으면 바로 연락할게!"

도노가 소리치자 지나쓰는 몸을 약간 돌리고 다시 고개를 끄덕였다.

지나쓰가 엘리베이터에 타는 걸 확인하고 나서 도노는 등을 돌렸다.

택시를 타고 오는 도중에 사쿠에게 전화를 걸어보았지만 통화 연결음만 들릴 뿐 받지 않았었다. 연락 달라고 메일을 보내놨다. 휴대전화를 꺼내 확인했지만 사쿠의 답장은 오지 않았다.

"이 부근을 둘러보고 올게요. 도노 씨는 모모세 씨랑 같이 집에……."

"나도 찾을래. 아카리 씨와 함께 있으면 위험하지 않잖아? 아카리 씨의 집중력이 흐트러지지 않도록 떨어져 있을게."

"전혀 위험하지 않은 건……."

아카리는 난처한 표정을 지었지만 멋대로 혼자 행동하는 것보다는 낫다고 판단했는지 결국 입을 다물었다.

먼저 걸음을 옮기려는 도노를 제지하고 자기가 앞장서겠다며 앞으로 나섰다.

주의 깊게 주변을 살피며 나아가는 아카리를 1미터쯤 떨어져서 뒤따라갔다. 도중에 편의점 봉지를 든 남자와 마주쳤지만 아카리는 거들떠보지도 않았다. 흡혈종이 아니라는 뜻이리라. 도노는 기운을 감지하지 못하니까 밤길에 사람이 보일 때마다 조금 긴장했다.

출입금지 테이프를 넘어서 공원도 확인했지만 거기에도 사쿠는 없었다.

공원을 빠져나와 미타무라의 집 근처까지 오자 아직 10시 전후인데도 인적이 거의 없었다.

여자라면 어두워지고 나서는 혼자 걷기가 불안할 만큼 괴괴했다.

사쿠는 이 근처에 볼일이 있다고 했다.

누구를 만나서 건물 안에 있다면 안전하겠지만, 전화도 안 받고 메일에 답장도 없어서 걱정됐다.

"사쿠 성격상 지나쓰를 바래다주려고 볼일이 있다는 핑계를 댔을지도 몰라. 염려하지 않도록 그렇게 말했을 뿐 벌써 역에 돌아갔다…… 그럼 좋겠는데."

"전철을 타고 있어서 전화를 받지 않은 건지도 몰라요."

하지만 그렇다면 메일에 답장 정도는 보낼 수 있을 텐데.

"한 번 더 전화 걸어볼게."

걸음을 늦추고 통화 기록에서 사쿠의 전화번호를 찾아

전화를 걸었다.

통화 연결음만 들리는 휴대전화를 귀에 댄 채 안 받는다고 도노가 중얼거리자 잠깐만요, 하고 아카리가 날카로운 목소리로 말했다.

"……흡혈종의 기운이 느껴져요."

아카리는 팔로 도노의 앞을 가로막고 탐색하듯이 주변을 둘러보며 휴대전화를 꺼냈다.

"아오이를 부를게요. 도노 씨는 제 뒤에 계세요. 만약 습격해오면, 아시죠, 사람이 있는 쪽으로…… 큰길까지 도망치세요. 제 걱정은 말고요. 만약 제가 다친 것 같아도 상관하지 말고 뛰세요."

그럴 수는 없다고 말할 뻔했지만 자신이 여기 머무르면 아카리에게 방해만 된다는 걸 도노도 잘 안다.

말을 꿀꺽 삼키고 알았다고 대답했다. 아카리는 그럼 됐다는 듯 고개를 끄덕하고 휴대전화로 아오이에게 뭔가 지시했다.

여전히 통화 연결 중인 자신의 휴대전화를 내려다보고 끊으려다가 알아차렸다.

벨소리가 들린다. 멀어서 흐릿하지만 분명히 울리고 있다.

어디서?

"아오이도 바로 근처에 있대요. 흡혈종의 기운은 이쪽에서 느껴지네요. 좀 더 가까이 다가가볼 건데, 아오이와 합류하면 도노 씨는 일단 아까 그 오피스텔로 돌아가세요."

아카리는 조심스럽게 모퉁이를 돌아 길에 사람이 없는 걸 확인하고 나서야 걸음을 옮겼다.

도노도 뒤따랐다.

앞쪽에서 아오이가 모퉁이를 돌아 이쪽으로 다가오는 걸 보고 안도했다.

도노가 걸음을 재촉하려고 하는데 아오이가 멈춰 섰다.

얼어붙은 듯이. 도노와 아카리 쪽에서 보아 오른편에 있는 오피스텔 앞이었다.

왜 그러나 싶어 아오이의 시선을 좇자 자전거 주차장 옆 공간에서 길로 튀어나온 신발 같은 것이 보였다.

오피스텔 뒤편에 설치된 입주자용 쓰레기 수거장이다.

밤에 쓰레기를 내놓은 사람이 있었던 걸까?

"……도노 씨는 여기 계세요."

아카리가 눈썹을 찡그렸다.

미타무라 집 앞에서 봤을 때와 같은 표정이다. 뭔가를 예감한 듯한 표정.

도노에게 한마디 하고 아오이에게 다가가 쓰레기 수거장에 눈길을 준 순간, 아카리는 숨을 삼켰다.

도노는 입을 가리고 뒷걸음치는 아카리에게 허겁지겁

달려갔다.

"아카리 씨?"

"보면 안 돼요!"

달려오는 발소리에 아카리가 고개를 돌리고 비명 같은 목소리로 말렸다.

하지만 늦었다.

도노는 이미 쓰레기 수거장이 보이는 곳까지 왔다.

아카리가 도노를 끌어안다시피 하며 안 된다고 다시금 소리쳤지만 그녀의 가녀린 몸으로는 아무것도 감출 수 없었다.

쓰레기인 줄 알았던 신발을 누가 신고 있었다.

그 누군가는 벽에 등을 댄 채 다리를 내뻗은 자세로 피가 고인 콘크리트 바닥에 앉아 있었다.

그건 아무리 봐도 사쿠였다.

뺨부터 왼쪽 어깨까지 피에 흠뻑 젖었고, 목 왼편에 크게 뜯겨나간 상처가 있었다. 그 상처 때문인지 머리는 반대쪽으로 기울었다.

오른팔은 몸 옆으로 축 늘어졌다. 손끝에는 여전히 붕대가 감겨 있었다. 거의 다 붉게 물들었지만 흰 부분이 조금 남아 있었다.

왼팔은 팔꿈치부터 아래가 찢겨 나가고 없었다.

고개를 숙인 상태라 앞머리가 얼굴을 가려 눈 위쪽이 보이지 않는 것이 그나마 다행이었는지도 모르겠다.

앞머리에서 빨간 핏방울이 뚝뚝 떨어졌다.

쓰레기 수거장 구석에서 휴대전화 벨소리가 울렸다.

7장

어떻게 집에 돌아왔는지 기억이 나지 않는다.

셔츠가 좀 더러워진 걸로 보아 어느 계단에서 토한 것 같지만 언제 어디서 그랬는지는 기억에 없었다.

셔츠를 세탁기에 던져 넣고 샤워를 한 후 옷을 갈아입는 동안 아무 생각도 하지 않았다. 머리가 돌아가지 않았다.

강의는 전부 결석하고 오후에 집을 나섰다.

동아리방에는 얼굴을 내밀 생각이었지만, 그 전에 어젯밤에 목격한 네 번째 사건 현장으로 향했다. 아카리와 아야메에게 한 번씩, 지나쓰에게 두 번 전화가 왔지만 뭐라고 해야 할지 몰라 받지 않았다. 아야메나 지나쓰가 동아리방에 있으면 얼굴을 보고 직접 이야기할 작정이었다. 제대로 잘 이야기할 수 있을지 걱정이었지만, 두 사람은 들을 권리가 있으니까.

아카리에게는 동아리방으로 가겠다고 메일로 연락했다.

사건 현장인 쓰레기 수거장은 테이프로 둘러싸여 있었다. 출입금지를 알리는 종이를 붙여놓았지만, 무슨 일이 일어났는지 모르도록 피는 말끔히 씻어냈다.

지나가던 입주자에게 물어보자 밤사이에 교통사고가 났다고 했다. 그런 설명을 들은 것이리라.

이 동네에서 네 건이나 되는 연쇄살인이 벌어졌다는 사실을 주민들은 모른다.

그리고 여기에서 도노의 친구가 살해당했다는 것도.

텅 빈 쓰레기 수거장 앞에 잠시 서 있었다.

핏자국을 꼼꼼히 지웠기 때문인지 콘크리트로 네모나게 구분된 그곳은 부자연스러울 만큼 깨끗해 보였다.

다케우치의 집 앞에서 두 번째 사건이 발생했을 때도 그날 밤 안에 시체를 옮기고 사건 흔적을 지웠으며, 피해자는 행방불명으로 처리됐다고 들었다.

사쿠도 이대로 행방불명되는 걸까. 시신이 없으니 장례식도 치르지 못한다. 가족은 어떻게 생각할까. 사쿠의 가족에 대해서는 모르지만, 연락이 두절되면 찾아오리라. 내게도 뭔가 물어볼지 모른다. 그러면 그들에게 뭐라고 말해야 할까.

길을 빙 돌아서 지나쓰가 사는 오피스텔에 들렀다.

지나쓰의 집 창문에는 커튼이 쳐져 있었다.

동아리방에는 아야메만 있었다.

아야메는 평소처럼 지저분한 흰 가운 차림으로 캔버스 앞에 서 있었지만 붓은 쥐고 있지 않았다.

거의 완성된 사쿠의 초상화를 그저 멍하니 바라볼 뿐이다.

그 모습으로 아야메가 비보를 전해 들었음을 알았다. 알려준 건 아카리일까, 아오이일까, 아니면 경찰일까…… 지나쓰일지도 모른다. 도노 자신일 가능성도 있지만 기억은 없었다.

도노가 다가가자 아야메는 이쪽으로 고개를 돌리고 물었다.

"괜찮아?"

"아마도요."

아야메답게 간결한 질문에 마찬가지로 짤막하게 대답했다.

"부장은요?"

"난 못 봐서 그런지 아직 믿기지가 않아. 연락을 받았을 때도 무슨 착오려니 했는데……."

착오가 아니었구나, 하고 도노의 얼굴을 보고 이제야 알았다는 듯 아야메는 말했다.

도노는 그저 고개를 끄덕이는 것이 고작이었다.

만약 아카리 자매가 연락을 해주지 않더라도 아야메와 지나쓰에게는 알려야 한다고 생각했다.

아카리 자매가 먼저 알려준 것은 아야메와 지나쓰, 그리고 도노 양측을 배려했기 때문이리라.

시신은 어딘가로 옮겨졌고 현장도 깨끗하게 정리되어 어젯밤에 사건이 발생했던 흔적은 어디에도 없다.

진실을 알고 있는 사람은 우리뿐이다.

쓰지미야 사쿠에게 무슨 일이 생겼는지 그의 가족과 친구들은 앞으로 영영 알 길이 없다.

그들은 사쿠가 살았는지 죽었는지도 모르는 채 언젠가 돌아오기만을 기다릴까.

그래도 그렇게 끔찍하게 죽었다는 사실을 아는 것보다는 낫다고 할 수 있을까.

"모모세는 현장에 갔다 왔대."

"네?"

"쓰지미야가 발견됐다는 연락을 받고 새벽에 당장 보러 갔다나 봐. 그때는 아직 경찰이 현장에서 피를 씻어내고 있었대. 시신은 보여주지 않았고."

그렇군요, 하고 대답하고 도노는 눈을 내리떴다.

지나쓰가 시신을 보지 못했다니 불행 중 다행이었다.

하지만 피를 씻어내는 장면을 본 것만으로도 지나쓰는 충격을 받았으리라. 사쿠의 피다.

어둠 속에서도 똑똑히 보였던 붉은색과 숨이 콱 막힐 만큼 진했던 피 냄새가 떠올랐다.

"저는 봤어요."

그 붉은색은 전부 피였고, 사쿠는 피 웅덩이 한가운데 있었다. 그것이 무슨 의미인지는 한눈에 알았다.

"사쿠였어요."

"……그랬구나."

아야메는 눈을 감았다.

도노는 초상화에 눈길을 주었다. 아야메는 작업 중인 그림을 보여주는 걸 별로 좋아하지 않으므로 이렇게 찬찬히 들여다보기는 처음이었다.

아야메가 그린 것치고는 웬일로 모델의 모습을 있는 그대로 캔버스에 옮겼다. 배경이 진녹색이고 전체적으로 색조가 어둡기는 하지만, 피부도 눈도 기발한 색깔로 칠하지 않았다.

팔걸이의자에 팔을 올리고 다리를 꼬고 앉은 사쿠가 거기 있었다.

그러고 보니 오컬트 연구부 부원끼리 사진을 찍은 적은

없었다. 매일 보는 얼굴이라 추억을 남겨야겠다는 생각도 없었다.

이제 사쿠는 이 그림 속에만 있다.

머리로는 이해했지만 어째선지 슬프다는 감정은 솟지 않았다. 억울하게 친구를 빼앗겼다는 분노도.

아직 현실을 현실로 받아들이지 못했다.

어느 틈엔가 아야메가 눈을 뜨고 자기가 그린 그림을 보고 있었다.

아야메의 선이 가는 옆얼굴과 얇은 안경 렌즈를 옆에서 바라보았다. 그녀의 눈에도 눈물은 없고 그저 멍한 표정이었다. 부장도 자신과 똑같다는 것을 알았다.

둘 다 사쿠가 죽었음을 실감하지 못한다.

그러니까 아직 사람이 적어서 조용할 뿐 평소와 다름없는 동아리방인 것이다.

"……전부터 생각해왔는데요."

마비된 것처럼 흐리멍덩한 분위기 속에서 입을 열었다.

"부장이 낀 안경, 도수 없지 않아요?"

아야메가 이쪽을 보았다.

옆에서 보였던 눈이 다시 렌즈 너머로 돌아가고, 긴 앞머리에 절반쯤 가려졌다.

"제 안경은 근시용이고 사쿠의 안경은 그냥 패션이었지

만, 부장은 얼굴을 가리려고 안경을 쓰는 거잖아요. 아깝다 싶었어요."

그래도, 하고 다소 미안한 마음으로 말을 이었다.

"부장의 미모는 거의 가려지지 않지만요."

눈 색깔이 옅고 녹색 기가 돈다는 것도 매일같이 함께 있다 보면 안다.

아무렇게나 묶은 머리와 그림물감으로 더러워진 가운에 눈이 팔려 아야메가 예쁜 줄 모르는 사람도 물론 있지만, 대다수의 사람은 알면서도 안경과 가운, 헤어스타일에서 벽을 느끼고 말을 걸지 못하는 것이리라.

아야메는 떠름한 표정으로 한숨을 쉬었다.

"쓰지미야와 똑같은 소리를 하는군."

"아, 역시."

사쿠라면 그럴 만도 하다.

"다들 안다고 꽤 오래전에 그랬어. 확실히 쓸데없는 짓인지도 모르지만, 난 이걸 껴야 마음이 차분해져. 편하기도 하고."

"뭐, 부장이 좋다면야 상관없죠. 어느 정도 효과도 있을 테고."

미인은 미인이라서 귀찮은 일도 많으리라. 지나쓰를 보면 안다. 생긴 대로 사는 건 멋진 일인지도 모르지만, 말만큼 쉽지는 않다.

전혀 관계없는 이야기에서 사쿠의 이름이 나온 것이 계기였다.

아야메는 한 호흡 쉬고 나서 도노를 보며 직설적으로 물었다.

"쓰지미야는 왜 죽었지? 흡혈종에게 살해당한 거야?"

아카리에게는 그냥 세상을 떠났다는 말밖에 못 들은 모양이었다.

"네."

도노도 얼핏 시신을 봤을 뿐이지만 교통사고로 그런 꼴이 되지는 않을 테고, 보통 사람은 그런 식으로 못 죽인다.

아카리도 흡혈종의 기운을 느꼈다고 했으니까 틀림없을 것이다.

"왜 녀석이? 우연인가?"

"모르겠어요."

무차별적인 범행에 '왜'냐고 의문을 가져봤자 아무 의미 없다. 하지만 아야메가 질문한 의도는 달랐다. 도노도 그건 알고 있었다.

마침 그때 거기 있었기 때문에 무차별 살인의 네 번째 희생자가 됐다. 정말로 그럴까 하고 아야메는 의문을 품은 것이다.

도노도 마찬가지였다.

쓰지미야 사쿠라는 남자는 '불운하게도 어쩌다 사건에 휘말릴' 유형이 아니라는 인상이 있어서일까.

"우연이나 사고 같은 거라면 받아들이고 애도하는 수밖에 없겠지. 하지만 녀석은 우연히 죽을 만한 위인이 아니라는 기분이 들어. 터무니없는 소리라는 건 나도 알지만……."

"아니요. 무슨 기분인지 알 것 같아요."

도노의 말에 아야메는 고개를 살짝 끄덕였다.

사쿠가 죽은 이유가 있다면 알고 싶다.

알아본들 바뀌는 건 없다. 하지만 그냥 알고 싶다. 범인을 붙잡아서 왜 사쿠였느냐고 물어보고 싶다.

그렇다. 범인, 사쿠를 죽인 흡혈종은 지금도 어딘가를 활보하고 있다. 사건은 아직 끝나지 않았다.

원한을 갚겠다는 생각은 없지만 일단은 끝을 봐야 한다.

친구의 죽음을 애도하는 건 그다음이다.

휴대전화가 진동했다. '이제 다 와가요.' 하고 아카리가 메일을 보냈다.

동아리방에 가겠다는 메일에 대한 답변인 듯했다. 동아리방에 아야메와 함께 있다고 답장하고 방구석에 있는 동그란 의자를 가지고 왔다.

"세 번째 사건까지는 전부 심야에 발생해 범인의 활동 시간은 자정부터 동틀 녘까지로 추정됐어요. 하지만 이번에는…… 사쿠가 습격당한 건 밤 10시 전후예요. 게다가 미타무라 할아버지가 돌아가신 지 24시간도 지나지 않았고요. 이틀 연속으로 범인이 움직인 건 처음이에요. 이번 사건은 범인 입장에서도 이례적인 범행 아니었을까요?"

도노가 의자에 앉아 말을 꺼냈다.

아야메도 팔짱을 끼고 생각하는 자세를 취했다.

"사쿠는 그 근처에 볼일이 있다고 했어요. 지나쓰를 바래다주려고 그렇게 말했을 뿐인가 싶었지만……."

사쿠는 미타무라의 집 바로 근처에서 습격당했다. 지나쓰의 집에서 얼마 떨어지지 않은 곳이기는 해도 그녀를 집까지 바래다주고 역으로 돌아갔다면 미타무라의 집 쪽으로는 지나가지 않았을 것이다.

그 근처에 정말로 무슨 볼일이 있었던 것이리라.

피해자는 사쿠 한 명이었다. 즉, 누구와 만날 예정이라고 했지만 만나지 못한 건가.

만약 사쿠가 습격당했을 때 함께 있던 사람이 무사히 달아났다면 목격자 증언을 얻을 수 있을지도 모르지만, 그건 아카리 자매에게 맡기는 수밖에 없다.

지금 궁금한 것은 사쿠가 왜 현장인 오피스텔 부근에 있었느냐다. 뭘 하고 있었을까. 누구랑 만날 예정이었더라도 왜 하필 범인의 영역이라고도 할 수 있는 위험한 장소를 선택했던 걸까.

사쿠는 무차별 살인사건의 범인이 흡혈종이라는 것도, 범인의 행동반경도 알고 있었다. 그런데도 밤에, 이전 범행 시각과 비교하면 이른 시간이라 방심했음을 감안해도 위험한 구역에 혼자 있었다면 그럴 만한 이유가 있었다는 뜻이다.

"쓰지미야가 세 번째 피해자의 집 근처에서 습격당한 건 우연이 아닐지도 모르겠군."

"네. 미타무라 할아버지도 첫 번째와 두 번째 피해자와는 조금 다른 패턴으로 습격당했어요. 무엇보다 자택에서 습격당한 게 크죠. 할아버지가 우연이 아니라 뭔가 이유가 있어서 죽임을 당했다면, 사쿠는 그 이유를 알아차렸는지도 몰라요."

어쩌면 그래서 살해당했는지도 모른다.

말은 꺼내지 않았지만 아야메도 그럴 가능성을 짐작한 듯했다.

하지만 이건 어디까지나 추측이다. 근거는 아직 없다. 현장 부근을 조사하면 사쿠가 뭣 때문에 거기 있었는지 알아낼 수 있을지도 모른다.

미타무라와 사쿠의 시신은 안치된 지 얼마 되지 않았다. 부검이 끝나면 뭔가 정보를 얻을 수 있으리라.

지금은 추측밖에 못 하지만 아카리 자매가 도착하면 이야기를 해보자.

슬슬 도착할 때가 되었다 싶어 시계에 눈길을 줬을 때 동아리방 문이 열렸다.

아카리인 줄 알았는데 지나쓰였다.

사건의 충격이 채 가시지도 않았을 텐데 지나쓰가 동아리방에 얼굴을 내밀 줄은 몰랐으므로 반응이 늦었다.

"도노 선배. 다행이다. 아카리 씨와 아오이 씨의 연락처 좀 알려주세요."

지나쓰는 의자에서 일어선 도노에게 대뜸 그렇게 말했다. 검은색 7부 소매 원피스를 입고 머리는 하나로 묶었다.

울어서 눈이 퉁퉁 붓지는 않았지만 눈 밑에 다크서클이 생겼다.

"아카리 씨라면 곧 올 거야. 다 와간다고 연락이 왔어."

"그런가요. 마침 잘됐네요."

예상했던 것보다 훨씬 의연해 보였다. 원기왕성하다고 하면 어폐가 있겠지만, 대답도 제대로 하고 자기 두 다리로 똑바로 서 있다.

충격으로 드러눕거나 무서워서 밖을 돌아다니지 못하더

라도 이상할 것 없다고 생각했으므로 그런 점에서는 다행이라 해야 할지도 모르겠다. 하지만 평소의 지나쓰가 아니다. 어쩐지 상태가 이상했다.

"선배들은 해가 지기 전에 돌아가는 편이 좋겠어요. 학교 근처는 괜찮겠지만 어두워지면 역시 불안하니까요."

자주 늦게까지 남아 있는 아야메를 걱정하는 여유까지 보여주었다. 아야메가 이쪽을 힐끗 보았다. 말없이 시선을 던지는 아야메의 눈에도 도노처럼 불안감이 서려 있었다.

지나쓰는 괜찮은 걸까?

"모모세야말로 밝을 때 돌아가는 편이 좋겠어. 가능하면 혼자 행동하지 말도록……."

"저는 괜찮아요."

아야메의 걱정에 지나쓰는 자신만만하게 말하고 어깨에 멘 가방에서 종이 꾸러미를 꺼냈다. 꾸러미를 풀고 감아둔 완충재를 벗기자 끝이 뾰족한 스테이크용 나이프가 나왔다.

"방금 전에 산 거예요. 은제 식기 중에 날카로운 건 별로 없어서 이게 한계였지만요."

생선요리용 나이프는 무기로 사용하기 애매하잖아요, 하며 지나쓰는 칼을 쥔 채 손목을 앞뒤로 돌렸다.

식사할 때 사용하는 무딘 칼이 아니라, 요리사가 고기를 자를 때 사용하는 날카로운 칼이었다.

얼굴이 비칠 만큼 잘 갈린 날이 조명 불빛을 반사해 번쩍 빛났다.

"그거……."

지나쓰가 뭣 때문에 은칼을 구입했는지는 물어볼 필요도 없었다.

도노가 말을 꺼내다 말자 지나쓰는 네, 하고 고개를 끄덕이고 칼을 내렸다.

"사쿠 선배를 죽인 범인을 찾을 거예요. 저는 아무 힘도 없지만, 범인은 설마 사냥감이 반격할 줄은 꿈에도 모를 테니 기회가 있겠죠."

차라리 명랑하다고 해야 할 말투였다.

뭐라고 대꾸하면 좋을지 몰라 도노는 그저 우두커니 서 있었다.

아야메도 웬일로 난감한 표정을 지으며 지나쓰를 바라보았다.

마침 그때 열어둔 문으로 아카리가 들어왔다.

아오이의 모습은 보이지 않았다. 경찰과 함께 행동하는 것이리라. 이틀 연속으로 사건이 발생했으니만큼 아카리가 이렇게 얼굴을 내비치는 데도 여러모로 조정이 필요했을 것이다.

아카리는 지나쓰까지 동아리방에 모여 있는 걸 알고 놀

란 듯했지만 즉시 침통한 표정으로 말했다.

"여러분, 쓰지미야 씨 일은 정말로······."

"아아, 오셨네요. 기다리고 있었어요, 아카리 씨."

아카리가 말을 채 끝맺기도 전에 문을 등지고 있던 지나쓰가 몸을 돌리며 끼어들었다.

"이 동네에 사는 등록된 흡혈종을 소개해주세요. 안 된다고 해도 알아서 찾을 거지만."

"모모세 씨? 잠깐만요."

지나쓰답지 않게 강압적인 말투에 아카리는 당혹감을 감추지 못했다.

왜 그러느냐고 물으려 했으리라. 아카리는 입을 열려다가 지나쓰가 쥐고 있는 칼을 보고 입을 다물었다.

"아, 죄송해요."

지나쓰는 칼날에 완충재를 둘둘 감고 종이로 적당히 감싸서 가방에 넣었다. 이건 방어용이라고 아무렇지 않게 덧붙였다.

"흡혈종 전체를 사쿠 선배의 적이라 생각지는 않아요. 흡혈종이라고 무턱대고 공격하지는 않을 테니 안심하세요."

아카리가 도움을 요청하듯이 도노를, 그리고 아야메를 돌아보았다.

하지만 두 사람도 자신과 다를 바 없이 당혹했음을 알아차린 모양이었다. 바로 지나쓰에게 눈길을 되돌렸다.

"왜 등록된 흡혈종을? 그들에게는 이미 탐문을 했지만 범인으로 추정되는 사람은 없었어요."

"그러니까요. 신원이 확실하고 조사도 끝났으니 안심해도 되잖아요. 더구나 아카리 씨랑 아오이 씨도 미등록 흡혈종은 파악하고 있지 못하고요. 저는 미등록이라도 상관없지만…… 역시 등록된 쪽이 어쩐지 안심된다고 할까."

"흡혈종을 만나서 어쩌려고요?"

당연한 걸 묻는다는 듯이 지나쓰가 밝은 목소리로 대답했다.

"제 피를 빨아달라고 할 거예요."

상상치도 못했던 대답에 셋 다 굳어버렸다.

하지만 지나쓰는 태연한 표정으로 말을 이었다.

"흡혈종에게 피를 빨려서 '계약자'라는 게 되면 흡혈종과 똑같은 힘을 얻을 수 있죠? 저도 그렇게 돼서 사쿠 선배를 죽인 범인을 붙잡을 거예요."

흡혈종의 타액이 체내에 흡수되면 일시적으로 세포가 활성화되어 신체 능력이 향상된다는 이야기는 아카리 자매에게 들었다.

하지만 흡혈종 범인에게 맞서기 위해 그런 방법을 사용할 생각은 미처 하지 못했다.

높은 신체 능력을 얻은들, 상대도 흡혈종이자 네 명이나 끔찍하게 살해한 흉악범이다. 대등하게 싸울 수 있을지 의문이지만 지나쓰도 알고서 그러는 것이리라.

지나쓰의 눈에는 각오가 서려 있었다.

하지만 그 굳은 의지가 과연 합당한 것인지 도노로서는 판단하기가 어려웠다.

사쿠에 이어 지나쓰까지 잃을 수는 없었다. 하지만 지나쓰를 말릴 수 있을 것 같지는 않았다.

"그리고 하나 더."

지나쓰는 진지한 표정으로 아카리에게 고개를 돌렸다.

"대책실에…… 아카리 씨와 아오이 씨가 속한 조직에 들어가고 싶어요. 어떻게 하면 되나요? 추천해주실 수는 없을까요? 자격이 필요하다면 어떤 훈련이라도 받을게요."

"모모세 씨, 그건……."

"가르쳐주시지 않는다면 헌터가 되는 수밖에 없겠죠."

지나쓰가 무의식적으로 목에 손을 가져가 목걸이에 꿴 사쿠의 반지를 만졌다.

아카리가 숨을 삼켰다.

지나쓰가 진심이라는 건 도노도 알았다.

"하지만 그건 나중 일이에요. 한번 생각해보세요. 일단은 오늘 밤 말인데요."

지나쓰는 내리뜬 눈을 들어 아카리를 보고 굳은 결의를 담아 말했다.

"제가 미끼가 될게요. 그 부근은 밤에 인적이 드무니까 혼자 어슬렁거리면 습격당할 확률이 높겠죠. 범인이 낚여서 모습을 드러내면 체포해주세요. 협조해주지 않더라도 혼자서 할 거니까 그렇게 아시고요."

"그렇게 위험한 짓을……."

"네, 그러니까 준비가 필요하죠. 자외선 라이트도 사 와야겠네요. 한 시간쯤 후에 돌아올게요. 그때까지 결론을 내려주세요."

지나쓰는 말을 마치자마자 도노와 아야메에게서 빙글 돌아서더니 아카리의 대답도 듣지 않고 방을 나섰다.

무릎까지 내려오는 검은 원피스가 펄럭 나부꼈다.

걸음걸이부터 도노가 알던 지나쓰와는 달랐다.

지나쓰 스스로 다른 사람이 되고자 애쓰는 것 같았다.

모모세 지나쓰는 단 하룻밤 만에 완전히 달라진 것처럼 보였다.

무리도 아니다.

지나쓰가 어젯밤 사건 현장에 나타나 피로 물든 콘크리트 바닥을 목격했을 때, 아오이는 경찰관들과 함께 현장에 남아 있었다. 시신을 옮기고 난 후라 불행 중 다행이었다.

경찰관이 교통사고가 났으니까 다가오면 안 된다고 설명하려는 걸 아오이가 나서서 말리고 지나쓰를 집까지 바래다주었다고 들었다.

지나쓰는 "사쿠 선배인가요?" 하고 핏기가 가신 얼굴로 확인하고는 말문을 닫았다. 눈물도 흘리지 않았다고 한다.

그리고 다음 날 다른 사람이 된 듯한 표정으로 아카리 앞에 나타났다.

아카리는 그제야 지나쓰가 사쿠에게 특별한 감정을 품고 있었음을 깨달았다.

그 감정을 사랑이라 불러야 할지는 모르겠다. 지나쓰 본인도 잘 모르지 않을까. 적어도 이런 일이 벌어지기 전까지는 스스로도 사쿠를 오빠처럼 신뢰하며 따를 뿐이라고 여겼으리라.

단기간 함께 행동했을 뿐인데도 명석함이 느껴졌으리만큼 사쿠는 분명 지나쓰의 감정을 알아차렸겠지만, 지나쓰가 그 감정을 자각할 여지는 주지 않았을 것이다. 오히려 지나쓰가 자신의 감정을 알아차리지 못하도록 잘 대처했으리라.

지나쓰의 마음에 부응하지 못할 것 같아서 그랬겠지만, 지나쓰는 나이에 비해 풋된 인상이니까 덕분에 상처를 받지 않았다고도 할 수 있을 것이다.

진실하지는 않았을지도 모른다. 하지만 사쿠는 지나쓰에게 다정했다.

다정한 모습 그대로 사라지고 말았다.

지나쓰는 결코 잊지 못할 것이다.

'슬픔에 짓뭉개지는 것보다는…… 분노와 복수심에 사로잡히는 편이 나을지도 모르지. 모모세 씨에게는 그러는 편이…….'

해야 할 일을 해내기 위해 행동하는 동안에는 스스로를 유지할 수 있다. 상실과 정면으로 마주할 시기를 뒤로 미룰 수 있다.

지나쓰의 제안(실상은 요구에 가깝지만)을 전달받은 아오이 역시 같은 의견이었다. 본래 허가하면 안 되는 일이지만, 그렇다고 제지할 수도 없다. 아카리와 아오이는 일반인 지나쓰에게 아무 권한도 강제력도 없다.

피를 빨아줄 흡혈종을 소개해달라는 요구는 거절해도 되겠지만, 거절해도 지나쓰는 연약한 인간의 몸으로 범인을 찾아 나설 것이다.

평범한 인간의 몸으로 아무 지원도 없이 행동하도록 놓아두기보다는 지나쓰의 제안을 받아들이는 편이 낫다.

"새삼스럽지만 지나쓰가 흡혈종이 아니라는 건 확실해졌네."

아오이가 복잡한 표정으로 말했다.

"흡혈종인 편이 나았을지도 모르겠지만."

아오이는 경찰관들과 오늘 밤 작전을 협의하기 위해 남아야 해서 경찰서 복도에서 헤어졌다.

아카리는 지나쓰와 만나기 위해 다시 대학교로 향했다.

반쯤 망각하고 있었지만 아카리 자매는 처음에 오컬트연구부 부원들 가운데 미등록 흡혈종이 있을지도 모른다고 의심했었다.

지나쓰는 아니다. 상처를 입고 금방 낫지 않은 도노도 아니다.

아야메는 어떤지 모르겠다. 그들이 아카리 자매와 행동을 함께한 후부터 아카리의 기운이 섞이는 바람에 그들에게서 느껴지는 미량의 기운은 별 의미가 없어졌다. 본인이 혈액 검사를 거부하는 이상 확인할 방도는 없다.

하지만 확인할 필요는 없다고 생각했다.

설령 아야메가 흡혈종이더라도 그녀는 범인이 아니다. 사쿠가 습격당한 날, 아야메는 아오이와 함께 집에 돌아갔고 무엇보다 아야메가 사쿠를 죽일 리 없었다.

범인이 아니라면 그들이 흡혈종인지 아닌지는 상관없다. 그렇게 생각하니 그들과 안면을 튼 지 얼마 되지 않는데도 그들이 흡혈종인지 아닌지를 탐색할 마음이 사라졌다.

도노 말대로 흡혈종인지 아닌지, 그 사실을 밝힐지 말지는 어디까지나 개인의 문제이므로 이번 사건과 무관하다면 어느 쪽이든 상관없다고 여겼다.

하지만 지금은 차라리 지나쓰가 흡혈종이었다면 하는 생각이 머릿속을 떠나지 않는다.

범인을 찾겠다는 걸 말릴 수 없을 만큼 지나쓰의 결의는 굳건하다.

하지만 굳건한 결의와는 반대로 지나쓰는 너무나 무력하다. 남과 맞붙어 싸운 적이 단 한 번도 없는 평범한 일반인이다. 아무리 각오가 단단해도 막상 싸움이 벌어지면 몸이 얼어붙어서 꼼짝도 못 할 것이다.

실은 아카리 자신이 미끼가 될 작정이었다.

흡혈종의 기운을 최대한 지우고 늦은 밤에 위험 구역을 혼자 돌아다니면 범인이 나타날 가능성이 높다.

지나쓰와 똑같은 생각이었다.

어느 정도 접근할 때까지 범인은 아카리가 흡혈종임을 알아차리지 못하리라.

모르고 습격하더라도 아카리라면 반격이 가능하고, 범인이 알아차리고 동요하면 그 또한 기회다.

자신이 미끼가 되어 붙잡을 테니까 믿고 안전한 곳에서 기다리라고 하면 지나쓰는 수긍할까. 그럴 것 같지는 않다.

아카리가 대학교에 도착하자 동아리방 앞 복도에 있던 도노와 아야메가 아카리를 보고 다가왔다.

지나쓰는 돌아와서 동아리방에 있다고 한다.

"설득해봤지만 소용없었어. 지나쓰는 결심을 뒤집을 생각이 없는 모양이야."

마음을 아니까 따끔하게 타이를 수 없었다고 도노가 미안한 듯 말했다.

아야메도 흰 가운 호주머니에 손을 찔러 넣은 채 고개를 숙였다.

그들이 설득하지 못했다면 아카리가 무슨 말을 하든 소용없을 것이다.

"감사합니다. 저도 한 번 더 이야기해볼게요. 두 분은 이만 돌아가세요. 오늘 밤은 집에서 나오지 말고…… 나머지는 저희에게 맡겨줘요. 만약 설득하지 못하더라도 모모세 씨에게 피해가 가지 않도록 최선을 다할게요."

"그 이야기도 아까 했어. 난 그렇게 할게. 할 수 있는 게 아무것도 없어서 괴롭지만 하다못해 방해는 안 되도록 집에 얌전히 있을게. 모모세를 잘 부탁한다."

"네."

모모세 씨를 집에 무사히 바래다주고 나서 연락하겠습니다. 아카리가 그렇게 말하자 아야메는 고개를 끄덕였다.

"하지만 이 녀석은 안전한 곳에 숨어 있을 마음이 없나보더라. 이야기를 들어봐."

아야메는 흰 가운을 걸친 채 가방도 없이 복도를 걸어나갔다.

그 뒷모습을 바라보다 도노에게 시선을 돌리자 평소 웃는 상이던 그가 입을 꾹 다물고 진지한 눈으로 마주 보고 있었다.

"난 같이 갈 거야. 지나쓰가 미끼가 된다면 같이 걷고 싶을 정도지만…… 그럼 호위할 때 방해가 되겠지. 그렇다면 하다못해 지나쓰가 출발할 때까지는 함께 있을래. 막판에 지나쓰가 망설이는 낌새가 보이면 즉시 설득해서 데리고 돌아갈 수 있도록 가까이 있고 싶어."

이는 상담이나 제안이 아니라 결의의 표명이었다.

"알겠어요. 모모세 씨가 출발할 때까지 곁에 있어줘요. 하지만 모모세 씨의 마음이 바뀌지 않으면 도노 씨는 안전한 건물 안에서 대기하고요. 저희가 반드시 모모세 씨를 무사히 그곳으로 데리고 돌아갈 테니까요."

"고마워. 내가 지나쓰를 설득할 수 있다면 제일 좋겠지만. ……그리고 이거."

도노는 손목에 걸고 있던 비닐봉지에서 뭔가 꺼내 눈높이로 쳐들었다.

박스에 '남성용 데오드란트'라고 적혀 있다. 땀 억제 스프레이 같았다.

상품명 옆에 '은 이온 함유'라는 분홍색 스티커가 붙어 있었다.

"성분표에 은이 들었다고 적혔길래. 범인이 덮쳤을 때 뿌리면 움찔하는 효과 정도는 있지 않을까 싶어서."

위아래로 흔들고 나서 엄지손가락을 캔 꼭대기에 대고 총을 겨누듯 분사구를 허공으로 향했다.

"그리고 목 언저리에도 뿌려두면 흡혈종이 싫어하지 않을까…… 지나쓰의 마음이 바뀌지 않는다면 하다못해 이거라도 뿌려주려고 사 왔는데. 우리가 이걸 뿌리면 아카리 씨가 불쾌하지 않을까, 아니면 유해하다거나?"

"아니요, 냄새는 괜찮아요. 은제품이 있어도 직접 닿지 않으면 딱히 영향은 없으니까…… 마음 편히 사용하세요."

스프레이에 함유된 은은 아주 미량이리라. 효과가 있을지 긴가민가했지만 아무것도 하지 않는 것보다 나빠질 일은 없다.

한순간이라도 범인이 움찔하면 빈틈이 생긴다. 그 틈에 지나쓰가 달아나거나 가까이에 있던 자신과 아오이가 범인을 제압할 수 있을지도 모른다.

도노도 얼마나 효과가 있을지는 모르지만 대비를 단단히 하자는 생각으로 사 왔으리라. 지나쓰가 선택한 은제 스테이크 나이프처럼 공격적인 도구가 아니라 은 이온 함유 스프레이를 선택한 것이 도노다웠다.

"설득은 어려울지도 모르지만 모모세 씨와 이야기를 해볼게요. 잠시 저희끼리 있게 해줄래요?"

도노는 말없이 고개를 끄덕였다.

아카리가 문에 손을 대도 도노는 제자리에서 움직이지 않았다. 아카리는 혼자 동아리방으로 들어가 문을 닫았다.

동아리방에서는 지나쓰가 혼자 기다리고 있었다.

화장을 고쳤는지 다크서클은 눈에 띄지 않았다.

왔군요, 하고 돌아선 지나쓰가 긴장한 표정으로 인사했다.

아카리의 대답이 어떻든 결심한 대로 실행에 옮기겠다는 강한 의지가 느껴졌지만 불안하기는 한 모양이었다. 당연하다.

"많이 기다렸죠."

인사를 받아주고 다가갔다.

대책실에는 지나쓰의 요구를 보고하지 않았다.

흡혈종이 상대방 동의하에 흡혈 행위를 하는 것은 대책실도 인정하므로 문제가 아니겠지만, 수사에 협력을 얻기 위해 일반인의 피를 빨아 일시적인 계약자로 삼는 행위까지 생각해둔 사람은 없으리라. 대책실에서 수사를 일임했으므로 이 일은 현장에 있는 아카리의 판단에 달렸다.

그렇기 때문에 아카리는 여전히 망설여졌다.

더 이상 희생자를 낼 수는 없다. 이미 사쿠를 잃은 그들 입장에서는 더더욱 그럴 것이다. 그렇다면 어떻게 하는 것이 제일 좋을까.

고민해도 답은 나오지 않았다.

"경찰과 유에…… 미등록 흡혈종의 지도자 격 존재에게도 협력을 요청했어요. 오늘 밤 만약 범인이 나타나면 확실히 신병을 구속할 수 있도록 준비를 갖췄죠."

그래도 어느 정도 거리를 두지 않으면 범인에게 들통난다. 범인을 꾀어내려면 미끼가 혼자로 보여야 한다. 경찰은 어디까지나 범인의 도주를 막기 위해 배치될 뿐, 체포까지는 기대할 수 없다.

미끼가 되는 것은 설령 신체 능력이 높은 계약자라 하더라도 극히 위험한 짓이다.

지나쓰가 물러서지 않으리라는 건 알지만 한 가닥 희망을 걸고 말해보았다.

"원래 미끼 역할은 따로 준비할 예정이었어요. 혹시 맡겨준다면……."

아카리의 말이 미처 끝나기도 전에 지나쓰는 고개를 저었다.

"제가 할래요, 제게 시켜준다면…… 협력해준다면 혼자 멋대로 행동하지 않을게요."

협력해주지 않는다면 혼자 맘대로 행동하겠다고 다시금 강조했다.

미끼 작전 자체는 유효하다.

지나쓰를 안전한 장소에 격리하고 작전을 결행하는 것이 제일 낫다. 하지만 아카리 자매는 지나쓰에게 강제력을 행사할 수 없고, 무엇보다 그러고 싶지 않았다. 만에 하나 지나쓰를 강제로 격리한 후에 오늘 밤 작전이 실패로 돌아간다면 앞으로 지나쓰는 아카리 자매와 상의 없이 단독으로 움직이리라.

이러나저러나 지나쓰의 의사를 무시하고 작전을 강행할 수는 없다.

지나쓰의 신뢰를 잃지 않고 안전을 최대한 지키며 그녀의 의사도 존중하려면 선택지는 하나뿐이었다.

아카리의 침묵을 어떻게 받아들인 건지, 지나쓰는 입을 다물고 고개를 숙였다.

아카리는 각오를 다지고 숨을 내쉬었다.

"두 시간만이에요. 두 시간이 지나도 범인이 나타나지 않으면 제가 교대할게요."

그 말에 지나쓰가 고개를 번쩍 들었다.

"객기는 부리지 않겠다고 약속해줘요. 흡혈종에게 피를 빨리면 일시적으로 오감과 신체 능력이 높아지고 회복력도 활성화되지만, 죽지 않는 건 아니에요. 진짜 흡혈종과 달리 상처가 단번에 낫지 않으니까 크게 다치면 생명이 위험할 수도 있어요. 한 번의 흡혈로는 신체 능력이 그렇게 많이 향상되지 않으니까 효과를 과신하지 말고요."

지나쓰는 멍한 얼굴로 아카리를 보았다.

자신의 요청이 받아들여져 놀란 모양이었지만 이윽고 표정을 다잡았다.

"약속할게요. 멋대로 행동하지 않고, 현장에서는 아카리 씨 지시에 따를게요."

자세를 바로 하고 진지한 눈으로 말했다.

"주의사항은 있나요? 햇볕과 은에 약해지나요?"

"흡혈종이 되는 건 아니니까 그건 상관없어요. 시력과 청력이 좋아져서 다가오는 사람의 기척이나 눈앞에 있는 사람의 움직임을 잘 포착할 수 있죠. 달리기 속도와 도약력, 완력도 향상되지만 어디까지나 인간과 비교해서예요.

몸이 가볍게 느껴져도 흡혈종은 더욱 빠르고 가볍다는 걸 명심하고, 애초에 싸우려는 마음을 버려요. 범인이 당신을 점찍고 접근하면 접촉하기 전에 제압할 예정이지만, 혹시나 느닷없이 덤벼들면 첫 공격을 피하는 게 중요해요. 각 방향에서 공격을 받았을 때 어떻게 피할지 나중에 연습을 해보죠."

흡혈종의 힘을 나누어주고 은칼을 소지하더라도 민간인 지나쓰를 미끼로 삼다니 상상만 해도 섬뜩했다. 두 시간으로 시간을 한정한 것은 고육지책이었다.

사쿠를 잃고 한껏 감정이 격해진 지금, 지나쓰의 요구를 무시하는 것은 위험하다. 오늘 밤에 요구를 한 번 들어줘서 원을 풀면 마음이 진정되어 내일부터는 지나쓰도 아카리와 아오이에게 수사를 맡겨줄 터였다.

두 시간 동안 지나쓰가 무사하도록 최선을 다한다. 그리고 두 시간이 지나도 범인이 나타나지 않으면 책임을 지고 아카리와 아오이가 범인을 붙잡는다.

아카리가 아오이와 상의하여 내놓은 최선책이었다.

지나쓰는 아카리의 설명을 얌전한 표정으로 들었다.

"그리고 은 표면에 직접 접촉하지만 않으면 흡혈종도 은칼을 다룰 수 있으니까, 칼을 빼앗기지 않도록 주의하세요."

"알겠어요. 지시를 엄수할게요. ……고맙습니다."

요구가 받아들여져 어깨의 힘이 빠졌는지 지나쓰는 아카리의 눈을 보고 공손하게 말했다.

방금 전까지 지나쓰는 마치 혼자서 전쟁을 치르러 나가는 사람처럼 애처로울 만큼 뻣뻣하고 완강한 태도를 유지했지만, 이제는 그게 없어졌다.

역시 무턱대고 거절하지 않길 잘했다. 미끼가 되어 두 시간 동안 범인이 나타나지 않으면 아카리에게 맡긴다는 방안을 지나쓰가 받아들여서 마음이 놓였다.

"누가 제 피를 빠나요?"

"제가."

간결하게 답했다.

아카리는 순수한 흡혈종이 아니라 혼혈이므로 한 번 흡혈한다고 해도 지나쓰가 받는 영향은 크지 않으리라. 하루나 이틀, 길어야 며칠 동안 신체 능력과 회복력이 향상되는 정도다. 큰 부담은 없을 터였다.

지나쓰는 놀란 표정을 지었지만 바로 아카리의 말을 이해한 듯했다.

"그렇구나…… 도노 선배의 첫사랑은……."

"어."

지나쓰가 머릿속 생각을 작게 중얼거린 것에 무심코 반

응하고 말았다. 아카리의 시선을 알아차리고 지나쓰가 깜짝 놀라 손으로 입을 막았다. 말실수를 했다는 제스처다.

"그 이야기, 모모세 씨도 아는군요."

"아, 다행이다. 도노 선배가 이야기했군요. 제가 비밀을 누설한 줄 알았네요."

가슴에 손을 대고 안심한 듯 표정을 풀었다.

"도노 선배는 아나요?"

"제가 흡혈종이라는 거요? 네, 알아차린 것 같더군요."

"그렇구나. 과연…… 도노 선배, 개의치 않는다고 했죠?"

아카리가 말을 머뭇거리자 지나쓰는 대답을 듣기도 전에 후후 웃었다.

도노와 아카리가 무슨 이야기를 했는지 대강 짐작이 간다는 표정이었다.

"오컬연에서 도노 선배의 첫사랑을 모르는 사람은 없어요. 도노 선배가 이야기를 해주고 그림도 보여줘서 '첫사랑'의 얼굴도 알고 있었죠."

"그림?"

네, 하고 지나쓰는 천진난만하게 가르쳐주었다.

"도노 선배, 아카리 씨 그림만 그렸어요. 첫사랑이라면서 몇 번이나 기쁘게 보여줬죠. 이름도 모르고, 다시 만난다는 기약도 없는데 9년이나 마음을 간직한 거예요."

마치 자기 일처럼 기쁜지 "그렇구나, 말했군요."라며 실눈을 떴다.

어떤 표정을 지으면 될지 몰라 아카리는 눈을 돌렸다. 뺨이 화끈거렸다. 이런 이야기를 할 때가 아닌데.

"제가 오컬트나 사건을 좋아하기도 하지만, 두 분께 협력하기로 결심한 가장 큰 이유는 도노 선배의 첫사랑에게 도움이 되고 싶기 때문이었어요. 저는 이렇게 위험한 일인 줄도 모르고 들떠서 떠들었지만…… 도노 선배는 아무리 위험해도 아카리 씨를 도우려고 할 거예요."

지나쓰는 목걸이에 꿴 반지를 소중하게 만졌다. 눈에 다시 강한 의지가 깃들었다.

"사랑은 그런 거예요."

어제까지 걸고 다니던 것과는 다른 목걸이 같았다. 섬세한 빛으로 순은임을 알았다. 스테이크 나이프와 함께 산 모양이었다.

지나쓰는 진심으로 사쿠의 원한을 갚으려 한다. 무모하지만 자포자기한 것이 아니라 가능한 한 최선을 다하려는 각오가 엿보였다.

"다시 한 번 말씀드리지만 절대로 객기는 부리지 않겠다고 약속해주세요. 당신한테 무슨 일이라도 생기면……."

쓰지미야 씨도 슬퍼할 거라는 말은 꿀꺽 삼켰다.

사쿠는 이제 없다. 죽은 사람의 마음을 멋대로 대변해서
는 안 된다.

"……도노 씨와 구즈미 씨가 슬퍼하실 테니까요."

아카리가 무슨 말을 하려다가 그만두었는지 지나쓰는
알아차렸을지도 모른다.

희미하게 미소 짓고는 망설임 없는 목소리로 말했다.

"제 피를 빨아주세요, 아카리 씨."

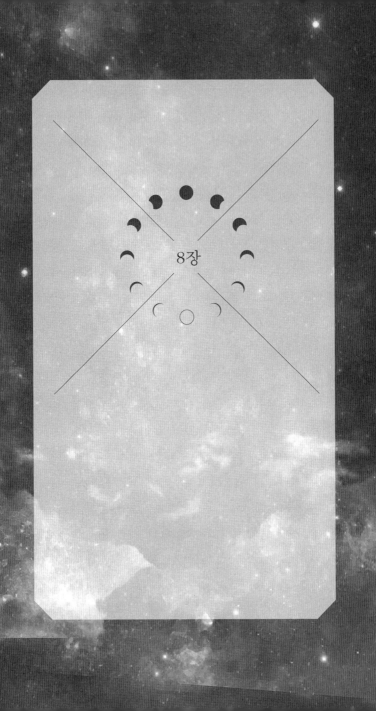

8장

"이 부근에서 폭행과 상해 사건이 빈발하고 있습니다. 흉악한 범죄자가 이 부근에서 목격됐다는 제보가 들어왔으니, 어두워진 후에는 외출을 삼가주시기 바랍니다."

경찰차가 순회 방송을 하며 천천히 멀어져갔다.

경찰에 부탁해 어두워지기 전부터 몇 번이나 순회 방송을 했다. 원래 밤에는 인적이 드문 구역이지만 만약에 대비해서다. 이만큼 겁을 주었으니 돌아다니는 사람은 거의 없으리라.

아오이가 지나쓰의 가방에 흡혈종의 기운을 감지하는 탐지기를 달았다. 키홀더처럼 체인으로 가방 손잡이에 매달자 큼지막한 방범용품처럼 보였다.

"흡혈종의 기운이 가까워지면 이 램프가 켜지고 전자음

이 울리니까 금방 알 수 있어. 가까울수록 소리가 커지고 이 바늘이 오른쪽으로 움직여. 현재 모모세 씨가 일시적으로 흡혈종의 기운을 띤 상태라 탐지기가 작동 중이지만, 기준치를 높게 설정해놔서 램프만 희미하게 켜지고 소리는 울리지 않아. 진짜 흡혈종이 가까이 오면 탐지기가 반응할 테니 경계해."

"알겠어요."

막판에 겁을 먹지 않을까 어렴풋이 기대했지만 지나쓰의 결의는 흔들리지 않았다.

활동하기 편하게 운동화를 신은 지나쓰는 긴장한 듯 보이기는 해도 생각보다 차분했다.

위험한 임무라는 사실은 변함없지만, 역시 단독으로 움직이게 놔두기보다는 이렇게 지원하는 편이 낫다. 단적으로 말해 작전의 성공률이 훨씬 높아진다.

범인을 놓치더라도 지나쓰를 두 시간 동안 무사히 지키는 데 집중하자고 마음먹었지만, 아오이의 지시에 냉정하게 대답하는 지나쓰를 보고 있자니 어쩌면 성공할지도 모르겠다는 생각이 들었다.

지나쓰는 아카리에게 피를 빨려 신체 능력과 순발력, 시력, 청력이 향상됐으며 습격에 대비해 마음의 준비까지 단단히 했다.

옷 속에는 방검 조끼를 입었다. 목과 손목 등 굵은 혈관이 지나가는 곳에 착용한 순은 액세서리도 범인의 기세를 꺾는 효과 정도는 있으리라.

자외선 라이트는 부피가 커서 단념했지만 은칼은 금방 꺼낼 수 있도록 오른손에 쥔 채 왼쪽 어깨에 멘 가방에 손을 넣어 숨겼다.

범인이 나타났을 때 지나쓰에게 접근하기 전에 체포하는 게 상책이지만, 만약 접촉을 허용하더라도 지나쓰가 어떻게든 첫 공격만 방어하거나 피해내면 늦지 않게 대응할 수 있을 것이다.

민간인 지나쓰가 흡혈종 살인자와 맞서 싸우기는 불가능하다. 미끼 역할을 맡는 건 자살행위나 마찬가지이지만, 만반의 준비를 갖추고 지나쓰가 첫 공격으로 사망하지 않는 데만 집중한다면 작전에 성공할 가능성은 낮지 않다.

지나쓰가 이쪽 지시에 따를 수 있도록 머리카락과 옷 사이로 보이지 않게 마이크와 이어폰을 부착했다.

지나쓰는 오피스텔에서 출발해 주택가로 들어가 미타무라의 집 앞을 지나고 공원을 가로질러 다시 오피스텔로 돌아갈 예정이었다. 이 경로는 지나쓰 본인이 희망했다.

사건 현장 세 곳은 걸어서 한 바퀴 돌 만한 거리에 위치한다. 아카리가 짐작하기에 아마도 그 경로가 범인의 영역이 아닐까 싶었는데 지나쓰도 같은 생각이었던 모양이다.

두 시간이라는 조건을 받아들이는 대신에 사건 현장을 돌게 해달라는 요청을 거절할 수는 없었다. 속으로는 두 시간 동안 아무 일도 일어나지 않기를 바라지만, 겉으로는 지나쓰의 함정 수사에 협력하기로 했기 때문이다.

아카리와 아오이는 지붕 위와 담 뒤편에 몸을 숨기며 거리를 두고 따라가기로 했다. 흡혈종과 계약자이기에 가능한 추적 방법이다. 아카리 자매에게 가능한 일은 범인에게도 가능하겠지만, 범인은 동족인 흡혈종이 체포 작전에 동참한 줄은 모를 것이다. 길을 걷는 사냥감만 주의 깊게 살필 테니 들키지 않을 가능성이 높았다.

그리고 범인에게 들키면 들키는 대로 상관없다. 그때는 이쪽도 상대의 모습을 포착할 수 있을 것이다. 뭔가 낌새를 챈 듯 달아나는 사람이 있다면 바로 체포에 돌입하면 된다. 만약 아카리 자매가 포착하기 전에 범인이 눈치채고 달아나더라도 최소한 지나쓰는 무사하다.

도노는 지나쓰가 마음을 바꿀 때를 대비해 출발 직전까지 곁에 있었지만, 지나쓰의 결의가 굳건하다는 걸 알고 설득은 포기한 듯했다.

도노는 범인에게 들키지 않게 지붕 위를 이동할 능력이 없고, 유사시에 아카리 자매가 둘이나 지킬 수 있을지도 불확실하다.

작전 내용을 설명한 후 도노는 출발 지점인 지나쓰의 집에 대기시켰다.

두 시간이 무사히 지나가면 아카리와 아오이가 지나쓰를 도노가 기다리는 오피스텔로 바래다준다. 미끼 역할이 끝나면 아카리 자매에게 뒷일을 맡기기로 약속했지만, 만에 하나 지나쓰가 순순히 응하지 않을 때에 대비해 그녀가 섣부른 행동을 하지 못하도록 도노에게 감시시키려는 의도도 있었다.

모든 길의 출구 부근에는 경찰관을 몇 명씩 배치해두었다. 범인이 도주하면 아카리나 아오이의 연락을 받고 길을 봉쇄하는 역할이다.

해당 구역 주민들에게는 무차별 살인사건(공원에서 시신이 발견된 사건)의 피의자가 도주 중이라는 정보를 흘렸고, 낮에 경찰이 연락해 밤중에는 외출을 삼가라고 주의를 주었다. 경찰차로 순회 방송도 했다. 원래 밤에는 인적이 드문 구역이지만 오늘 밤은 더더욱 사람이 돌아다니지 않을 것이다. 범인에게 지나쓰는 유일한 사냥감일 테니 이쪽에서도 범인을 포착하기 쉬워진다.

"불안하겠지만 바로 근처에 저희가 있을 거니까요. 만약 그만두고 싶어지면 말해줘요. 작게 말해도 마이크에 잡힐 거예요."

출발하기 전에 아카리가 그렇게 말하자 지나쓰는 고개를 끄덕였지만, 그만둘 마음이 없다는 것을 한눈에 알았다.

아카리는 범인에게 들키지 않도록 기운을 지우고 자세를 낮춘 채 길 오른편 건물 위를 이동해 지나쓰를 따라갔다.

길 반대쪽 집 지붕 위에는 아오이가 있다.

지나쓰를 사이에 두고 아카리는 조금 앞쪽에서, 아오이는 조금 뒤쪽에서 나아가며 그녀를 지켜보았다.

등을 쭉 펴고 밤길을 걷는 지나쓰는 긴장한 듯했지만 겁먹은 낌새는 없었다.

예정된 경로의 3분의 1 지점에 다다르도록 지나쓰는 누구와도 마주치지 않았다.

부디 이대로 아무 일도 일어나지 않기를 바라고 있을 때였다.

아카리는 지나쓰가 나아가는 방향으로 눈길을 주었다가 한 남자가 다가오는 걸 알아차렸다.

흡혈종의 시력이 아니라면 놓쳤을지도 모른다. 검은 옷을 입은 젊은 남자 같았다.

가슴이 철렁하여 옷깃에 단 마이크에 입술을 댔다.

이 거리에서는 기운을 느끼기가 불가능하다. 그가 흡혈종인지 아닌지는 모른다.

"모모세 씨, 앞쪽에 사람이 있어요. 남자예요. 다가옵니다, 주의하세요."

지나쓰는 아직 알아차리지 못했을 것이다.

마이크로 경고하자 걸어가는 지나쓰의 어깨에 힘이 들어갔다.

아오이에게 눈짓하고 남자가 수상한 움직임을 보이면 당장 뛰어들 수 있도록 거리를 좁혔다.

지나쓰와 남자가 서로 얼굴을 식별할 수 있을 만큼 가까워지자 남자가 걸음을 멈췄다.

그때 알아차렸다.

그 남자다.

지나쓰가 집 앞에서 어정거리고 있다며 도노에게 보낸 사진 속 남자, 사쿠의 시신이 발견되기 직전에 목격한 검은색 라이더재킷을 입은 젊은 남자.

잘 찍은 사진은 아니었지만 틀림없다.

"탐지기가 반응을……."

지나쓰가 긴장한 목소리로 말하다 말고 숨을 삼키는 기척이 이어폰을 통해 전해졌다.

남자도 지나쓰를 알아본 것 같았다.

지나쓰에게 거리를 두라고 지시하려던 바로 그때.

"넌 어제 그……."

지나쓰의 몸에 부착된 마이크가 남자의 목소리를 잡아 냈다.

남자는 지나쓰를 덮치려는 기색 없이 그저 우두커니 서 있었다.

하지만 지나쓰는 달랐다.

"네가 사쿠 선배를 죽였어?"

허공과 이어폰에서 동시에 목소리가 들렸다.

지나쓰가 가방에서 칼을 쥔 오른손을 꺼내는 게 보였다.

깜짝 놀란 순간, 천 가방이 땅에 떨어지고 운동화가 지면을 박찼다.

지나쓰는 거리를 두고 첫 공격을 막기는커녕 스스로 상대에게 돌진했다.

아카리와 아오이가 동시에 지붕에서 뛰어내렸지만 두 사람이 착지하기 전에 지나쓰가 남자 앞에 다다랐다.

남자에게 은칼을 내지른다.

남자는 몸을 비틀며 칼을 쥔 지나쓰의 손을 왼팔로 받아 넘겼다. 여유 만만하지는 않지만 능숙한 몸놀림이었다. 그 대로 자세를 낮추어 왼손으로 지나쓰의 오른팔을 쳐 올리고, 균형을 잃은 지나쓰의 목에 오른손을 내밀었다.

빠지직 하는 소리와 함께 파란 불꽃이 튀었다.

지나쓰의 몸에서 힘이 빠지고, 칼이 달그락 소리를 내며 아스팔트에 떨어졌다.

'전기충격기!'

소리와 불꽃의 크기로 보건대 개조한 물건이다.

축 늘어져 쓰러지는 지나쓰를 남자가 왼쪽 어깨로 받아
냈다.

남자 앞뒤에 착지한 아카리와 아오이는 자세를 낮추고
전투태세를 취했다.

"이봐, 잠깐. 난 싸울 마음 없어."

남자는 당황한 듯 말하고 왼쪽 어깨에 기댄 지나쓰를 솜
씨 좋게 팔로 지탱하며 왼 손바닥과 전기충격기를 쥔 오른
손을 들어 올렸다. 무기를 들었지만 항복하겠다는 자세다.

"여자애한테 이런 걸 사용하고 싶지는 않았지만, 어째 섬
뜩한 걸 들고 있어서······. 얘, 계약자지? 흉은 안 지겠네."

적의가 없다는 걸 보여주려는 듯 전기충격기를 호주머
니에 넣고 기절한 지나쓰를 아오이에게 넘겼다.

"유에가 있었다면 이렇게 거친 방법은 쓸 필요 없었을
텐데."

앗, 하고 아오이가 소리쳤다. 통화했던 목소리가 기억난
것이리라. 아카리도 남자의 그 한마디로 알아차렸다.

"미등록 흡혈종 자치조직에서 나온 분인가요?"

이상하다 싶었다. 그에게서 틀림없이 흡혈종의 기운이

풍겼지만, 적의는 느껴지지 않았다.

남자는 고개를 끄덕이고 "통화했지."라고 말했다.

"아아, 얘도 대책실 관계자인가. 요전에 봤을 때는 계약자가 아니었을 텐데……."

"일시적인 관계예요. 꼭 하고 싶다고 본인이 간청하는 바람에……."

"미안해. 하지만 너무 경황이 없어서. 나중에 사과하겠지만 일단 난 범인이 아니라고 알려줘."

그는 왼손을 호주머니에 넣어 지나쓰의 가방에 달린 것과 똑같은 탐지기를 꺼냈다.

흡혈종에게는 필요 없는 물건이다. 이 말은 곧…….

"당신도…… 계약자로군요."

"유에의 계약자야."

확인하자 그는 긍정했다.

"그러는 당신은 흡혈종이자 대책실 직원이로군. 그쪽 누님은 나랑 같은 신세인가."

그리고 정신을 잃고 아오이에게 안겨 있는 지나쓰 쪽으로 눈길을 주었다.

"아무튼 범인의 영역에서 이야기를 나누는 건 위험해. 어디 안전한 실내로 자리를 옮기면 안 될까. ……얘는 오늘 밤에 더 이상 밖에 나오지 않는 편이 좋겠어."

동감이었다.

일단 지나쓰를 오피스텔로 옮기기로 했다.

남자의 이름은 로우였다.

☾

지나쓰의 집에 도착하자 도노가 걱정스러운 표정으로 맞아주었다.

도노의 도움을 받아 지나쓰를 침대에 눕히며 경위를 설명했다.

로우는 아는 사이도 아니면서 본인 허락도 없이 혼자 사는 여자 방에 들어갈 수 없다며 복도에서 기다렸다.

다만 침실 문간에서 아카리를 불러 얇은 금속 케이스를 건넸다.

"진정제야. 흡혈종용이니까 인간에게는 약효가 너무 강할지도 모르지만 지금은 계약자니까 괜찮겠지."

이런 건 못 쓴다며 돌려주려 하자 로우는 냉정하게 타일렀다.

"그 정도 충격으로는 금방 깨어나. 그럼 또 함정 수사를 재개하자고 우길지도 몰라. 아니, 아까 그 기세로 봐서는 당장에라도 밖으로 뛰쳐나갈걸. 이대로 하룻밤 푹 재워두는 편이 낫지 않겠어?"

아카리는 말문이 막혔다. 그의 말대로 지나쓰가 이 정도로 함정 수사를 포기할 것 같지는 않았다.

"하지만 본인의 의사에 반해 방에 잡아둔들…… 계속 그럴 수는 없잖아요. 오늘 하루 움직임을 봉쇄해봤자 아무 소용없어요."

그러다 지나쓰의 신뢰를 잃으면 앞으로는 단독으로 행동할 것이다. 눈길이 닿지 않는 곳에서 객기를 부리게 냐두는 것보다는 낫겠다고 판단했으므로 오늘 밤도 지나쓰의 요청을 받아들인 것이다.

"요컨대 이 아이가 깨어났을 때 복수가 이미 끝났으면 되겠군."

로우는 간단한 일인 것처럼 말했다.

"우리끼리 오늘 밤 안에 결판을 낼 거야. 유에도 그렇게 하랬어. 일반인이 얼쩡거리면 성가시니까 진정제를 투여하지 않을 거면 오늘 밤은 밖에 나오지 못하도록 감시해."

"설마 범인을 죽이려고요?"

결판을 내겠다는 표현이 마음에 걸렸다.

범인을 알아내면 접촉하기 전에 연락하겠다고 했는데, 이제 그럴 단계가 아니라는 건가.

아카리의 질문에 로우는 대답하지 않았다.

"헌터가 어슬렁대고 있어. 대책실 직원에게는 해코지를 하지 않겠지만 주의해. 우리와는 마주치는 순간 전투가 벌어지겠지."

범인과도 헌터와도 대화로 원만하게 해결할 마음은 전혀 없는 것이 확실했다.

그것이 유에의 지시이리라.

이 나라, 이 동네에서 흡혈종의 범죄가 몇 년이나 표면화되지 않은 것은 분명 그들이 자경단 같은 역할을 해왔기 때문이다.

그런 그들이 끝내겠다고 한다. 자신들의 삶을 위협하는 존재를 작심하고 제거할 작정이다. 뭔가 실마리를 잡았는지도 모른다.

로우는 방 안의 지나쓰를 살짝 신경 쓰는 기색이었지만 아무 말도 꺼내지 않고 집을 나섰다.

아오이가 아카리에게 눈짓을 하더니 말없이 로우를 뒤쫓았다. 그들을 저지할 수는 없겠지만 행동만이라도 파악해두고 싶은 모양이었다.

아카리는 침실 문을 열고 지나쓰가 여전히 잠들어 있는지 확인했다.

그리고 복도로 돌아왔다. 도노는 어찌할 바를 모르는 모습으로 서 있었다.

"여자 경찰관을 불러서 모모세 씨에게 붙일게요. 미등록 흡혈종들에게 범인은 이 동네에서 영위하는 삶을 위협하는 적이니까…… 저희에게 신병을 인도하지 않고 숙청하려는지도 몰라요. 헌터하고도 전투가 벌어지면 한쪽 또는 양쪽에 피해가 생기겠죠. 일반인이 말려들 가능성도 없지는 않고요. 그들보다 먼저 범인을 찾아내야 해요."

자신도 당장 수사에 복귀할 생각으로 아카리는 도노에게 설명했다.

고개를 끄덕이며 듣고 있던 도노가 망설이는 투로 입을 열었다.

"저기…… 사쿠 말인데."

가슴이 덜컥 내려앉았지만 긴장이 얼굴에 드러나지 않도록 조심하며 네, 하고 대답했다.

"어제, 죽기 전에 볼일이 있다면서 혼자 행동했잖아. 어쩌면 사건과 관련해 뭔가 알아차리고 조사하러 갔던 게 아닐까 싶어. 확실한 증거가 있는 건 아니고 그냥 짐작이지만. 녀석은 머리가 좋고 눈치도 빠르지만, 좀 비밀주의라고 할까…… 뭔가 알아차려도 자기가 먼저 확인부터 하는 성격이었거든."

"그러고 보니 쓰지미야 씨는 세 번째 사건 현장 바로 근처에서 발견됐죠."

도노가 친구의 죽음에 좌절하지 않고 거기서 의미를 찾아내려는 모습에 안도하며 생각해보았다.

지나쓰를 집까지 바래다주고 바로 역으로 돌아갔다면 그 길로 지나가지 않는다.

그런데 역을 빙 돌아가는 미타무라 집 근처에서 죽었으니 거기에 간 이유가 있을 터였다.

본인은 친구와 만나기로 약속했다지만, 현재까지 사쿠와 만났거나 만날 예정이었다는 인물은 찾지 못했다.

"사쿠가 뭘 조사했는지는 모르지만 그런 꼴이 된 이유는…… 범인에게 습격당한 건 사쿠의 추측이 들어맞았기 때문이 아닐까. 피해자가 된 건 우연이 아니라 진상에 다가갔기 때문일 거야."

미타무라와 사쿠는 습격당하는 간격이 짧았고, 이전 두 건과는 양상이 달랐다. 미타무라 사건에서 사쿠가 뭔가 알아차리고 조사했을 가능성이 있다.

도노 말마따나 미타무라 집 바로 근처에서 사쿠의 시신이 발견된 건 우연이 아닐지도 모른다.

"그러게요. 그럴 가능성도 있겠네요. 범인이 나타나기를 기다리기보다는 쓰지미야 씨의 발자취를 추적해보도록 할게요."

"나도 갈게."

도노는 여기 남아 있으라고 말하려는 아카리의 속내를 알아차리기라도 한 것처럼 급한 말투였다.

"아카리 씨는 흡혈종이니까 인간 협력자가 있어야 편하지 않을까. 늘 아오이 씨랑 둘이서 행동하는 것도 그래서 그런 거 아니야? 특히 지금은 헌터가 어슬렁거리고 있잖아. 흡혈종의 약점을 찔렀을 때에 대비한다고 할까…… 예를 들어 은으로 된 사슬 같은 걸 아카리 씨는 못 만지잖아. 내가 있으면 도움이 될지도 몰라. 난 미타무라 할아버지 댁에도 한 번 가본 적이 있고."

아카리가 흡혈종임을 헌터가 알아차리더라도 대책실 직원을 상대로 허튼 짓을 할 리는 없지만 도노의 표정은 진지했다.

이번에는 함정 수사를 하는 것도 아니니 둘 이상이 함께 행동하면 범인도 덤벼들지는 않으리라. 미타무라 집에 가본 도노라면 현장에서 뭔가 눈치챌지도 모른다.

그리고 지금은 망설이거나 설득할 시간이 없다.

"알겠어요. 아오이에게도 연락해서 합류하죠. 하지만 미타무라 할아버지 댁까지만이에요. 조사가 끝나면 택시나 경찰차를 타고 집에 돌아가요. 현장에서는 저나 아오이 곁에서 떨어지지 말고, 혹시나 범인이 나타나면 최대한 거리를 두고요."

"응, 알았어. 약속할게."

도노는 안심한 표정으로 몇 번이고 고개를 끄덕였다.

범인의 '영역' 출구에 배치된 경찰관 중 한 명에게 연락하여 지나쓰를 지키도록 부탁하고 아오이에게 '미타무라 다카시의 집을 조사하러 갈 거야.'라고 메일을 보냈다.

그사이 도노는 발코니로 나가 은 이온이 함유됐다는 땀억제 스프레이를 목과 팔다리에 꼼꼼히 뿌렸다.

인기척이라고는 없는 밤길을 도노와 둘이서 걸었다.

한 시간쯤 전에 귀가가 늦어진 회사원을 경찰관이 집까지 바래다준 걸 제외하면 범인의 '영역'에 들어온 사람은 없는 듯했다.

아카리가 손목시계를 보니 날짜가 바뀌기 직전이었다.

첫 번째와 두 번째 사건은 심야에 발생했다. 세 번째 사건은 더 늦은 시간, 동틀 무렵에 발생했으리라 추정된다. 사쿠가 습격당한 시간대만 어째선지 예외로 일렀지만, 이제 슬슬 범인이 본래 활동하는 시간이라는 뜻이다.

"둘이 함께 행동하고 있으니 굳이 저희를 노리지는 않겠지만…… 조심해요. 저한테서 떨어지지 말고요. 흡혈종은 움직임이 빨라서 미리 대비하고 있어도 보통 사람은 공격을 피하기가 어려워요."

바로 옆을 걷는 도노에게 신신당부했다.

인간과 비교하면 신체 능력이 압도적으로 우월하다고는
하나 흡혈종은 흡혈종끼리 맞붙어 싸우는 일이 드물기 때
문에 같은 조건이라면 훈련을 받은 아카리가 유리하다. 범
인이 나타나면 도노 한 명쯤은 지킬 수 있겠지만 조심해서
나쁠 것은 없었다.

"제가 도노 씨의 피를 빨아 일시적으로 신체 능력을 높
이는 방법도 고려했지만, 저는 남자 피는 못 빠니까……."

"그거, 상상만 해도 가슴이 두근거리는걸."

도노가 웃으며 말했다.

진지하게 들으라고 나무라면서도 어쩐지 부끄러워 눈을
돌렸다.

미타무라의 집이 가까워질수록 불길한 분위기랄까, 예
감 같은 것이 강해졌다.

현장의 피는 완전히 씻어냈지만 여전히 냄새가 희미하
게 남아 있는 듯한 기분이 들었다. 흡혈종의 후각은 인간
보다 예민하지만 이건 기분 탓일지도 모르겠다.

"저기로군요."

"사건 현장인데 공원처럼 테이프를 안 붙여놨네."

"사유지니까요. 그리고 여기서 살인사건이 발생했다는

것도 공식적으로 발표하지 않았고."

주인이 없는 가옥에 불이 켜져 있지 않아 미타무라의 집 부근은 유달리 어두웠다. 그래도 달빛과 조금 앞쪽에 있는 가로등, 이웃집 불빛 덕분에 손발 언저리가 보일 정도는 되었다.

가슴 높이의 나무문에 손을 댄 순간, 따끔하니 아파서 손을 뗐다.

"아카리 씨?"

"으, 괜찮아요."

다시 살펴보니 나무문 윗부분에 은 가루가 흩뿌려져 있었다.

문설주를 확인하자 덫을 설치한 흔적이 있었다.

"……순은 가루를 사용한 흡혈종용 덫이 설치된 것 같아요."

나무문을 열면 순은 가루가 떨어지도록 해놓은 듯했다. 나무문 윗부분에 묻은 건 그 잔해이리라. 말하자면, 덫은 이미 발동됐다는 뜻이다.

아주 살짝 건드렸으므로 집게손가락과 가운뎃손가락 끝을 약간 덴 정도에 그쳤다.

"브래들리…… 헌터가 설치했겠죠. 은 가루로 시력을 빼앗아 빈틈을 만들려는 속셈이었을 거예요."

"범인을 노리고? 헌터도 범인을 쫓는다는 거로군. 게다가 여기에 설치했다는 건 범인이 여기에 올 줄 알았다?"

단순히 '범인은 현장에 돌아온다'는 일반론에 따라서 행동한 것치고는 공을 많이 들였다. 순은 가루는 결코 저렴하지 않다. 나름대로 범인이 나타나리라는 근거가 있기에 여기에 덫을 놓은 것이리라.

사쿠도 뭔가 알아차리고 이쪽에 왔다가 범인에게 살해당했다면, 미타무라의 집 또는 그 주변에 무슨 단서가 있을 가능성이 상당히 높다.

"아카리 씨, 다치지는 않았어?"

"괜찮아요. 덫은 이미 발동된 뒤였네요. 저는 피해가 거의 없어요."

"다행이다. ……하지만 아카리 씨보다 먼저 나무문을 연 사람이 있다는 뜻이잖아. 은 가루가 언제 설치됐는지는 모르지만…… 범인이 열었다면 덫에 걸려 피해를 입었으리라는 거야?"

"아마도요……."

어제 아침에 미타무라의 시신을 발견했을 때 나무문 주변에 은 가루는 없었다. 그 후에 경찰이 들어가서 현장검증을 실시했으니 틀림없다.

그럼 덫은 언제 설치된 걸까.

그리고 언제 발동했을까.

도노가 나무문에 남은 은 가루를 털어내준 후에도 바로 정원에 들어가지 않고 그 밖에 무슨 흔적이 있는지 주위를 관찰했다.

어두워서 알아보기 힘들었지만 문설주에 피가 튄 자국이 있었다. 어제 현장검증에 입회했을 때는 몰랐다. 빠뜨리고 넘어간 걸까? 자세히 보니 관목 잎사귀에도 피가 말라붙어 있었다. 미타무라가 습격당했을 때 튄 피라면 산울타리 안쪽에 묻었을 것이다.

즉 미타무라를 습격한 후 범인이 나가면서 피가 묻었거나, 아니면 미타무라 말고 다른 누군가가 여기서 피를 흘렸거나.

'경찰에 분석을 부탁해야 해…….'

어쩌면 덫에 걸린 범인의 혈액일지도 모른다.

다시 나무문에 손을 대려는데 오른편에서 아오이가 로우의 팔을 붙잡고 걸어오는 모습이 보였다.

"아오이."

합류하자 마음이 놓였다. 아오이도 무사히 만나서 다행이라며 웃었다.

"여기 당첨이야. 이 사람 이 부근에서 유에랑 합류할 예정이었나 봐. 이 집 앞을 서성거리더라고. 내가 쫓아갔더니 인상을 쓰면서 달아났지만."

달아나는 그를 붙잡아서 끌고 온 모양이다. 로우는 성가시다는 표정이었지만 아오이의 손을 뿌리치면서까지 달아나려 들지는 않았다.

역시 유에는 뭔가 정보를 쥐고 있다.

헌터 브래들리도 유에도 뭔가 알고 있으며, 쓰지미야 사쿠도 뭔가 알아차렸다. 그 뭔가가 이 집에 있다면 조심해서 조사에 임해야 한다.

다시 나무문으로 돌아섰다.

"그러고 보니 아까 브래들리를 봤는데. 우리를 보고 도망쳤지만. 놈도 이 부근에 뭔가 있다고 감을 잡았나 봐."

"이 집에 볼일이 있었는지도 모르겠네. 입구에 덫을 놓은 흔적이 있었으니까…… 은 가루를 사용한 흡혈종용 덫. 분명 브래들리 짓일 거야."

야비한 놈, 하고 로우가 눈살을 찌푸렸다.

이 동네에도 흡혈종이 살고 있고, 유에가 거느린 자들이 사건을 조사했을 테니 살인범이 아닌 흡혈종이 우연히 이 나무문을 열었을 가능성도 있다. 덫이 발동한 뒤가 아니었다면 아카리도 크게 다칠 뻔했다.

흡혈종은 치유 능력이 강하므로 작은 상처는 단번에 낫고 떨어져나간 신체도 재생되지만, 은에 의한 상처만은 예외다.

헌터는 범인을 무력화하기 위해 덫을 설치했겠지만, 무고한 흡혈종이 어찌 되든 알 바 아니라는 무책임함도 역력히 느껴졌다.

"범인이 이 덫에 걸려서 다쳤다면 오늘은 활동하지 않을지도 모르겠네?"

"그러면 좋겠지만요."

만약 그렇다면 그사이에 범인의 정체를 밝혀낼 정보를 최대한 확보하여 활동을 재개하기 전에 붙잡고 싶었다.

범인이 나타나 범행을 저지르려 할 때 현행범으로 체포하는 수밖에 없겠다고 생각했지만, 유에와 브래들리가 뭔가 정보를 쥐고 있다면 숨어 있는 범인을 찾아낼 수 있을지도 모른다.

"경찰이 현장을 조사한 후에 누가 드나들었을지도 몰라요. 안을 살펴볼게요."

"아, 잠깐만. 내가 먼저 들어가는 편이 낫지 않을까. 안에 아직 덫이 남아 있을지도 모르니까."

"그럼 더 위험하죠. 도노 씨는 물러나 있는 편이……."

"흡혈종용 덫이라면 아카리 씨가 더 위험해."

아카리가 도노와 옥신각신하며 나무문을 열자 어두운 정원이 보였다. 짤막한 포석길이 도중에 구부러져 집 현관으로 이어졌다. 안으로 들어가려고 할 때였다.

"아, 전화다. 경찰인가."

아오이가 휴대전화를 꺼내 귀에 댔다.

신경 쓰지 말고 먼저 가라는 듯이 눈짓으로 재촉하기에 전화를 받는 아오이와 로우를 남겨두고 먼저 발을 들여놓았다.

들어가서 바로 왼쪽이 툇마루가 면한 정원이지만 지금은 덧문이 닫혀 있어 집 안은 보이지 않았다.

시신이 있었던 곳에 비닐시트를 덮어놓은 데다 어둡기도 하여 참극의 흔적은 그다지 눈에 띄지 않았다.

신중하게 둘러보았지만 덫은 없는 듯했다.

"네. 맞아요, 우리도 물어보려던 참이었어요. 세 번째와 네 번째 피해자의 시신에 대해…… 네?"

아오이가 목소리를 높였다.

돌아보자 이쪽을 보고 있던 아오이와 눈이 마주쳤다. 곤혹스러운 표정이었다.

무슨 말을 들었는지 다시 표정이 바뀌었다.

"시신이 없다고요……? 사라졌다니 그게 도대체 무슨 소리예요?"

어쩐지 심상치 않은 말이 들렸다.

아카리는 도노와 눈빛을 교환하고 나서 함께 몸을 돌려

동요한 기색으로 통화하는 아오이를 지켜보았다.

아카리가 집 앞길로 돌아가려고 발을 내디디는데 "다시 걸게요."라며 아오이가 전화를 끊었다.

"무슨 일이야?"

아오이는 아카리를 보고 고개를 두 번 옆으로 흔들었다. 도무지 영문을 모르겠다는 듯이.

그리고 얼떨떨한 표정으로 말했다.

"……미타무라 다카시는 미등록 흡혈종이었어."

말뜻은 이해했지만 그게 무엇을 의미하는지 머리가 따라가지 못했다.

미타무라 다카시…… 이 집 주인이자 세 번째 피해자가 흡혈종이다.

'연쇄살인사건의 범인이 어쩌다 흡혈종을 습격했다? 그런 우연이…….'

아니면 미타무라 다카시는 무작위로 선택된 피해자가 아니라…….

"그리고 쓰지미야……."

"조심해!"

아카리와 도노의 뒤쪽을 보고 있던 로우가 소리를 질러 아오이의 말을 막았다.

그 순간 기운을 느꼈다.

흠칫 놀라 돌아보자 빨갛게 빛나는 두 눈이 보였다.

검은 덩어리가 정면의 담을 뛰어넘어 덤벼들었다.

반사적으로 오른팔을 들어 후려쳤다.

한순간 뻣뻣한 털가죽의 감촉이 노출된 오른 손목을 쓸고 지나갔다.

그것은 오른편에 있는 정원수 쪽으로 튕겨 나갔지만 바로 땅에 착지해 다시 덤벼들었다.

"위험해!"

도노가 아카리 앞으로 나서서 그것의 코에 은이 함유된 데오드란트 스프레이를 뿌렸다.

깽 하고 비명을 지르며 물러난 것은 더러운 개였다.

"개?"

"보통 개가 아니에요. 도노 씨, 물러나세요."

스프레이를 정통으로 맞아 지금은 눈이 감겼지만, 분명히 빨갰다. 움직임도 예사 개와는 달랐다.

그리고 분명히 흡혈종의 기운이 풍겼다.

아카리는 옷 속에 넣어 온 전기충격봉을 꺼내 방어태세를 갖추었다.

은 이온이 효과가 있었는지 아니면 강한 냄새를 맡은 탓인지 개는 코를 모래에 벅벅 문지르며 괴로워했다.

뻣뻣한 털 사이로 거무튀튀하게 얼룩진 목걸이가 보였

다. 짧게 끊어진 사슬이 목걸이에 달려 있었다.

"너, 다로……?"

깜짝 놀란 듯 도노가 중얼거리는 소리가 들렸다.

"미타무라 할아버지가 기르던 개인가요?"

"하지만 할아버지와 함께 죽었을 텐데."

분명 미타무라 시신 옆에 너덜너덜해진 개 사체가 있었다.

미타무라가 개를 키웠다는 이야기를 들었으므로 당연히 그 개일 거라 여기고 목걸이의 유무는 확인하지 않았다.

왜 개가 흡혈종의 기운을 띠고 있는지 따질 여유는 없다. 아무튼 약해진 사이에 무력화해야 한다.

인간용 수갑은 도움이 안 되리라. 포획용 그물총을 가지고 올걸 그랬다고 후회하며 한 걸음 다가서자 번뜩이는 붉은 눈이 아카리를 보았다.

이빨을 드러내며 목덜미를 노리고 덤벼든 개를 전기충격봉으로 간신히 막아냈다.

도노와 아오이가 놀라 비명을 질렀다. 괜찮다는 한마디로 무사함을 알렸다.

개가 엄니로 금속봉을 아득아득 깨물었다. 봉 때문에 더 다가오진 못했지만 너무 가까워서 이대로는 전류를 흘릴 수 없다.

'일단 자세를 바로잡고…….'

끙 하고 온 힘을 다해 봉이 밀리지 않도록 버티고 있을 때였다.

또 다른 검은 형체가 담 위에서 정원으로 내려오는 것이 보였다.

'한 마리 더?'

큰일이다. 양쪽에서 협공당하면 대처할 방도가 없다.

봉을 물고 늘어진 개를 간신히 뿌리치는 것과 거의 동시에 다른 개가 땅을 박차고 달려왔다.

"아카리 씨!"

도노가 아카리를 보호하려 팔을 뻗었다.

개와 아카리 사이에 상반신을 밀어 넣는 모양새였다.

비스듬히 앞쪽에서 덤벼든 개가 입을 크게 벌리자 날카로운 엄니가 드러났다.

봉을 깨무는 힘이 보통 개와는 비교도 안 되게 강했다.

도노의 팔뼈쯤은 단번에 박살 날 것이다.

나를 보호하려다가.

"안 돼요, 도노 씨."

늦었다.

비명 같은 목소리로 이름을 부른 순간, 시커먼 것이 시야를 막았다.

콱 하는 둔탁한 소리와 함께 도노의 몸이 굳었다.

그의 팔이 부서져 산산조각 나는 걸 상상하자 핏기가 가셨다.

하지만 개의 엄니는 도노가 아닌 다른 사람 팔에 박혀 있었다.

검은 옷을 입은 남자가 도노와 아카리 앞에 서 있었다.

도대체 어떻게 된 건지 아카리가 생각할 틈도 없이 남자가 왼팔에 매달린 개를 오른손으로 번개같이 내려쳤다.

개는 피 보라를 뿜으며 땅에 떨어져 움찔움찔 경련했다. 찢어진 목에서 쿨럭쿨럭 쏟아진 피가 땅에 스며들었다.

남자는 오른손에 쥔 칼을 휘둘러 날에 묻은 피를 털어 냈다.

왼팔에 뚫린 구멍에서 피가 솟았지만 동요하는 기색은 전혀 없었다.

평범한 인간이 그 짧은 순간에 도노와 개 사이에 끼어들기는 불가능하다.

그리고 강력한 기운이 그 남자가 흡혈종임을 확실히 증명했다.

"유에! 팔이……."

로우가 당황하여 외치는 소리가 들렸다.

'유에? 이 사람이…….'

로우의 계약 상대이자 미등록 흡혈종의 지도자.

이쪽이 위기에 처한 걸 알고 달려온 걸까?

"미타무라 할아버지 곁에 죽어 있던 털 뭉치는 다로가 아니라 다른 개였나 봐."

그는 이쪽에 등을 돌린 채 느긋한 투로 말했다.

"왜, 다로가 떠돌이 친구를 데려와서 어쩌다 보니 밥을 주게 됐다고 할아버지가 그랬잖아. 그중 한 마리가 아닐까 해. 그 개를 죽인 건 분명 다로겠지. 아마도 시신을 먹으려 한 게 아닐까. 그래서 다로가 화가 난 걸거야."

얼굴은 보이지 않았다.

하지만 귀에 익은 목소리였다.

"사……."

도노가 멍한 표정으로 입을 열었다.

"……사쿠."

"응."

돌아보고 미소를 지었다.

얼굴에도 목에도 상처 자국 하나 없었다.

쓰지미야 사쿠가 이전과 다름없는 모습으로 서 있었다.

어젯밤에 본 시신은 틀림없이 사쿠였다.

하지만 눈앞에 있는 것도 사쿠 말고 다른 사람일 리 없었다.

얼굴도, 목소리도, 행동거지도.

뜯겨나간 왼팔도, 방금 깨물려서 구멍은 났지만 붙어 있다. 그 구멍도 애초에 아무 일 없었던 것처럼 순식간에 작아져서 아물었다. 그가 인간이 아니라는 증거였다.

로우가 유에, 하고 부르며 이쪽으로 달려오려 하자 사쿠는 거들떠보지도 않고 한 손을 들어 제지했다. 도노와 마찬가지로 멍하니 굳어 있던 아카리가 번쩍 정신이 든 것처럼 몸을 움직였다. 도노의 어깨 너머로 사쿠의 얼굴을 보고 본인임을 확인하자 커다란 눈이 더 커졌다.

"쓰지미야 씨 무사했군요……. 그 기운, 흡혈종이었나요? 그리고 그, 지금, 유에라고 불렀는데."

"음, 그런 걸 설명하고 있을 때가 아니지 않을까?"

잠깐 기다리라고 평소와 다름없이 싹싹하게 말한 후 다로 쪽으로 몸을 돌렸다.

한 발짝 앞으로 나서서 나지막하게 으르렁거리는 다로를 내려다보았다.

아카리가 밀쳐낸 다로는 크게 다치지 않은 모양이지만 다시 덤벼들지 않고 이쪽을 경계하듯 노려보며 슬금슬금 뒤로 물러났다.

사쿠는 아무 긴장감도 없이 다가갔다.

방금 전까지 흉포했던 그 개가 맞나 싶을 만큼 다로는 겁을 먹은 것처럼 보였다.

달아나려는지 이쪽에 등을 돌린 순간, 사쿠가 손목을 휘두르자 은색 칼이 똑바로 날아갔다.

칼날이 목에 깊숙이 박히자 다로는 다리가 꺾여 쓰러졌다.

충격적인 장면에 도노는 저도 모르게 눈을 돌렸다.

사쿠는 엎어진 다로에게 다가가 칼을 아무렇게나 뽑았다. 뽑았다기보다는 칼자루를 잡고 그대로 들어 올렸다. 다로의 털가죽이 세로로 찢어지고, 몸이 살짝 들렸다가 핏줄기를 흘리며 땅에 떨어졌다.

철퍽 하고 소리가 났다.

칼은 순은이었으리라. 개들은 틀림없이 숨이 끊어졌다.

"사람을 습격한 개니까 어쨌거나 살처분이겠지. 뭐, 내 피를 먹고 강해져서 인간을 습격하면 뒷맛이 개운치 않을 테니 뒷수습을 하는 수밖에."

사쿠의 평소처럼 덤덤한 말투와 그 내용과 피에 젖은 개 사체가 서로 너무나 어우러지지 않아서 어쩐지 꿈을 꾸고 있는 것만 같았다.

"개…… 개가 이번 사건의 범인?"

"응. 나도 놀랐어."

사쿠가 다시 칼을 휘둘러 피를 털어냈다. 담에 피가 튄 것 같았지만 어두워서 잘 보이지 않았다.

"미타무라 할아버지가 흡혈종인 건 만나자마자 알아차렸지만, 다로는…… 흡혈종이 키우는 개니까 흡혈종의 기운이 풍기는 게 당연하다 싶었거든. 개도 주인도 흡혈종일 거라는 생각은 보통 안 하잖아, 안 그래?"

호주머니에서 천을 꺼내 칼날에 감기 시작했다. 칼집에 넣지 않고 칼자루까지 통째로 둘둘 감았다.

피와 지방으로 더러워졌으니까 녹슬지 않게끔 손질하려는 거구나. 그렇게 짐작하다 문득 사쿠에게 칼을 다루는 일은 일상임을 깨달았다.

사쿠는 웃는 얼굴로 마치 휴대전화라도 만지작거리는 것처럼 가볍게 손을 놀렸다.

"하지만 나중에 돌이켜 생각해보니 첫 번째 사건도 두 번째 사건도 현장은 다로의 산책 코스더라고. 나랑 도노가 다케우치네 집 앞과 공원 앞에서 다로를 데리고 나온 미타무라 할아버지와 마주친 건 우연이 아니었다는 말씀."

생각난 것처럼 고개를 돌리더니 로우에게 "이제 들어

와." 하고 다시 손을 들었다.

로우가 정원으로 들어와서 괜찮냐며 사쿠의 왼팔을 확인했다. 거기에는 긁힌 상처 하나 남아 있지 않았다.

손질해두라며 사쿠는 천으로 감싼 나이프를 로우에게 건넸다.

아오이도 아카리의 한 발짝 뒤로 다가와 작은 목소리로 보고했다.

"쓰지미야 씨의 시신이 사라졌다고 아까 경찰이……."

"여기 있으니까." 하고 사쿠가 대수롭지 않게 대꾸하자 아오이는 난처한 듯한 시선을 던졌다. 살아 있어서 다행이라는 기쁨보다 흡혈종 개 두 마리를 순식간에 처치한 사쿠를 경계하는 마음이 더 큰 것 같았다.

도노와 달리 흡혈종과 계약자만이 아는 무슨 기운을 느꼈는지도 모른다.

하지만 사쿠는 전혀 개의치 않는 기색이었다.

"미타무라 할아버지를 의심했는데…… 개가 범인이었을 줄이야, 내 불찰이었어."

"미타무라 할아버지를? 언제부터?"

"도노 네가 다쳐서 그 집에서 치료를 받았을 때부터. 내가 칼을 잘못 건드려 손가락을 베인 거 기억나?"

물론 기억한다.

힐끗 보자 사쿠의 오른손 집게손가락에는 지금도 반창고가 감겨 있었다. 피에 젖은 붕대는 풀어버린 것이리라.

개에게 물린 곳은 순식간에 나았는데, 베인 손가락은 아직 낫지 않은 모양이다.

"그깟 상처는 순식간에 아물 텐데 피가 멎지 않아서 순은으로 만든 칼이라는 걸 눈치챘지. 일반 가정집에 순은 칼이 있을까? 흡혈종의 집도 마찬가지야. 순은 칼의 용도를 고려하면 그걸 소지한 이유는 한정되지. 본인이 헌터거나, 헌터를 죽이고 칼을 빼앗았거나, 아니면 순은 칼로 죽이고 싶은 흡혈종이 있거나."

이유가 죄다 섬뜩하다. 온화해 보였던 미타무라의 이미지와는 맞지 않는다.

하지만 사쿠는 흡혈종에게 대적할 무기를 발견하고 미타무라에게 경계심을 품었으리라.

미등록 흡혈종들 사이에서 자경단의 존재가 상식이라면 연쇄살인범이 자경단에 대비하고자 무기를 준비했을 가능성도 있다. 즉, '유에'로 활동하는 사쿠와 그 동료들에게 위협이 될 수 있다.

"그래서 그 후에 혼자 미타무라 할아버지를 찾아갔지. 도노와 함께 행동했을 때는 기운을 지웠지만, 이번에는 나도 흡혈종임을 드러내고 사건에 대해 물어봤어."

도노가 아카리와 아오이 두 사람과 합류하여 다케우치에게 브래들리의 사진을 보여주러 갔을 때였으리라.

그러고 보니 사쿠는 그때 볼일이 있다면서 따로 행동했다. 다케우치네 집에 여럿이 몰려가면 민폐니까 배려했나 싶었는데, 설마 미타무라 집에 돌아갔을 줄이야.

"할아버지는 자기는 범인이 아니지만 범인을 안다고 했어. 체념한 표정이었지. 스스로 매듭을 짓겠다, 내일 아침이면 전부 끝나서 다시는 피해자가 나오지 않을 거라기에 하룻밤 기다리기로 했어. 그 결과가 그거였지만."

다음 날 아침, 미타무라는 시신으로 발견됐다.

형사가 시트를 걷어서 보여준 시신의 얼굴을 떠올리자 씁쓸한 감정이 솟아올랐다.

고통에 찬 표정은 아니었다. 굳이 따지자면 평온했다. 그게 그나마 위안이었다.

"흡혈종은 늙지 않는다고 여겨지지만 실은 그렇지도 않아. 계속 피를 먹지 않으면 조금씩이지만 늙어. 피를 먹지 않으면 언젠가는 죽는 건지, 아니면 늙은 모습으로 살아가는지, 죽는다면 피를 얼마나 먹지 않아야 죽는지는 시험해 보지 않아서 모르겠지만…… 할아버지는 내내 피를 먹지 않은 모양이야. 얼마나 오래 살았는지는 모르지만 나하고는 비교도 안 되겠지."

사쿠는 미동도 없는 개 사체 두 구를 태연히 내려다보며 말을 이었다.

"가족도 없이 홀로 살아가는 고독을 견디다 못해 반려견에게 피를 줬을 거야. 상상이지만 다로가 사고 같은 걸 당해서 사경을 헤맨 게 아닐까. 밤에 산책을 많이 한 건 변화한 지 얼마 지나지 않아 햇볕 아래서는 활동할 수 없었기 때문일 테지."

그러고 보니 변화한 지 얼마 되지 않은 흡혈종은 햇볕에 약하다고 아카리가 그랬다.

평소 주로 밤에 산책한다던 미타무라의 말이 떠올랐다. 도노와 사쿠와 만났을 때는 밤이 아니었지만, 날이 흐렸다. 비가 오거나 잔뜩 흐린 날만 낮에 산책을 나갔으리라.

미타무라는 아무에게도 피해를 주지 않고 조용히 살아왔다. 분명 앞으로도 그럴 생각이었을 것이다.

고독을 견디다 못해 다로를 '동족'으로 만든 후에도.

"다로와 함께 조용히 살며 조금씩 늙어갈 생각이었겠지만……."

미타무라의 계획대로는 되지 않았다.

다로는 밤사이에 집을 빠져나가 사람을 습격했다.

그리고 한 번으로 그치지 않았다.

"나에게 들키지 않았더라도 어떻게든 해야겠다는 생각

은 있었던 모양이더군. 아니면 순은 칼을 마련할 리 없지. 미타무라 할아버지, 왼팔을 다쳤잖아. 순은 칼로 정말로 흡혈종을 죽일 수 있는지 시험해보려고 스스로 벤 거야. 며칠 전부터 준비해서 스스로 매듭을 짓기로 결심했겠지. 하지만…… 죽이지 못했어. 다로에게 칼에 맞은 상처는 없었어. 자기 손으로 다로를 죽일 수 없었던 거야."

그럴 만도 하다.

연쇄살인을 막기 위해서는 죽일 수밖에 없다는 걸 알지만, 영원에 가까운 시간을 함께 보내려고 마음먹을 만큼 소중한 존재이자 그에게는 유일한 가족이었으니까.

칼을 쥔 미타무라가 단단히 각오했음에도 다로 앞에서 망설이는 모습이 눈앞에 선했다.

그리고 그 때문에 미타무라는 죽었다.

"미타무라 할아버지는 반격을 당해서 죽은 건가?"

다로는 미타무라를 잘 따르는 것처럼 보였으므로 그렇게 생각하자 마음이 아팠다.

도노의 추측과는 달리 사쿠는 고개를 내저었다.

"미타무라 할아버지는 자살했어."

도노뿐만 아니라 아카리와 아오이도 앗, 하고 소리치며 사쿠를 보았다.

사쿠는 "확인한 건 아니지만." 하고 고개를 왼쪽으로 살짝 기울였다.

"아마 그럴 거야. 순은 칼로 자기 목을 그은 게 아닐까.
원래부터 다로를 죽이고 자기도 죽을 작정이었겠지. 그리
고 밥을 얻어먹으러 찾아온 개가 미타무라 할아버지의 피
와 시신을 먹고 흡혈종으로 변화한 거야. 시신이 손상된
것도 분명 그 탓이겠지."

다로가 목줄을 끊은 건 그때였는지도 모른다.

주인의 시신을 뜯어 먹으려는 들개를 쫓아내려고 했다.

그 와중에 피를 핥고 흡혈종으로 변화한 개도 있었다.
아까 저기서 숨통이 끊어진 녀석일 것이다.

사쿠는 개 사체에 눈길을 주는 도노에게 "이것도 상상
이지만." 하고 말을 이었다.

"할아버지는 도저히 제 손으로는 다로를 죽일 자신이
없어서, 쇠사슬로 정원에 묶어놓고 아침 햇살에 일을 맡
기려 했던 게 아닐까. 빛을 막을 물건이 없는 정원에 달아
나지 못하도록 묶어두면 다로는 아침에 햇볕을 받고 죽는
다……. 뭐, 변한 지 얼마 되지 않았다지만, 벌써 1년은 지
났을 테니 햇볕을 쫴다고 죽을지는 미지수였어. 그래도 할
아버지는 죽을 거라 생각했겠지. 어쩌면 그 정도로는 죽지
않을 수도 있다는 걸 알면서 최소한의 책임은 다한 셈 치
고 싶었는지도 모르고. 만약 죽지 말고 살아남기를 마음속

한구석으로 바라고 그랬다면 무책임한 짓이지만."

보아하니 피투성이로 쓰러진 다로에게 햇볕을 쬐어 화상을 입은 흔적은 없었다. 해가 뜨기 전에 햇볕을 피할 수 있는 곳으로 도망친 것이리라.

다로는 스스로 쇠사슬을 끊고 살아남아 자유를 얻었다.

미타무라가 죽자 흡혈종 개의 존재를 아는 사람은 아무도 없었다.

"하지만 시신 곁에 칼은 없었는데요."

"응, 나도 그게 마음에 걸리더라고. 개가 물고 간 게 아니라면, 아마 미타무라 할아버지가 죽고 나서 아침에 시신이 발견되기 전에 누가 회수했다는 뜻일 테니까. '아마'가 아니라 틀림없이 헌터 짓이겠지."

사쿠는 아카리를 보며 대답했다.

"그걸 확인할 겸 어젯밤에 여기 왔다가 험한 꼴을 당했지 뭐야."

오른손을 목덜미에 대고 뚜둑 소리가 나게 목을 돌렸다.

"앗, 아까 그 덫에……?"

나무문에 설치되어 이미 발동된 다음이었다.

피해를 입은 건 사쿠였나.

사쿠는 떨떠름한 표정으로 고개를 끄덕였다.

"한동안 평화로워서 감이 둔해졌나. 창피하니까 어디 가서 소문 내지 마."

뒤에 붙인 한마디는 로우를 향한 말이었다. 미등록 흡혈
종의 정신적 지주 같은 존재가 헌터의 덫에 걸려 다치다니
망신스럽다고 여기는 모양이었다.

하지만 보아하니 오른손 집게손가락에 감은 반창고를
제외하면 다친 곳은 없는 것 같았다.

다쳤느냐고 묻자 다 나았다고 가볍게 대꾸했다.

순은에 의한 상처는 쉽게 낫지 않는 것 아니었나.

그걸 물어보려는데 "자리를 옮길까." 하고 사쿠가 걸음
을 옮겼다.

그러고 보니 어두운 정원에 다섯 명이나 모여 있다. 아
카리가 그러죠, 하고 동의했다.

아오이가 생각났다는 듯 휴대전화를 꺼내 누군가에게
뭐라고 지시를 내리기 시작했다. 대기하고 있는 경찰관들
이리라.

연쇄살인사건의 범인은 죽었다. 이제 경찰관을 대기시
킬 필요가 없다.

맞다, 지나쓰와 아야메에게도 사쿠가 무사하다는 걸 알
려야 할 텐데.

앞장선 사쿠가 나무문을 열고 가로등 불빛이 닿는 앞길
로 나간 순간이었다.

사쿠가 뭔가 알아차린 듯 발을 멈췄다. 그와 거의 동시에 바람을 휙 가르는 소리가 들렸다.

사쿠는 왼팔을 몸통 앞으로 내밀어 날아온 뭔가를 받아냈다. 받아낸 것처럼 보였다.

하지만 자세히 보니 은색 화살이 사쿠의 팔에 꽂혀 있었다. 꽂힌 부분에서 연기가 가느다랗게 피어올랐다.

"사쿠!"

"유에!"

"괜찮아. 아프지만."

정원에서 나오려는 도노와 로우를 제지하며 그렇게 말하고 사쿠는 화살이 날아온 방향으로 시선을 돌렸다.

금발 남자, 아카리가 브래들리라고 부르는 헌터가 석궁을 겨눈 채 서 있었다.

"아, 너구나. 그 은 가루 덫, 더럽고 치사하게 잘 만들었더라."

덕분에 왼팔이 걸레짝이 됐어, 하고 화살이 박힌 왼팔을 살짝 들어 올리며 아무 일도 아니라는 투로 사쿠는 말했다.

"현장에서 은제 칼을 발견하고 범인이 그걸 찾으러 올지도 모르겠다 싶어서 덫을 설치했겠지. 범인 말고 다른 흡혈종이 걸릴 수도 있다는 생각은 안 해봤어? 그래도 별 상관없다는 생각이었나. 흡혈종이 어떻게 되든 알 바 아니라는 거지? 꽤나 아팠어. 그게 아니었다면 그딴 들개한테 당할 리도 없었지. 여러 마리일 줄은 몰라서 허를 찔린 탓도 있지만, 절반은 네 탓이야."

브래들리가 영어로 뭐라고 지껄였지만 빨라서 못 알아들었다.

두 번째, 세 번째 화살이 날아들었다.

화살촉뿐만 아니라 전체가 은색이다. 완전히 순은인지 은 도금인지는 모르겠지만, 박힌 화살을 뽑지 못하도록 하기 위해서이리라.

그런 걸로 공격을 받는 것치고 사쿠는 동요하는 기색이 없었다.

어깨와 팔, 얼굴로 날아드는 화살을 차례차례 왼팔을 방패 삼아 피해냈다.

화살이 박힌 팔로 네 번째 화살을 쳐내고, 궤도가 살짝 어긋난 다섯 번째는 고개를 기울여 피했다.

"이제 끝?"

석궁을 버리고 칼을 뽑은 브래들리에게 그렇게 말하고 천천히 다가갔다.

전투태세를 갖추고 사쿠를 노려보던 브래들리는 사쿠와 눈이 마주친 순간 얼어붙은 듯이 움직임을 멈추었다.

그러곤 칼을 쥔 채 부들부들 떨다가 제자리에 무릎을 꿇었다. 그대로 앞으로 푹 쓰러지더니 꿈쩍도 하지 않았다.

도노뿐만 아니라 아카리와 아오이도 믿기지 않는다는 표정으로 그 장면을 바라보았다.

유에가 있으면 전기충격기는 필요 없다는 로우의 말은 이런 뜻이었나.

흡혈종은 신체 능력이 인간보다 우월할 뿐 영화에 나오는 흡혈귀처럼 신비한 힘을 가지고 있는 건 아니라고 아카리가 말했지만, 꼭 그렇지도 않은 모양이다. 인간에게 최면을 걸 수 있는 흡혈종도 있다고 들었지만 이건 그런 수준을 뛰어넘은 것 같았다.

어쩌면, 미등록 흡혈종의 지도자 같은 입장임을 감안하더라도 사쿠는 아카리 자매가 파악하고 있는 일반적인 흡혈종보다 훨씬 강한 게 아닐까.

하지만 역시 화살은 순은이었던 듯 사쿠의 팔에서 연기가 풀풀 피어올랐다.

사쿠는 화살이 박힌 왼팔을 성가시다는 듯 들어 올리고 오른손을 품 안에 넣어 칼을 쑥 뽑았다.

칼집을 고정해놓은 듯 곧장 뽑혀 나온 칼날이 가로등 불빛을 반사했다.

아까 로우에게 건넨 칼과는 달리 길고 넓적한 칼날이 곧게 쭉 뻗었다.

흡혈종의 힘으로 휘두르면 인간의 목쯤은 댕강 날아갈 듯했다.

사쿠가 얼핏 보기에도 살상력이 강해 보이는 무기를 들고 브래들리에게 걸어가자 아카리의 몸이 경직됐지만, 그는 몇 발짝 걸어가다 멈춰 섰다.

아직 브래들리에게는 칼이 닿지 않을 거리다.

"뭘 어쩌려고······."

아카리가 꺼낸 말에는 대답 없이 사쿠는 칼을 쥔 오른손을 쳐들어 순식간에 자기 왼팔을 내리쳤다.

그 순간 도노는 재빨리 눈을 돌렸다.

살을 끊는 소름 끼치는 소리에 한심하게도 우웩 하고 구역질을 하고 말았다.

무거운 것이 털썩 떨어지는 소리가 나서 단칼에 왼팔을 잘라냈음을 알았다.

아무렇지도 않게, 아주 간단히.

팔에 꽂힌 화살이 땅에 닿았는지 틱 하고 건조한 소리가 났다.

머뭇머뭇 눈길을 주자 아스팔트에 떨어진 팔은 순식간에 거무튀튀해지며 부슬부슬 무너져 내렸다.

고작 몇 초 만에 마치 숯처럼 새카만 덩어리로 변하더니 결국은 거무스름한 얼룩만 남기고 사라졌다. 속까지 바짝

탄 고기가 바스러져 가루가 되는 광경을 보는 것 같았다.

사쿠는 어떤가 싶어 눈을 들었다.

"걱정 마. 금방 재생돼. ……역겨우니까 안 보는 걸 추천할게."

사쿠는 무덤덤한 표정으로 말하고 잘린 부분을 다른 사람들 눈에서 감추려는 듯 몸을 비틀어 왼팔을 반대쪽으로 돌렸다.

몸통에 가려서 확실히 보이지는 않았지만 붉고 굵은 덩굴 같은 것이 팔 모양으로 꿈틀거리는 것 같았다.

흡혈종은 다쳐도 금방 낫는다. 아카리에게 듣기는 했지만 직접 보자 상당히 충격적이었다. 그리고 상상했던 것 이상으로 회복력이 뛰어났다.

은으로 만든 칼에 베인 손에는 지금도 반창고를 감아두었는데, 은이 아닌 칼로 잘라낸 팔은 눈 깜짝할 사이에 새로 돋았다.

순은이 흡혈종의 유일하고도 명확한 약점이며 순은에 의한 상처는 쉽게 치료되지 않는다. 하지만 다친 곳을 절단하면 엄청난 회복력으로 재생된다.

그럼 흡혈종에게 약점은 없는 거나 마찬가지 아닌가.

도노의 시선을 알아차렸는지 사쿠가 상처 없이 재생된 왼팔을 문지르며 말했다.

"물론 아프고, 체력을 소비하니까 썩 내키지는 않아. 이틀 연속이기도 하고."

은 가루 덫에 걸려 다친 곳도 잘라내서 대처한 것이리라.

이런 힘을 가진 자를 사냥하려 했다니 헌터는 목숨이 아까운 줄도 모르는 모양이다. 하물며 혼자서 덤비다니. 아무리 생각해도 승산이 없다.

"헌터는 대책실이 생각하는 것보다 훨씬 악랄한 놈들이야. 흡혈종은 인간에게 해를 끼치니까 퇴치해야 한다는 정의감을 품고 활동하는 놈은 거의 없지. 소년만화 주인공처럼 강한 상대와 싸워보고 싶어 하는 놈도 그야 조금은 있을지도 모르지만 소수파야. 흡혈종은 장사가 돼. 돈이 된다고. 영원히 젊지, 자르고 찔러도 재생되지, 흡혈종은 주민등록이고 뭐고 아무것도 없으니 인간과 특별히 깊은 관계가 아니고서는 사라져도 소란이 벌어지지 않아, 놓친들 경찰에 신고할 걱정도 없어. 단가가 높고 체포될 위험성도 낮은 안전한 거래인 셈이야."

사쿠는 칼을 오른손에 든 채 옴짝달싹도 않는 브래들리에게 걸어갔다.

지금까지 사쿠의 행동을 망연하게 바라만 보던 아카리가 정신을 차린 듯 쓰러진 브래들리와 무표정한 사쿠를 번갈아 보았다.

"통칭은 헌터지만 우리에게는 해충이나 다름없으니까 발견 즉시 없애는 게 당연하지."

"안 돼요, 그런 짓은 용납할 수 없습니다."

"미안하지만 지시는 듣지 않겠어."

사쿠가 의연하게 맞서고 나선 아카리에게 눈을 돌리는가 싶더니 그녀를 지나쳐 그 뒤에 선 아오이에게 시선을 고정했다.

아카리가 흠칫 놀라 동생을 돌아보았다.

"아오이, 눈을 보면 안 돼."

경고했지만 늦었다.

미타무라 집에서 나오는 참이던 아오이가 허물어지듯 나무문 쪽으로 쓰러지자 뒤에서 로우가 손을 뻗어 부축했다. 사쿠의 힘은 계약자인 아오이에게도 효과가 있었다.

무슨 짓이냐며 쳐다본 아카리와 사쿠의 시선이 정통으로 부딪쳤다.

큰일 났다 싶었지만 아카리는 비틀거릴 뿐 쓰러지지는 않았다.

다리를 벌리고 힘을 꾹 주어 버렸다.

"오, 제법인걸. 잠들라고 제법 강한 암시를 걸었는데."

흡혈종끼리는 효과가 반감되기는 하지만, 하고 재미있다는 투로 사쿠가 말했다.

"그렇게 잔뜩 대비하고 있으면 암시가 잘 안 먹히잖아. 힘을 좀 빼라고. 다치게 하기 싫어서 잠을 좀 재우려는 것뿐이야."

아카리가 고개를 번쩍 들고 사쿠를 노려보았다.

반면 사쿠는 여유로운 표정이었다.

사쿠가 눈짓으로 로우를 부르더니 달려온 그에게 뭔가 지시했다.

로우는 고분고분하게 고개를 끄덕이고는 보통 사람과는 비교도 안 될 만큼 빠르게 달려갔다.

사쿠는 그 모습을 보고 나서 이제 이쪽 일을 처리하자는 듯 아카리에게 고개를 돌렸다.

대책실 직원인 아카리와 대립한다는 긴장감은 눈곱만큼도 없었고, 굳이 따지자면 귀찮아 보였다.

"일을 열심히 하는 건 좋지만, 얌전히 있지 않으면 싸울 수밖에 없어. 넌 내 상대가 못 돼."

"그래도 눈앞에서 살인을 저지르려는 걸 못 본 척할 수는 없죠. 헌터들이 인신매매를 벌이는 게 사실이라면 법에 따라 처벌해야 마땅해요."

사쿠는 뭔가 말하려다 논쟁해봤자 헛수고겠다 생각했는지 입을 다물었다.

그리고 도노를 흘끗 보더니 어쩔 수 없다는 듯 숨을 내쉬었다.

"……알았어. 이딴 놈은 언제든지 맘대로 요리할 수 있으니까 지금은 봐줄게."

칼을 넣고 항복이라는 듯이 두 손을 들었다.

헌터에게 맺힌 게 많은 모양이었지만 예상외로 순순히 물러났다. 도노의 체면을 봐서 그런 건지도 모른다.

어떻게든 원만하게 마무리될 것 같아 안도한 것도 잠시.

"이해해줘서 감사합니다. 하지만 앞으로도 헌터를 적극적으로 공격하지 않겠다고 약속해주세요."

아카리는 의연한 태도를 유지한 채 단호히 사쿠에게 말했다.

다리에 힘을 주고 버티고 서서 기죽지 않고 절대적 강자인 그와 마주 보았다.

"방금 전 말을 듣자하니 예전에 헌터를 살해한 경험이 있는 것 같군요. 부득이한 측면이 있었을지도 모르지만 폭력은 또 다른 폭력을 낳을 뿐이에요. 저랑 같이 가서 진술을 해줘야겠네요. 헌터들이 한 짓도 그렇지만, 당신이 한 짓 역시 법에 따라 처벌받을 필요가 있어요. 사정에 따라서는 정상이 참작되겠죠. 앞으로 자신과 동족을 지키기 위해서만 전투를 하겠다고 약속하고……."

"싫어. 상황 파악도 제대로 못 하면서 강경하게 나오는군."

이쯤 되자 사쿠의 목소리에서도 짜증이 배어났다.

"너무 기어오르지 마. 헌터 정도는 아니지만 난 대책실도 좋아하지는 않아. 친구의 첫사랑이라서 배려하는 것뿐이라고."

슥 가늘어진 사쿠의 눈에 험악한 빛이 깃들었다.

흡혈종이 아니더라도 사쿠의 기운이 달라졌음을 도노는 알 수 있었다. 아카리의 몸에 힘이 들어간 것도.

야단났다. 친구와 좋아하는 여자가 눈싸움을 벌이는 상황 자체도 조마조마하지만, 만에 하나 흡혈종 간의 전투로 발전한다면.

"아카리 씨, 아카리 씨. 저 헌터를 죽이지 않겠다고 했으니 여기서는 서로 양보하는 게 어떨까. 도움을 받기도 했으니…… 나도 한 방 먹여주고 싶지만 참을 테니까."

사쿠의 시선에서 아카리를 보호하듯이 두 사람 사이에 끼어들었다.

아카리가 사쿠를 때려눕히는 건 봐도 상관없고 오히려 보고 싶기도 하지만, 그 반대는 사양이었다. 그리고 분명 사쿠가 마음만 먹으면 그 정도는 식은 죽 먹기임을 도노뿐만 아니라 아카리도 알고 있을 터였다.

하지만 아카리는 완강하게 주장을 굽히지 않았다.

"협조해줘서 고마워요. 하지만 헌터도 인간이에요. 인간

에게 위해를 가해도 된다고 생각하는 흡혈종을 내버려둘
수는 없어요. 더구나 쓰지미야 씨는 아주 영향력이 강한
흡혈종이니까요. 제게는 직무상 책임이 있습니다."

아카리를 움직이는 것이 정의감인지 책임감인지는 모르
겠지만 무모하다는 생각밖에 들지 않았다.

눈앞에서 살인을 저지르려 했던 인물이 있고, 그 인물은
과거에도 살인을 저질렀을 가능성이 높으며, 앞으로도 그
행동을 개선할 마음은 없다는 뜻을 내비쳤다. 아카리 입장
에서 보면 그런 상황이다. 아카리가 흡혈종에게 인간 사회
의 경찰관과 비슷한 입장이라면 못 본 척할 수 없다는 건
이해한다.

하지만 직무에 충실한 탓에 목숨을 잃으면 아무 의미도
없다. 상대가 사쿠니까 그 정도까지 상황이 심각해지지는
않았지만 '위험한' 흡혈종 모두에게 이런 태도를 취한다면
목숨이 몇 개라도 모자라지 않을까.

'애당초 상대가 사쿠라도 반드시 안전하다는 보장은 없
다고.'

"그럼, 음, 붙잡으려고 했는데 놓쳤다고 보고하는 건? 아
까 그 최면술 같은 기술에 걸려서 기절한 걸로 치고. 자자,
긴장 풀어, 긴장."

도노가 아카리의 얼굴을 들여다보고 웃으며 부드럽게

말해보았지만, 아카리는 표정을 풀지 않았다.

사쿠는 자기 사람에게는 다정하고 남에게도 싹싹하게 굴지만, 결코 평화주의자는 아니다. 특히 자신을 속박하려는 존재에게는 적의를 품는다.

이번만이라도 어떻게든 평화롭게 해결하고 싶은데, 아카리는 그럴 마음이 없는 듯했다.

아니, 평화로운 해결 자체는 아카리도 바라는 바겠지만 신념을 굽히면서까지 양보할 마음이 없다는 건 보면 안다. 한편으로는 사쿠가 잠자코 잡혀줄 리도 없다.

사쿠와 아카리 둘 다 아무 탈 없이 이 상황을 수습하려면 서로 아무 짓도 하지 않고 반대 방향으로 걸어가는 방법밖에 없지만, 이대로는 어려울 것 같았다.

사쿠가 나른한 듯 목과 어깨를 돌렸다. 재생된 왼팔이 보였다.

아카리는 험악한 표정으로 사쿠의 왼팔을 보았다.

"그렇게 높은 재생 능력도, 남의 의식에 간섭하는 능력도…… 처음 봤어요. 솔직하게 말할게요. 당신만큼 강력한 흡혈종이 미등록 흡혈종들 사이에서 권력까지 얻다니, 대책실 직원으로서 위협을 느낍니다. 당신은 마음에 들지 않는 상대를 자유로이 처리할 수 있는 입장에 있고, 대책실로서는 그걸 가만히 놔둘 수 없어요."

사쿠가 눈살을 찌푸렸다. 불쾌감을 고스란히 드러내 혐오하는 표정이 되었다.

아카리는 언제나 진지하고 성실하며 올곧다. 하지만 그 올곧음은 칼이 되기도 한다.

사쿠는 상처 입은 것 같지는 않았지만, 칼을 들이댔다고 인식했는지도 모른다. 그것만으로도 그가 아카리를 공격할 이유는 충분하다.

아카리는 위축되는 기색 없이 말을 이었다.

"물론 저도 대책실도 흡혈종에게는 자유가 있으니 명부에 등록할지 말지는 본인의 선택에 맡겨야 한다고 생각해요. 하지만 미등록일지언정 사회에서 살아가는 이상, 인간과 다른 흡혈종에게 공격적인 행동을 취할 우려가 있을 시에는……."

"나라고!"

느닷없이 사쿠가 고함을 질렀다.

말허리를 끊겨 허를 찔린 아카리가 입을 다물었다.

도노도 놀라서 굳어버렸다.

사쿠가 고함을 지르는 건 처음 봤다.

"……나라고 좋아서 이런 몸이 된 건 아니야. 하지만 어쩔 수 없잖아. 이미 이렇게 됐으니까."

사쿠도 감정을 폭발시킨 건 본의가 아니었던 모양이다.

못마땅한 듯했지만 목소리를 낮추고 계속 말했다.

"운명을 저주해본들 무슨 소용이 있겠어. 그렇다면 운명을 받아들이고 최대한 이용하면서 즐기는 수밖에 없잖아. 흡혈종이 됐다는 이유 하나로 감시와 관리에 시달리며, 공포와 회피의 대상이 되어 숨죽이고 살라는 건가? 어림없는 소리."

이렇게 된 건 내 탓이 아닌데.

마지막으로 쥐어짜듯이 한마디 덧붙인 후 사쿠는 입을 다물었다.

사쿠가 이런 식으로 우는소리에 가까운 말을 하는 것도 처음 보았다.

"……쓰지미야 씨는 동의하에 피를 나누어 받아 흡혈종이 된 게 아닌가요?"

아카리가 방금 전까지와는 다른 의미에서 딱딱한 표정으로 물었다.

말이 끝나자마자 사쿠는 고개를 홱 들고 아무 일도 아니라는 듯 가벼운 목소리로 말했다.

"뭐가 그렇게 심각해? 젊음도 유지되고, 상처도 금방 낫고, 지금은 나름대로 즐겁게 살고 있어."

하지만 그런 말로 넘어갈 아카리가 아니었다.

이번에는 아카리의 정의감이 사쿠를 흡혈종으로 만든

얼굴도 모르는 가해자를 향한 듯했다.

"그런…… 그런 일이…… 본인의 의사를 무시하고 흡혈종으로 변화시키다니 그런 짓은 용납할 수 없어요."

"용납이 안 되더라도 실제로 일어나는 일이야. 일단 변화하면 돌이킬 수 없으니까, 흡혈종이 된 이상은 흡혈종으로서 흡혈종들의 세계에서 살아가는 수밖에. 자신에게서 생과 사를 빼앗은 상대가 증오스러워도 그 녀석에게 의지해 살아가야만 하는 처지가 되는 건 드문 일이 아니야. 다들 변화하는 순간부터 착한 동족들에게 둘러싸여 살아가는 줄 알았어?"

의도적으로 비웃듯이 말했다는 건 도노뿐만 아니라 아카리도 알아차렸을 것이다. 아카리의 표정이 참담하게 일그러졌다. 마치 자기가 당한 일처럼 느껴지는 모양이다.

아카리가 만나본 가장 강력한 흡혈종이자 미등록 흡혈종들의 지도자로서 뭐든지 할 수 있는 사쿠가 왜 지금까지 자신들과 함께 평범한 대학생으로 지내왔는지 그 이유를 알 것 같았다.

물어보면 그냥 심심풀이 삼아 변덕을 부려봤다고 대답할지도 모르지만.

"그래도…… 당신을 놓아줄 수는 없어요. 지금까지 미등록 흡혈종들의 자경단이 활동하면서 당신 지시 아래 헌터와 범죄를 저지른 흡혈종을 숙청했다면, 그게 당신들의 삶을 지키기 위한 일이었다 해도 제가 그걸 용인할 수는……."

아카리가 괴로운 목소리로 말을 꺼냈다.

적어도 이번 사건과 관련해서 사쿠가 죽인 사람은 없다. 브래들리에게는 살의를 품었지만 실행에 옮기지 않았고, 애초에 브래들리가 먼저 화살을 쏘았다. 사쿠는 아카리가 만류하자 물러났다.

하지만 과거에 저질렀을지도 모르는 죄와 앞으로 저지를지도 모르는 죄, 다른 흡혈종에게 미치는 영향력을 고려하건대 진술도 한 번 안 들어보고 여기서 사쿠를 놓아줄 수는 없으리라. 아카리의 입장상, 그리고 신념상.

사쿠에게 저지른 짓에 죗값을 치러야 할 흡혈종과 사쿠와 같은 처지의 흡혈종들에 대해서도 물어보고 싶은 것이 산더미처럼 많으리라.

그러므로 아카리는 사쿠를 놓아줄 수 없다. 놓아주고 싶은 마음이 있더라도, 그리고 자기 힘으로는 그를 당해낼 수 없다는 걸 알더라도 잡기 위해 최선을 다할 것이다.

설령 의리나 동정심에서 사쿠를 놓아주더라도 아카리는 그 사실을 솔직하게 대책실에 보고하리라. 제 한 몸 지키고자 거짓말을 할 줄은 모르는 사람이다.

아카리의 입장이 곤란해질 것을 알기에 도노도 사쿠를

놓아달라고 간곡하게 부탁하지는 못했다.

"고지식하기는. 피곤하지 않아? 날 당해낼 수 없다는 걸 알면서도 달아나고 싶으면 널 쓰러뜨리고 가라고 말하는 거야? ……난 그래도 상관없지만."

이제 될 대로 되라는 식으로 말하고 사쿠가 한 발짝 내디뎠다.

"아, 잠깐!"

도노가 엉겁결에 외치자 아카리와 사쿠가 놀라서 한순간 움직임을 멈췄다.

하는 수 없다. 이제 이 방법뿐이다.

아카리의 팔을 잡았다.

아카리가 깜짝 놀란 표정으로 이쪽을 보았다. 그대로 끌어당겨 뺨에 입을 맞췄다. 실은 입에 하고 싶었지만 진심으로 미움받기는 싫었고, 이번에는 이 정도로도 충분할 것이다.

쪽 하는 소리와 함께 입술이 떨어진 뒤에도 아카리는 눈을 크게 뜬 채 옴짝달싹하지 않았다.

예상한 대로다.

흡혈종의 능력을 사용하려면 집중할 필요가 있다. 치명적인 약점은 아니더라도 찬송가와 기도, 빛, 마늘 냄새 등 각자의 '금기'는 집중에 방해가 된다.

아카리가 집중력을 잃고 머릿속이 새하얘졌음을 알 수 있었다.

도노가 아카리의 팔을 잡은 채 사쿠를 돌아보자 사쿠는 (눈이 동그래지긴 했지만) 얼른 감을 잡았는지 아카리 앞으로 나서서 눈을 맞추었다.

허공을 바라보던 아카리의 눈이 사쿠를 포착했다. 두 눈이 정통으로 마주쳤다.

그 순간 아카리는 아차 싶었으리라.

하지만 늦었다.

아카리는 무릎을 꺾으며 제자리에 풀썩 주저앉았다. 쓰러지기 전에 도노가 힘없는 팔로 겨우 받쳐주었다.

'우와, 가느다래…… 그리고 가벼워. 어쩐지 겁난다.'

곁에 무릎을 꿇고 아카리의 상반신을 조심스레 자기 몸에 기댔다.

벽에 기대어 앉아 있는 아오이와 번갈아 보았다. 도노의 체력으로는 둘 다 데리고 이동할 수 없으니 도움을 요청해야 한다. 아오이의 휴대전화에 경찰관의 전화번호가 남아 있을 테니 연락해서 와달라고 하는 수밖에 없으리라. 사쿠가 달아난 후에.

"빚을 졌네."

칼을 갈무리하고 두 손을 코트 주머니에 넣은 사쿠가 복잡한 표정으로 중얼거렸다.

"무슨 남남처럼 이야기하고 그러냐, 너랑 나 사이에."

친구잖아?

도노의 말에 사쿠는 미심쩍다는 듯이 눈썹을 찡그렸다. 아니나 다를까 다 꿰뚫어 본 모양이다.

"놔주고 싶지만 그럴 수 없다고 아카리 씨 얼굴에 쓰여 있었거든."

사쿠만을 위해서 그랬던 건 아니라고 쓴웃음을 지으며 자백했다.

아카리와 사쿠를 저울에 달아보고 사쿠를 선택한 건 아니다. 이 두 사람을 저울에 달면 도노가 선택해야 할 사람은 아카리다. 사쿠도 그건 알 터였다.

그래도 사쿠가 붙잡히는 건 싫었고, 가능하면 싸움을 보고 싶지 않았던 것도 사실이다. 아카리를 위해서도 사쿠를 위해서도 사쿠가 달아났으면 했다.

"내가 방해해서 놓친 거야. 이로써 아카리 씨는 직장에 거짓말을 하지 않아도 되고, 죄책감에 시달릴 필요도 없어."

사쿠는 아무 말 없이, 하지만 뭔가 말하고 싶은 듯한 표정으로 이쪽을 내려다보았다.

달빛과 가로등 불빛을 받으며 서 있는 사쿠는 장엄하고 아름다워 보였다.

도노는 그가 밤의 종족임을 진정으로 받아들였다.

친구라고 생각한다.

살아 있어서 기쁘다. 하지만 잃지 않고 끝날 수는 없을 듯했다.

"내일 학교에 가면 평소처럼…… 역시 그렇게는 안 되겠지?"

알면서도 물어보지 않을 수 없었다.

사쿠는 눈을 내리뜨고 고개를 끄덕였다.

"그렇겠지. 쓰지미야 사쿠는 사라질 거야."

분명 다시는 만날 수 없다는 뜻일 텐데도, 담담한 말투로 그렇게 대답했다.

그 후에 고개를 번쩍 들고 어깨를 으쓱했다. 아아, 하고 밝은 목소리로 말을 이었다.

"캠퍼스 라이프가 제법 마음에 들어서 좀 더 계속해보고 싶었는데, 어쩔 수 없지. 그럭저럭 즐거웠다. 잘 있어."

사쿠는 평소처럼 내일 다시 보자는 듯 가볍게 손을 흔들고 도노에게 등을 돌려 두세 발짝 걸어가다가 멈춰 섰다. 몸은 앞을 향한 채 고개만 살짝 움직여 이쪽을 보았다.

"……거짓말이야. 정말 즐거웠어. 바이바이, 도노."

"사쿠!"

다시 걸음을 옮기려는 뒷모습에 대고 도노는 소리쳤다.

품에 아카리가 있으니까 쫓아갈 수는 없다. 그래도 이게 마지막이라니 너무 아쉬웠다. 그 마음을 전하고 싶었다.

"혹시라도 모르면 싫으니까 말하는데 난 네가 꽤나 마음에 들어."

사쿠는 돌아보지 않았지만 발을 멈추었다.

"말려도 소용없을 테니 말리지 않겠지만 이걸로 작별이라니 섭섭해. 몇 년이 지나든, 잠깐만이라도 좋으니 또 얼굴 보여주러 와. 친구잖아?"

사쿠는 제자리에 묵묵히 서 있다가 이윽고 입을 열었다.

"마음 내키면."

무뚝뚝한 말투. 속으로는 기쁘면서.

다시 발을 내딛는 사쿠의 등에 한마디 더 던졌다.

"전화번호랑 메일주소도 안 바꿀게!"

그 말에는 대답 없이 사쿠는 가버렸다.

모퉁이를 돌아 사라지기 전에 마지막으로 한 손을 가볍게 드는 것이 보였다.

"……미안해, 아카리 씨."

눈을 감고 있는 아카리에게 작게 사과했다.

사쿠의 최면술인지 암시인지의 효과가 얼마나 가는지는 모르지만 아마 한동안 깨어나지 않으리라. 적어도 사쿠가 경찰이 배치된 구역을 빠져나갈 때까지는, 어쩌면 좀 더 안전한 곳으로 달아날 때까지는.

아카리 본인이 바랐는지는 둘째 치고 직무수행을 방해한 것은 틀림없다.

너무 미워하지 않기를 바라며 속눈썹 그림자가 드리운 아카리의 뺨을 잠시 바라보았다. 경찰에 연락하기 전에 이 순간을 좀 더 만끽한다고 해서 처벌을 받지는 않으리라.

아무래도 사쿠는 존재만 노출돼도 대책실에서 경계할 만큼 소위 '거물' 흡혈종이었던 모양이다.

사쿠가 언젠가 다시 나를 만나러 올 가능성이 있다면 대책실 직원인 아카리와도 관계가 유지되겠지. 그런 타산이 전혀 없었던 것은 아니다. 하지만 친구로서 알고 지낸 쓰지미야 사쿠와 작별하기 싫다는 것도 진심이었다.

'내 수명이 다하기 전에 만나러 와줄까.'

너무 경황이 없어서 재회도, 두 번째 이별도 도무지 실감이 나지 않았지만 홀로 남게 되자 갑자기 쓸쓸해졌다.

마지막 말을 믿기로 했다.

근거도 약속도 없이 9년이나 기다린 끝에 아카리와 다시 만났다.

사쿠와도 언젠가 다시 만날 수 있으리라.

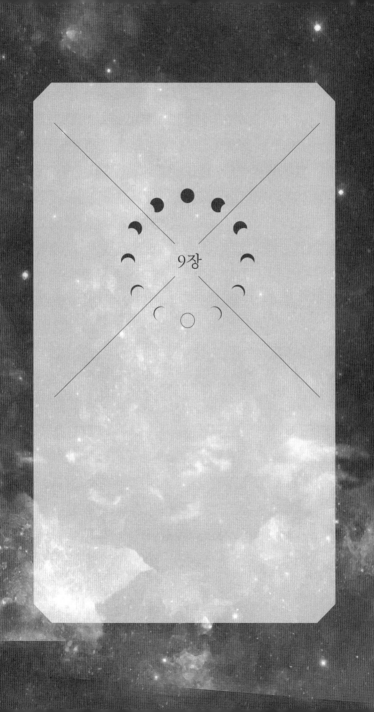

9장

다음 날 아침 학교에 가자 사쿠의 모습은 어디에도 없었다.

눈 밑에 다크서클이 생기고 안색도 파리했지만 사쿠를 제외한 오컬트 연구부 부원은 모두 학교에 나왔다.

아카리 자매의 허락을 얻어 아야메와 지나쓰에게는 사실을 알려주었다.

지나쓰는 사쿠가 흡혈종이든 행방불명됐든 살아 있다는 것만으로 충분했던 모양이다. 펑펑 울어서 자세한 이야기는 하지 못했다. 나중에 다시 날을 잡아서 이야기를 해야 하리라.

아야메는 죽었다는 것보다는 수긍이 간다며 냉정하게 이야기를 듣고, 일단은 받아들이기로 한 모양이었다.

여전히 이젤에 얹어둔 초상화를 바라보며 이 그림은 간직해야겠다고 중얼거렸다.

사쿠의 모습이 담긴 건 이 그림뿐이다.

본인 말처럼 사쿠는 흔적을 남기지 않고 깨끗하게 자취를 감추었다.

사건이 공식 발표되지 않은 탓에 사쿠가 학교를 그만둔 모양이라는 소문만 무성했다. 특히 친하게 지냈던 도노는 몇몇 남학생과 수많은 여학생에게 뭔가 아는 거 없느냐는 질문을 받았다. 모르쇠로 잡아뗐다. 그래야만 했다.

"어떻게 된 걸까, 어디로 간 걸까."라며 눈물짓는 여학생도 있었다.

"음, 어디로든 갔겠지." 하고 도노가 대꾸하자 울음을 터뜨렸다.

나도 알고 싶어. 다시 만날 수 있을까.

그렇게 말을 이었다. 진심에서 나온 말이었다.

9년 전의 기억을 바탕으로 그린 그림과 똑같은 모습으로 아카리가 도노 앞에 나타난 것처럼, 언젠가 사쿠도 아야메의 그림과, 마지막으로 보았을 때와 똑같은 모습으로 우리 앞에 나타날지 모른다.

지금은 그리리라고 믿는다.

"대책실에서도 쓰지미야 사쿠 씨의 행방을 쫓을 예정이에요. 분명 이름을 바꿀 테고, 이미 국내에는 없겠지만……."

자세하게는 말할 수 없지만 대책실도 전모를 완전히 파악하지 못한 몇몇 사건에 사쿠가 관여했을지도 모른다고 아카리가 가르쳐주었다. 도노가 모르는 곳에서 사쿠는 상당히 활약(암약이라고 해야 할지도?)했던 모양이다.

사쿠의 친구인 도노를 배려해서인지 그가 뭔가 저질렀다고 단정하지 않고, 어디까지나 중요한 참고인이라고 아카리는 강조하듯 말했다.

"쓰지미야 씨가 흡혈종으로 변화한 경위에도 의혹이 있어요. 적어도 그 건에서는 그분도 피해자고……."

흡혈종이 된 것이 자의가 아니었다는 이야기다.

"자기 같은 사례가 적지 않다고 사쿠가 그랬는데."

"네. 그것도 파헤쳐봐야 할 심각한 사안이에요. 대책실 쪽에서는 실태를 파악하지 못한 상태예요."

아카리는 생각에 잠긴 표정으로 고개를 끄덕이고는 "저는 흡혈종과 인간의 혼혈이라 해당하지 않지만……." 하고 서론을 깐 후 말을 이었다.

"대부분은 후천적으로 흡혈종이 돼요. 흡혈종은 미남 미녀가 많다고들 하죠. 영원한 젊음을 누리고 싶어 자청하여 흡혈종이 되는 사람들 가운데 아름다운 사람이 많기 때문이래요."

그건 어쩐지 이해가 갔다.

"또한 원치 않아도 흡혈종으로 만들어지는 경우는 영원한 젊음을 부여해 미모를 유지시키려는 목적이에요. 어쨌거나 아름다운 인간이 주로 흡혈종이 된다고 들었어요."

쓰지미야 씨는 후자였겠죠, 하며 아카리는 눈을 내리깔았다.

"단순히 생긴 게 아름답다는 이유만으로 생과 사를 빼앗다니…… 있어서는 안 될 일이에요."

태어날 때부터 절반은 흡혈종이었던 아카리가 그렇게 말하자 신기한 기분이었다. 하지만 그녀는 마치 자기 일처럼 눈살을 찌푸리며 가슴 아파했다.

"걱정 마. 녀석은 유들유들하니까."

마음에 상처는 입었겠지만 그렇다고 언제까지나 쭈그러들어 있을 타입은 아니다. 바라지 않았더라도 일단 그렇게 된 이상 새로운 능력을 효과적으로 활용하고자 애쓴다. 쓰지미야 사쿠는 그런 남자다. 적어도 도노가 아는 사쿠는.

도노의 말에 아카리는 아무 대답 없이 표정만 살짝 폈다.

아카리는 도노가 사쿠의 구속을 방해한 걸 나무라지 않았다. 아오이에게조차 그 후에 무슨 일이 있었는지 자세하게 알려주지 않은 듯했다.

다음 날 아침에 사과하자 도노 씨는 쓰지미야 씨의 친구니까 당연하다며 오히려 마음을 써주었다.

아카리 자매는 일본에 좀 더 머무르기로 했다고 한다. 사건의 후속 처리를 맡고 사쿠가 증발한 후 도내 미등록 흡혈종들의 자치조직이 어떻게 변화할지 상황을 지켜보기 위해서라고 한다.

지금까지 '유에'가 힘으로 억눌러서 흡혈종 간의 다툼이 표면화되지 않은 것이라면 그 반작용이 클지도 모른다고 걱정하는 듯했다.

로우에게 이야기를 들으러 가겠다기에 같이 가고 싶다고 부탁하여 동행했다.

약속을 잡은 것은 아니지만, 흡혈종이 드나드는 신주쿠의 바에 오늘 밤 로우도 얼굴을 내민다는 제보가 들어왔다고 한다.

해가 완전히 졌지만 이제 걱정할 필요 없다.

간판은 없었지만 자세히 보지 않으면 모를 만큼 연한 글씨로 벽에 '보이드'라고 써놓았다.

어젯밤과 똑같이 검은 옷을 입은 로우가 카운터 자리에 앉아 있었다.

마침 이야기가 끝난 모양이었다. 점장이 술을 권하자 카운터 자리에서 일어서며 "처리할 일이 남아서."라고 거절하는 목소리가 들렸다.

가게를 나서려다 아카리와 도노를 보고 또 당신들이냐는 듯이 한숨을 쉬더니 그대로 지나치려고 했다.

"어젯밤 그 헌터는 신병을 구속했어요."

아카리가 그렇게 말하자 귀찮은 것 같았지만 걸음을 멈추고 이쪽을 보았다.

"쓰지…… 유에 씨를 습격한 현행범이고, 유에 씨 말이 사실이라면 그 밖에도 수사해야 할 사항이 있을 것 같아요. 올바른 처벌을 위해 피해자 측 증언이 필요한데…… 협조를 얻을 수 있으면 좋겠습니다만."

"기대에 찬물을 끼얹어서 미안하지만 유에가 어디 있는지는 나도 몰라."

로우는 피곤한 얼굴로 말했다.

"어젯밤에 다시 만나서 뒷일을 부탁받았어. 인수인계라고나 할까. 뭐는 어디에 있다는 둥, 이 일은 누구에게 물어보면 된다는 둥 간단한 설명을 들은 게 전부야. 필요하면 연락이 오겠지만."

로우에게 뒷일을 맡겼다니 역시 사쿠는 이 동네…… 필시 이 나라를 이미 떠났거나 떠날 작정이다. 그를 의지하고 흠모하는 미등록 흡혈종들을 남겨두고.

로우도 놓아둔 채.

"당신은 그의 계약자잖아요. 그래도 괜찮나요?"

"응. 그 사람이 내내 같은 곳에 머물지 않을 줄은 알고 있었어. 본인 말도 그랬고. 지금까지도 여러 나라를 전전했던 모양이던데…… 자경단을 만들고 미등록 흡혈종의 자치를 시행한 것도 지도자가 되고 싶어서가 아니라 자기가 편하게 살기 위해서라고 늘 이야기했지. 나와 계약을 맺을 때도……."

처음부터 그러기로 약속했다고 차분히 대답하고 입을 다물었다.

각오는 했으리라. 사쿠도 무슨 일이 생기면 바로 자취를 감출 수 있도록 준비를 해둔 듯했다. 그래도 역시 서운하다고 얼굴에 쓰여 있었다.

언젠가 로우와 다시 만나 사쿠의 이야기를 하고 싶었다. 하지만 당분간은 어려우리라. 사쿠가 사라진 후 이 동네에서 그가 해야 할 일은 분명 산더미처럼 많을 것이다.

"처리할 일이라는 건?"

"들었나."

아카리의 질문에 로우는 인상을 찌푸렸다. 하지만 아카리는 전혀 기분 상한 기색이 없었다.

"저희도 좀 더 머무를 예정이에요. 뭔가 도울 일이 있다면 언제든지 말해주세요."

빈정거리는 게 아니라 진지한 말이라는 걸 알았는지 로우는 겸연쩍은 듯 눈을 돌렸다.

"내가 당신들이랑 너무 친하게 지낼 수는 없으니 마음만 받아둘게. 하지만 국내에도 대책실 지부가 생기면 등록된 흡혈종들에게는 도움이 되지 않을까. 흡혈종으로 변화했지만 등록 제도를 모르는 흡혈종을 구제할 시스템도 필요할 테고."

"그럼요, 그 부분도 긍정적으로 검토할 거예요. 앞으로 많이 바쁠 텐데, 정말로…… 분담할 만한 일이 있다면 연락 주세요. 대책실과 흡혈종은 적이 아니니까요. 명부에 등록됐든 등록되지 않았든."

로우는 뭔가 말하고 싶은 표정을 지었지만 결국 아무 말없이 아카리와 도노에게 등을 돌렸다.

아카리는 가게를 나서는 로우를 근심스러운 얼굴로 바라보았다.

도노는 곁으로 살짝 다가붙어 아카리에게만 들리도록 말했다.

"어디선가 사쿠와 만날 때에 대비해 로우의 동향을 감시하는 게 어떨까?"

로우는 그렇게 말했지만 앞으로 내내 연락 없이 지내지는 않으리라.

일본을 뜨더라도 준비하려면 도움이 필요할 테고, 출국한 후에도 언젠가는 신뢰할 만한 동료와 접촉하리라.

사쿠는 의외로 외로움을 많이 탄다는 도노의 말에 아카리는 쿡 웃으며 그럴지도 모르겠다고 말했다.

"하지만 현재 대책실에는 거기에까지 인원을 할애할 여유가 없어요. 적어도 지금 당장은 무리예요. 앞으로 일본에도 대책실 지부가 설치되면 로우 씨는 요주의 인물로 감시당할지도 모르지만…… 그건 장래의 일이죠."

사쿠가 국외로 도망가기 전에 신병을 구속하기는 포기한 듯했다.

어젯밤이 유일한 기회였던 셈이지만, 그 기회를 놓쳤음을 아카리가 아쉬워하는 것처럼 보이지는 않았다.

사쿠에게 묻고 싶은 게 산더미처럼 많을지언정, 그의 뜻에 반하면서까지 구속하여 진술을 듣는 건 아카리로서도 내키지 않았으리라. 입장상 그랬어야 했지만 그러지 않고 넘어가서 약간은 안도했는지도 모르겠다. 하기야 도노가 방해하지 않았더라도 아카리가 사쿠의 신병을 구속하기는 불가능했을 것 같지만.

"언젠가 흡혈종과 인간을 잇는 가교가 되고 싶었어요. 체제를 만들고 정비해서 수많은 사람들에게 흡혈종을 알리는 활동을 하면 좋겠다고……. 하지만 저희는 아무것도 몰랐던 것 같아요. 안다고 생각했지만 표면밖에 보지 못했던 건지도 모르죠."

아카리는 순순한 표정으로 말했다.

"그동안 제가 몰랐고, 알아야 할 일이 많다는 걸 깨달았어요. 앞으로는 미등록 흡혈종들에게도 여러모로 이야기를 듣고 싶네요. 쓰지미야 씨와도 언젠가 제대로 이야기를 나누어보고 싶고요. 그걸 포기한 건 아니에요."

눈에 진지함과 강한 결의가 넘실거렸다. 결의 자체는 바람직하고, 고지식하며 책임감이 강한 점도 매력이지만 조금 걱정됐다. 유연함이 없으면 부딪쳤을 때 충격도 크다. 조금만 힘을 빼도 괜찮을 것 같았다.

하다못해 자신과 있을 때 정도는.

"그럼 로우보다 날 감시하는 편이 나을지도 모르겠다. 어쨌거나 사쿠와는 절친한 친구니까."

아카리의 얼굴을 들여다보며 일부러 밝게 말했다.

"영원히 내게 연락을 하지 않고 지낼 수는 없을 거야. 걔, 친구 별로 없거든."

아카리가 킥 웃더니 어깨에서 힘이 살짝 빠진 느낌으로 말했다.

"그러게요. 그때는 쓰지미야 씨에게 이야기를 들을 수 있도록…… 대책실 직원으로서 그의 신뢰를 얻을 만한 실적을 쌓을 수 있도록 저도 노력할게요."

도노는 빙긋 웃어서 대답을 대신했다.

아카리와 친해지기 위해 사쿠를 이용한다는 자각은 있었지만, 친한 친구라면 이 정도 일로 불평하지는 않을 것이다.

그리고 사쿠는 처음부터 도노의 연애에 협조적이었다. 어지간히 주의하여 기운을 지우지 않는 한 흡혈종끼리는 서로 알아보는 모양이니까 사쿠는 마주치자마자 아카리가 흡혈종임을 알아차렸을 것이다. 그런데도 응원해준 걸 보면 사쿠는 아카리처럼 인간과 흡혈종 개개인은 서로 다를 바가 없으며 서로 이해하고 대등한 관계를 구축할 수 있다고 믿는 것 아닐까. 지금은 그렇게 생각한다.

어쩌면 사쿠는 아카리와 만나기 전부터, 도노의 첫사랑 이야기를 들은 시점에 이미 그녀가 흡혈종일 가능성을 염두에 두었는지도 모른다. 그걸 계기로 도노에게 흥미를 가졌을 수도 있다.

그렇다면 도노가 사쿠와 친해진 건 9년 전에 아카리와 만난 결과라고도 할 수 있다.

"역시 여러모로 운명적이야."

"뭐가요?"

"아니야, 혼잣말."

보이드를 나서서 신주쿠 역을 향해 나란히 걸었다.

이제 한밤중이건만 노래방과 가전제품 대리점이 늘어선 거리는 네온사인과 가게의 불빛에 젖어 젊은 인파로 북적거리고 있었다.

어디든 밝아서 뭔가가 숨어 있을 어둠은 없어 보였다.

하지만 어둠 속이 아니라, 이 떠들썩한 거리에도 도노 모르게 흡혈종이 살아가고 있을 수도 있다.

지금까지는 그런 생각을 해본 적이 한 번도 없었다.

도노와 아카리를 뒤따라 보이드를 나선 손님이 두 사람을 앞질러서 당연하다는 듯이 혼잡한 거리에 섞여 들었다.

"아카리 씨는 이제 아오이 씨랑 합류하려고?"

"네, 호텔에서 대책실 본부와 화상회의를 할 예정이에요. 시차 때문에 그때까지 시간은 있지만…… 도노 씨는 집에 갈 거죠?"

"음, 실은 가고 싶은 곳이 있는데."

그제야 생각났다. 아카리에게 허락을 받으려고 했던 것도.

"저기, 이제 미타무라 할아버지 집에 들어가도 되나? 정원까지만 들어가면 되는데."

"네?"

"할아버지랑…… 다로에게도 꽃을 공양하고 싶은데, 괜찮을까."

미타무라가 죽은 줄 이웃 사람들은 모른다. 애당초 미타무라는 이웃 사람들과 왕래가 거의 없었던 듯하다. 경찰은 미타무라가 병원에서 퇴원한 후 이사 간 걸로 처리할 예정이니까 앞으로도 모를 것이다.

그건 어쩔 수 없는 일이다. 하지만 죽음을 애도해줄 사람 하나 없다니 슬프다.

하다못해 자신만이라도 명복을 빌고 싶었다.

밤이라면 꽃다발을 들고 드나들어도 남의 눈에 띄지 않을 것이다.

아카리는 고개를 끄덕이고 자기도 같이 가겠다고 했다.

함께 역 구내 꽃집에 들러 작은 꽃다발을 샀다.

공양용으로 만들어둔 것 말고 색깔이 연하고 너무 화려하지 않은 것으로 골랐다.

이게 분명 잘 어울린다.

작은 꽃다발을 들고 아카리와 함께 미타무라의 집을 방문했다.

이제 경계할 필요가 없어져 인근 주민들의 외출 금지령(그보다는 외출 자제 요청 정도였지만)이 풀렸는데도 인적은 거의 없었다.

지나쓰의 집 부근에는 퇴근한 듯한 사람들이 아직 돌아

다녔지만, 미타무라의 집 근처에 다다르자 사람이라고는 코빼기도 보이지 않았다.

붐비던 신주쿠 역과 비교하면 마치 다른 세상 같았다. 그곳에서 전철로 30분 거리라니 도저히 믿기지 않았다.

"나 혼자 와도 되는데, 미안해."

"아니요…… 저도 회의 전에 들르고 싶었어요."

아카리는 그렇게 말하며 고개를 저었다.

"공양도 공양이지만…… 아까 로우 씨가 처리할 일이 남았다고 했잖아요. 사건들이 벌어진 현장에서 쓰지미야 씨와 관련된 흔적을 지운다거나…… 그런 일이 아닐까 싶어서요. 괜한 추측이었는지도 모르지만."

사건 현장 근처를 서성대면 로우와 마주칠지도 모른다는 뜻이다. 하지만 아쉽게도 허탕인 듯했다. 로우는커녕 근처 주민들도 지나다니지 않았다.

덕분에 당초 예정대로 남의 시선을 걱정하지 않고 미타무라의 집에 들어갈 수 있었다.

시신은 이미 옮겼고, 핏자국을 감춘 시트도 이제는 치웠다. 아직 청소가 완전히 끝나지 않았는지 핏자국에 흙만 끼얹어놓은 것 같았지만 이렇듯 어두운 밤에 얼핏 봐서는 모를 정도였다.

미타무라와 다로가 여기서 살다가 여기서 최후를 맞은

건 우리밖에 모른다.

정원 한복판에 꽃다발을 살짝 내려놓고 두 손을 모았다.

미타무라는 아마 원해서 흡혈종이 된 게 아니리라. 무슨 사연인지 이제는 알 수 없지만.

사쿠 말로는 피를 먹지 않으면 흡혈종이라도 조금씩 늙는다고 했다. 미타무라가 얼마나 오래 홀로 살아왔을지 상상해보았다.

영원에 가까운 시간이다. 혼자 지내기에는 너무 길다.

느릿느릿 흘러가는 끝이 보이지 않는 시간 속에서 그가 무슨 기분으로 동물에게 무한한 생명을 나누어주었을지 알 것 같았다.

예를 들어, 남몰래 고요히 살아온 미타무라를 누가 챙겨주었다면.

만약 이 나라에 대책실이 있었다면. 미등록 흡혈종이 고립되지 않을 시스템이 존재했다면. 인간과 흡혈종이 서로 인정하여 흡혈종이 숨죽이며 살지 않아도 되는 세상이었다면.

이런 결말은 피할 수 있지 않았을까 싶었지만 입 밖에 내지는 않았다.

분명 모두 같은 생각일 테니까.

보이드에서 로우가 한 말도 분명 고독하게 세상을 떠난

미타무라를 보며 생각한 바가 있어서이리라.

그들 자경단은 미등록 흡혈종의 안전망 역할을 하지만 모든 미등록 흡혈종과 연결되어 있는 것은 아니다. 애당초 등록제를 거부한 흡혈종들의 모임이다. 아무리 애를 써도 고립되는 흡혈종은 생기리라. 도움의 손길을 바라지만 어디로 손을 뻗어야 할지 모르는 흡혈종도.

앞으로는 상황이 더 나빠질 것이다. 이 동네는 유에를 잃었다.

어떻게든 해야 한다는 것은 다들 알고 있다.

눈을 뜨자 옆에서 아카리도 눈을 감은 채 두 손을 맞대고 있었다.

"사쿠가 미타무라 할아버지는 자살이라 그랬는데."

도노가 말을 걸자 아카리는 눈을 떴다.

맞대고 있던 손을 내리고 도노를 보며 고개를 끄덕였다.

"네, 부검 결과를 들었어요. 물어뜯은 상처 때문에 겉으로 보기에는 거의 분별이 안 됐지만, 은칼로 목을 그은 게 직접적인 사인인 듯해요."

목에 살점이 떨어져나간 흔적이 있어 다른 두 피해자처럼 물어뜯겨 죽은 줄 알았다. 하지만 목을 물렸을 때 미타무라는 이미 숨진 상태였다. 적어도 치명상을 입은 뒤였다.

그러자 한 가지 생각이 번쩍 떠올랐다.

"칼로 긋고 나서 살점이 떨어져나간 거잖아. 사쿠는 들개가 먹었을 거라고 했고, 뭐 그렇겠지만…… 그럴 가능성이 높겠지만."

칼로 목을 긋자 풍긴 피 냄새에 이끌린 들개가 물어뜯었다고 보는 편이 자연스럽겠지만.

"어쩌면 다로가 은칼로 그은 상처를 뜯어내려 한 게 아닐까, 그런 생각이 살짝 들었어. 은에 의한 상처는 잘 낫지 않지만, 상처 난 부위를 잘라내면 금방 재생되는 걸 사쿠가 보여줬잖아. 그러니까."

은칼로 그은 곳도 바로 싹 도려내면 살지도 모른다. 흡혈종의 재생 능력이라면.

다로는 치명적인 상처를 물어뜯어 제거함으로써 주인을 구하려 했던 게 아닐까.

"그런 일도 있을 법하겠다 싶어서."

말하면서 무리임을 깨달았다.

아무리 영리한들 개가 순간적으로 그런 생각을 해낼 수 있을까.

미타무라가 은칼로 목을 자해하여 치명상을 입었음을 다로가 흡혈종의 본능으로 알아차렸다고 하더라도.

미타무라가 숨을 거둔 후에 들개가 그랬다고 보는 편이 훨씬 자연스럽다.

도노 스스로도 잘 알고 있었고, 아카리도 마찬가지일 터였다.

그렇지만 아카리는 그럴지도 모르겠다고 말해주었다.

"모모세 씨가 대책실에 들어오고 싶다고 했어요. 쓰지미야 씨가 살아 있다는 소식을 도노 씨가 전한 후에 잠깐 이야기를 나눴는데요, 마음이 진정되고 나서 다시 상담에 응하겠다고 했어요."

"그렇구나."

사쿠를 찾을 생각이리라.

복수를 생각하는 것보다는 훨씬 낫다.

지나쓰가 본인의 소망을 이루기 위해 그 길을 선택한다면 응원하고 싶다.

흡혈종과 인간이 서로 존중하며 공존할 수 있는 세상을 만드는 것은 지나쓰 개인의 소망과도 직결된다.

소망을 이루기 위해 지나쓰는 노력을 아끼지 않으리라.

그러면 언젠가 오컬트 연구부 부원이 모두 모이는 날이 또 올까.

"쓰지미야 씨가 흡혈종이라는 걸 알고도 모모세 씨의 마음은 변함이 없군요."

아카리가 눈을 내리뜨고 조용히 말했다.

"나도 아카리 씨가 흡혈종이든 아니든 좋…… 마음에

변함없어."

무심코 말이 튀어나왔다.

너무 밀어붙이면 거부감을 줄까 봐 도중에 말을 바꾸었지만, 눈이 마주친 순간 아카리는 경직되며 바로 시선을 돌렸다.

동요를 감추지 못하고 눈을 이리저리 돌리는 모습에 쓴웃음이 나왔다.

이성으로 의식하는 건 좋지만, 모처럼 단둘이 있는데 서먹서먹해지면 아깝다.

부담을 주고 싶은 건 아니므로 분위기가 심각해지지 않도록 웃으며 밝게 말했다.

"지나쓰는 특히 그런 걸 좋아하거든. 금단이랄까, 장애물이 있는 사랑 같은 거…… 소녀만화인지 소설인지는 잊어버렸는데 한때 잘생긴 흡혈귀 청년과 인간 여자의 로맨스에 푹 빠져 지냈다니까. 난 안 봤지만 지나쓰가 줄거리를 말해주더라."

그 작품의 여주인공은 마지막에 연인과 함께 살기 위해 흡혈귀가 되는 길을 선택한다.

그게 해피엔드인지 아닌지 줄거리만 듣고서는 알 수 없었다. 하지만 지나쓰가 그 결말을 해피엔드로 받아들인 것은 틀림없었다.

사랑하는 사람과 영원히 살다니 멋지네요. 다른 모든 것, 인간의 삶조차 버리고 사랑하는 사람을 택했어요. 선배, 이런 거 좋지 않나요? 지나쓰는 분명 그렇게 말했다.

그 이야기를 들려주자 아카리는 모모세 씨답다며 웃었다.

"도노 씨도 같은 생각이에요?"

"그야 본인들이 바라서 선택했다면 해피엔드일 테고, 연애물로서는 로맨틱하겠지만⋯⋯ 그런 형태여야만 사랑이 성취된다고는 생각지 않아. 예컨대 이 세상에서 머무는 시간의 길이가 다르더라도 함께 있기를 원해서 한쪽의 인생이 끝날 때까지 함께 지낼 수 있다면 그것도 멋지다고 생각해."

아카리가 이쪽을 보는 걸 알고 그쪽으로 고개를 돌렸다.

또 눈이 마주쳤지만 이번에는 외면하지 않았다.

아차, 심각한 이야기는 안 하려고 그랬는데 실패했나.

하지만 아카리는 그렇군요, 하고 조용히 말하고 눈을 내리떴다.

"제 생각도 그래요."

도노의 이야기를 꼭꼭 새겨듣고 진지하게 생각하는 아카리.

지금 당장 대답을 원하는 건 아니었다. 장기전은 각오했다. 아니, 오히려 장기전이라야 승산이 있다고 본다.

지금은 장기전에 들어가기 위한 발판을 하나씩 만들고 있는 중이다.

두 단씩 뛰어오르려고 하면 무너질지도 모른다. 차분하고 확실하게, 나답게 주도면밀하게 나아가기로 했건만 이렇듯 아카리의 한마디에, 한순간의 표정에 부풀어 오르는 마음을 억누르느라 고생이 이만저만 아니다.

서두르면 안 되는 줄 알지만 당장에라도 마음을 더 강하게 전하고 싶어 미칠 지경이다.

'하지만 자제해야지.'

좋아하는 사람이 옆에 있고, 좋아하는 마음을 전할 수 있는 이 상황이 이미 기적임을 도노는 잘 알고 있다.

담에 둘러싸인 정원에서 나오자 가로등 불빛이 비치는 길이 아주 밝게 느껴졌다.

오늘 밤은 맑은 하늘에 달이 떠서 더 그렇다.

달빛을 받아 아카리의 윤곽이 반짝반짝 빛났다.

아아, 처음 만났을 때와 똑같다.

해가 지고 나서 아카리는 안경을 벗었다. 그래서인지 9년 전 그날 밤과 한층 비슷해 보였다.

저도 모르게 넋을 놓고 바라봤다.

"저어, 아카리 씨."

역으로 향하기 전에 걸음을 멈추고 말을 걸었다.

단둘뿐인 지금, 해두어야 할 말이 있다.

"일본에도 대책실 지부를 만든다는 거, 실현 가능하다고 봐도 될까. 지나쓰한테 상담을 받았다고 했는데."

중요한 이야기다.

아카리도 멈춰서 몸을 이쪽으로 돌렸다.

"나도 대책실에 들어가고 싶어. 어떻게 하면 돼? 그러려면 내가 뭘 해야 해?"

사쿠가 죽은 줄 알았을 때, 사건 현장이 하룻밤 만에 아무 일도 없었던 듯 정리된 걸 보고 이건 좀 아니다 싶었다.

사쿠는 살아 있지만 첫 번째 사건 피해자의 유족은 가족에게 무슨 일이 일어났는지 모른다. 두 번째 사건은 발생했다는 사실조차 공식 발표되지 않았다. 피해자는 행방불명으로 처리되어 결국 잊혀간다. 원래 있어서는 안 되는 일이다.

한편 공식 발표하지 못하는 이유도 이해는 간다. 일반인들은 흡혈종이 존재한다는 사실조차 모른다.

오컬트 연구회 부원들처럼 선입관도 이해관계도 없이 냉정한 입장에서 차근차근 설명을 듣는 것과는 사정이 다르다. 진상을 알게 되면 유족은 당연히 흡혈종을 두려워하고 증오하리라. 그리고 그 증오는 전파되리라. 아무 사전지식도 없는 사람들에게 흡혈종이 살인을 저질렀다는 사실이 퍼지면 대혼란이 벌어질 테고, 사람들은 심한 편견과 더 큰 증오에 사로잡힐 것이다. 그러면 인간과 흡혈종의 공존은 물 건너간다.

흡혈종이 일으키는 범죄는 그 수가 적으므로 벌어진 사건은 사실상 이렇게 무마된다. 아무 죄도 없는 대다수의 흡혈종을 지키고 혼란을 피하기 위해. 현재로선 진실을 알리기 위한 준비가 부족하다.

하지만 결국은 그것도 다수를 지키기 위해 소수를 희생하는 짓이다.

이런 상황은 올바르지 못하다.

바꾸어야 한다.

이 세상에 흡혈종이 존재한다는 사실을 받아들일 수 있다면. 인종, 국적, 신앙, 성정체성의 차이에서 비롯된 차별이 조금씩 줄어든 것처럼 흡혈종도 있는 그대로 받아들여지는 세상이라면 사쿠는 떠나지 않아도 됐을 것이다.

세상을 바꾸고 싶다는 마음은 거짓이 아니지만, 결국 도노에게 제일 소중한 건 사쿠, 지나쓰, 아야메의 행복한 삶, 그리고 아카리와 함께하는 삶이다. 순수한 사명감에 불타거나 아카리의 이상에 공감하여 꺼낸 말은 아니었다. 다른 속셈이 있다는 건 이제 아카리도 알 테니 감추지 않는다.

내가 행복하기 위해 세상을 좋게 만들고 싶다.

아카리와 함께 있기 위해서다. 그게 뭐가 나쁘단 말인가.

자기합리화를 마치고 가슴을 폈다.

"자격증이 있어야 하면 딸게. 필요하면 몸도 단련하고. 아카리 씨를 지킬 수 있도록…… 그건 너무 나갔다 치더라도 하다못해 거치적거리지는 않도록."

"거치적거리다니……."

아카리는 도중에 입을 다물고 그대로 고개를 숙였다.

이해심 있는 인간이 늘어나길 바란다고 했다. 대책실에도 일손은 필요할 것이다.

그런데 아카리는 기뻐하는 것처럼 보이지 않았다.

"의미 있는 일이라고 생각해요. 동료가 늘어나는 것도 기쁘고요. 하지만 위험도 동반되는 일이에요. 저 자신부터 이 일을 너무 만만하게 생각했는지도 모르겠네요."

아카리는 옷 가슴께를 꼭 움켜쥐고 왠지 괴로운 듯 눈썹을 찡그렸다.

"어제 개에게 습격당했을 때, 도노 씨가 저를 지키려 앞으로 나섰죠. 인사도 제대로 못 했네요…… 덕분에 무사했어요. 하지만 그렇게 위험한 짓은 이제 두 번 다시……."

아카리가 말을 끝내기 전에 도노는 고개를 저었다.

이제 그러지 않겠다고 맹세할 수는 없다. 그때도 그러려고 생각해서 그런 게 아니다.

단 한 가지는 분명했다. 아카리가 위험에 처하면 몇 번이든 똑같이 하리라.

"나는 운동을 좋아하지도 않고 보다시피 약골이지만, 좋아하는 사람이 위험에 처하면 나도 모르게 보호하려 드는 게 당연하지."

"도노 씨, 저는……."

흡혈종이라는 말을 하려던 걸까.

그러니 평범한 인간인 도노에게 보호받을 필요 없다고.

하지만 말을 끝맺기 전에 뭔가가 아카리의 시선을 잡아끌었다.

깜짝 놀란 듯 고개를 들고 돌아보았다.

그 순간 도노도 검은 형체가 바로 앞쪽 모퉁이를 돌아서 나타나는 것을 보았다.

개다.

상당히 지저분하고, 한눈에 알 만큼 큰 상처를 입었지만 달리는 속도는 떨어지지 않았다. 평범한 개가 아니다. 이쪽으로 달려온다.

개를 쫓아왔는지 석궁을 든 남자가 그 뒤에서 나타났다.

브래들리는 아니다. 그는 붙잡혔다. 브래들리의 동료, 아니면 뒤늦게 일본에 온 다른 헌터일까. 그도 다친 것 같다.

남자가 개를 겨냥해 은화살을 쏘았지만 빗나가서 아스

팔트에 맞고 튕겼다.

모퉁이를 돈 개는 순식간에 이쪽에 다다랐다.

땅을 박차며 다가오는 모습이 슬로모션처럼 잘 보였다.

그 짧은 시간에 머릿속이 엄청난 속도로 핑핑 돌아갔다.

미타무라는 다로가 떠돌이 친구를 데려온다고 했다.

그중 한 마리는 분명 다로가 죽였다. 미타무라 집 정원에서 사체로 발견된 개다.

그리고 미타무라의 피를 핥든지 살점을 먹든지 해서 흡혈종이 된 한 마리. 다로와 함께 다니다 사쿠에게 죽임을 당했다.

그리고 여기 또 한 마리.

다로의 떠돌이 친구가 한 마리 더 있었던 것이다.

'아아, 그러고 보니 사쿠가 여러 마리일 줄은 몰랐다고 하지 않았나.'

보통 두 마리를 여러 마리라고 표현하지는 않는다.

놓쳤다. 어젯밤에 나오지 않았거나 달아났던 세 번째 개가 있다는 걸 이제껏 눈치채지 못했다.

그걸 헌터가 발견했고 개는 쫓겨서 달아났다. 밥을 얻어먹었던 미타무라 집 정원을 향해.

개가 한층 강하게 지면을 박차며 도노보다 반 발짝 가까이 있던 아카리에게 덤벼들었다.

그 순간 머릿속이 텅 비었다.

몸이 먼저 반응하여 앞으로 나섰을 때 아카리의 놀란 얼굴이 보였다. 그제야 방금 전 마침 이런 상황에 대해 이야기를 하고 있었다는 것이 생각났다.

고통은 없었지만 충격이 느껴졌다. 아카리의 비명 같은 목소리가 귓전을 때렸다.

충격이 가시기 전에 몸이 아카리 쪽으로 쓰러졌다. 바람이 불면 부러질 듯 가녀린 몸이 받아주었다.

목에서 왼쪽 어깨까지 젖은 감촉.

아아 이건 내 피구나, 하고 깨달았다.

'이거 아무래도 글렀는데.'

별이 없는 밤하늘과 내려다보는 아카리의 얼굴이 눈에 들어왔다. 어느 틈엔가 땅에 눕혀진 모양이다.

'개는? 헌터는? 아카리 씨는 다치지 않았나?'

다양한 질문이 떠올랐지만 울상을 짓는 아카리에게 해야 할 말은 그런 게 아니었다.

마지막이니만큼 좀 더 여유가 있으면 좋았을 텐데 아쉬웠다.

뭔가 멋진 말을 남길 수 있도록.

하지만 그럴 시간은 남아 있지 않다는 걸 직감했다.

입에서 뭔가가 울컥 쏟아져 나왔다.

'뭐, 어쩔 수 없지. 후회는 안 하지만.'

어젯밤이 생각났다. 딱 한 번 느꼈던 그 감촉이.

……역시 입에다 할걸 그랬나.

도노의 목이 뜯겨나가는 것이 보였다.

먹잇감으로 인식하고 덤벼든 게 아니다. 나아가는 방향에 있는 방해물을 없애기 위해 공격했을 뿐이다. 아카리가 보기에는 얕은 일격이었지만 도노의 피부가 찢기고 피 보라가 일었다.

정신이 번쩍 드는 것과 동시에 홀더에서 뽑아 든 전기충격봉으로 개를 후려쳐서 땅에 패대기쳤다.

두개골이 부서지는 충격이 감각으로 전해졌다.

흡혈종이라도 재생 능력을 웃도는 피해를 입히면 무력화할 수 있다. 지금까지 그런 식으로 싸운 적은 없지만 알고 있었다.

끝이 뾰족하지 않은 금속봉이었지만 그것에 개를 꿴 다음 벽에 힘껏 꽂아서 고정했다.

낯익은 헌터가 방향을 바꾸어 멀어지는 모습이 보였지

만 쫓을 마음은 없었다.

봉을 놓고 자유로워진 두 손으로 비틀대다 결국 쓰러지는 도노를 부축해 땅에 눕혔다.

도노는 자기에게 무슨 일이 벌어졌는지 이해가 안 된다는 듯한 표정이었다.

통증을 느끼지 못하는 건지도 모른다. 통증을 뇌에 전달해도 소용없는 상태에 이르면 몸이 뇌에 신호를 보내지 않을 때도 있다.

더 이상 생각할 필요도 없이 일목요연했다.

치명상이다. 못 살린다.

"어째서……."

아카리는 흡혈종이다. 혼혈이라 흡혈종으로서 힘이 강한 편은 아니지만, 그래도 인간과는 비교도 되지 않을 만큼 육체가 강인하고 재생 능력이 뛰어나다.

자신이라면 물려도 치명상은 입지 않는다.

도노도 그건 어젯밤 사쿠를 보고 알고 있었을 텐데.

'당신이 목숨을 내던질 필요는 없었어.'

그렇게 잔혹한 말은 못 한다.

곁에 무릎을 꿇고 앉아 도노의 머리를 손으로 받치고 얼굴을 들여다보았다.

그가 입술을 달싹거렸다.

"……치근거리면…… 싫어할 것…… 같아, ……지만, 아마 마지막일…… 테니."

흐릿한 목소리를 듣기 위해 귀를 가까이 댔다.

"9년, 전, 부터……."

그걸 마지막으로 입술이 움직임을 멈췄다.

"도노 씨?"

눈은 아직 뜨고 있다. 하지만 눈이 제대로 보이는지 의심스러웠다.

아카리가 부르는 소리에 미소를 지은 것처럼 보였다.

그리고 그걸 끝으로 천천히 눈이 감겼다.

가슴이 철렁했다.

"괜찮아요, 살 수 있어요. 금방 구급차가 올 거니까…… 도노 씨!"

도노의 상반신을 무릎에 얹고 계속 말을 걸면서 휴대전화를 꺼냈다.

버튼을 누르는 손이 떨렸다. 구급차가 아무리 빨라봤자다. 빨리 오더라도 어쩔 방도가 없다는 건 알고 있었다.

어쩌지.

어떻게 하면 좋지?

"제발요. 제발, 죽지 마……!"

눈물 섞인 목소리로 외쳤을 때 도노 위로 그림자가 슥

드리워졌다.

고개를 들어보니 검은색 코트를 입은 쓰지미야 사쿠가 서 있었다.

죽어가는 친구를 앞에 두고도 한 치의 동요도 없이, 분노인지 슬픔인지를 참듯 눈살을 모은 채 고요하기만 했다.

헌터를 처치하러 온 걸까, 아니면 마지막 한 마리를 처리하러 온 걸까. 흡혈종의 기운을 감추려고도 하지 않는데 이렇게 가까이 다가올 때까지 알아차리지 못했다.

"쓰지……."

"혼혈은 물러나 있어."

내뱉듯이 말하고 코트 안쪽에 손을 넣어 뭔가 꺼냈다.

"네 피로는 도노를 살릴 수 없잖아."

손에 엄지손가락 크기의 검은 유리병이 쥐여 있었다.

내용물은 보이지 않았다. 그게 무엇인지는 사쿠의 말을 듣고 알았다.

"로우가 줄곧 원해서 가지고 왔는데…… 설마 도노에게 이런 걸 쓸 날이 올 줄은 몰랐군."

"아, ……잠깐."

사쿠는 도노 곁에 웅크려 앉아 병마개를 뽑고 그의 입가에 병을 기울였다.

병마개가 뽑힌 순간 흡혈종의 강한 기운이 주변을 가득

채웠다.

아카리와는 달리 강하고 진한 흡혈종의 피다.

미타무라가 다로에게 피를 준 것처럼, 사쿠의 피를 주면 도노는 생명을 건질 수 있으리라.

하지만 그건 인간으로서 누리는 생명이 아니다.

뭘 하려는지 이해했지만 말리지도 못하고 얼어붙어 있는 아카리를 힐끗 보고 사쿠가 손을 멈추었다.

잠시 생각하는 듯한 표정을 짓더니 일어서서 마개로 병을 꽉 막았다.

"……네게 맡길게."

그 짧은 한마디와 함께 유리병을 아카리에게 내밀었다.

"내가 결정할 일이 아니야. 내게는 그럴 권리가 없고, 도노가 목숨을 걸고 지키려던 사람도 내가 아니니까."

사쿠는 멍하니 올려다보는 아카리를 달아나지 말라는 듯이 응시하며 말을 이었다.

네가 선택하라고.

아카리는 손을 뻗어 유리병을 받았다. 유리병은 보기보다 묵직했다.

그 무게가 무엇을 의미하는지 아카리는 알고 있었다.

"자진하여 흡혈종이 된 게 아니라던 당신이 이런……."

"나하고는 상황이 달라. 마음을 분명히 확인하지는 못했지만 도노는 죽고 싶지 않을걸. 너와 함께 사는 길을 도노가 마다할 리 없지. 알잖아."

고민할 시간이 없다고 사쿠는 가차 없이 다그쳤다.

"영원한 생명을 얻은 후에 도노가 괴로워한다면…… 그때는 네가 책임지고 목숨을 끊어주는 게 어때?"

뿌리치듯 차가운 말투였다.

손안의 유리병에서 의식 없이 숨만 겨우 붙어 있는 도노에게 시선을 옮겼다.

그의 삶을 빼앗을 권리도, 죽음을 빼앗을 권리도 아카리에게는 없다.

어느 쪽을 선택해도 죄를 짓는 셈이지만, 죄인이 되는 건 문제가 아니었다.

이대로 아무것도 하지 않으면 선택할 기회조차 주지 못하고 도노를 잃는다.

얼마나 무거운 죄인지 알면서도 손안의 유리병을 내던질 수는 없었다. 매달리듯이 꼭 움켜쥐었다.

잠시 말없이 아카리를 내려다보던 사쿠가 한순간 눈매를 누그러뜨렸다.

"나도 친구에게 평생 원망을 듣기는 싫어."

그렇게 말하고 등을 돌렸다.

얇은 코트 자락을 펄럭이며 걸어간다. 돌아보지 않고.

마치 결말을 안다는 듯 아카리의 선택을 지켜보지 않고 사쿠는 떠났다.

아카리는 도노와 함께 남겨졌다.

사쿠가 어떻게 했는지, 아니면 달아났는지, 헌터도 완전히 자취를 감추었다.

아카리가 어떤 선택을 하든 보는 사람은 없다.

"……미안해요."

용서받지 못할 짓이다.

안다.

"미안해요, 도노 씨. 하지만…… 방금 전 그 말, 끝까지 듣고 싶어요."

한 번 더…… 아니, 몇 번이라도.

마개를 뽑았다.

용서받지 못해도 좋다.

10장

며칠 만에 학교에 가자 한동안 못 만났던 지인이 "너까지 학교 그만둔 줄 알았잖아."라며 환영해주었다.

사쿠하고만 어울려 놀았지만 도노에게도 학교에 이야기를 나누는 지인 정도는 있다. 그 대부분이 사쿠를 통해서 만난 사람이었다.

하지만 그들은 이미 사쿠의 부재를 받아들였다. 사쿠는 인기가 많았으므로 다들 아쉬워하는 눈치였지만, 그가 왜 사라졌고 어디로 갔으며 대체 그가 어떤 인간이었는지 의문을 품지는 않는 것 같았다.

사쿠는 그들과 그 정도 관계를 유지한 것이다.

예외는 도노, 아야메, 지나쓰뿐이었다.

'어떤 다툼이 생겨도 바로 수습하고, 여자들이 아무리

412

쫓아다녀도 아수라장이 벌어지지 않았던 건…… 최면 같은 힘 덕분이었을까.'

이제 와 돌이켜보니 그래서 그랬던 건가 싶은 일이 몇 가지 있었다.

"어, 안경 바꿨어?"

"아, 응. 용케 알았네."

도노는 이름조차 기억하지 못하는 지인인데, 관찰력이 뛰어나다 싶어 감탄했다.

그런데 또 검은 테냐, 좀 화사한 걸로 껴봐, 하며 뻗는 손을 피하고 "검은 테가 익숙해서." 하고 웃으며 대꾸했다.

"깨져서 새로 마련했어. 저번 거랑 비슷한 모양으로 골랐지."

새 안경은 아카리가 준비해주었다.

도수는 없다. 대신에 렌즈에 자외선 차단 가공을 추가했다.

도노는 이제 시력을 교정할 필요가 없다.

이름도 잘 기억 안 나는 지인과 나란히 앉아 강의를 들은 후, 술자리에 참석하라는 인사치레를 거절하고 평소대로 동아리방에 갔다.

아야메와 지나쓰에게는 다쳐서 한동안 쉬겠다고 메일로 연락해둔 터였다.

"오랜만이네. 몸은 좀 괜찮아?"

문을 열자 아야메가 있었다. 아야메가 누구보다 먼저 동아리방에 와서 제자리를 지키는 건 당연한 일상이었지만, 지금은 단지 그것만으로도 마음이 놓였다.

"괜찮아요. 이제 다 나았어요."

"면회도 사절한 것치고는 팔팔하잖아. 그냥 꾀병이었던 거야?"

여느 때와 다름없이 가벼운 농담을 던지기에 웃음으로 얼버무리려다가 그만뒀다.

상대는 아야메다.

분위기를 무겁게 만들기 싫어서 머리를 긁적이다 애써 가벼운 말투로 입을 열었다.

"그게 말이죠…… 한동안 날이 좋아서요."

그 한마디만으로도 아야메는 감을 잡은 것 같았다.

설마 하는 눈으로 이쪽을 보기에 쓴웃음을 지으며 고개를 끄덕였다.

아무 말도 없던 아야메는 이내 그렇구나, 하며 눈을 내리떴다.

아야메에게는 모조리 털어놓기로 마음먹었다. 자신에게 피를 준 흡혈종이 누구인지도, 이걸 선택한 게 누구인지도.

'지금 말을 꺼내길 잘했어.'

지금 말하지 못했다면 앞으로 영영 말을 꺼낼 수 없었을지도 모른다.

원래부터 친구는 얼마 없었지만 이렇게 진실을 밝힐 수 있는 상대가 한 명이라도 있는 것은 분명 축복이다.

당연한 일이어야 하는데.

자신이 무엇인지 말하는 못하는 게 이상한 건데.

사쿠는 말하지 않았다.

오컬트 연구부에 가입한 것도 누군가에게 이야기하고 싶어서였다면…… 지나친 생각일까. 사쿠의 성격상 그냥 변덕이었는지도 모르겠다.

그래도 사쿠는 즐거웠다고 했다.

여기는 사쿠에게 의미 있는 곳이었을 것이다.

그런 일이 벌어지지 않아 사쿠가 학교를 그만두지 않고 더 오래 함께 지냈다면, 사쿠만 나이를 먹지 않는 것에 위화감을 느낄 만큼 같이 지냈다면 언젠가는 말해주었을까.

"아, 도노 선배!"

그때 문이 열리고 지나쓰가 들어왔다.

크림색 블라우스와 카디건에 연지색 플레어스커트 차림, 평상시와 다름없는 지나쓰였다.

검은 원피스를 상복처럼 입고 다닐 때 느껴지던 비장한 결의는 이제 눈을 씻고 봐도 찾아볼 수가 없다.

"나왔네요. 다행이다. 다쳤다고 들어서……."

"응, 그렇게 많이 다친 건 아니었거든. 지나쓰도 괜찮아 보여서 다행이네."

"저는 기운이 넘쳐요! 인생에 목표가 생겼거든요."

고작 며칠 만에 마음을 완전히 추스른 것처럼 보인다. 그렇게 보일 뿐인지도 모르지만, 적어도 그렇게 보이도록 꾸밀 만큼은 나아졌다는 뜻이다.

연모하던 사람이 흡혈종이라는 사실이 밝혀진 데다 행방불명까지 된다면 보통은 큰 충격을 받겠지만, 그래도 죽어버린 것보다는 낫다. 죽은 줄 알았는데 살아 있다는 것만으로 지나쓰는 그 후에 접한 여러 가지 소식을 전부 감내할 수 있었던 것이리라.

사쿠가 흡혈종이라는 사실이 의미하는 바가 결국은 지나쓰를 무겁게 짓누를지도 모른다. 그런 날이 언젠가 올지도 모른다. 하지만 적어도 지금은 지나쓰가 긍정적으로 웃으며 지내서 정말 안심이었다.

"저, 도노 선배가 학교를 쉬는 동안 피트니스클럽과 격투기 교실에 등록했어요. 기초 체력부터 키워야 할 것 같아서 달리기도 시작했고요."

"대단하다."

솔직히 감탄했다. 사쿠가 살해당했다고 들은 다음 날 순은으로 된 칼을 구입한 지나쓰다운 행동력이었다.

"선배도 다닐래요? 대책실에 들어갈 거죠? 몸을 단련하는 게 좋을 거예요."

"난 두뇌노동으로 인정을 받도록 노력할게."

눈썹을 축 늘어뜨리며 대답하자 그럼 자기가 선배를 지키겠노라며 지나쓰는 든든하게 말했다.

지나쓰는 이제 아카리가 흡혈종임을 안다. 흡혈종을 사랑하는 사람끼리 지금까지보다 더욱, 그리고 지금까지와는 다른 유의 친근감을 품었는지도 모르겠다.

고맙다며 웃음으로 답했다.

지나칠 만큼 기운이 넘치고 긍정적으로 행동하는 지나쓰가 무리를 하고 있지 않다면 거짓말이다. 정말로 안정을 되찾으려면 시간이 좀 더 필요하리라. 그렇지만 사실은 아직 괴로운 것 아니냐고 굳이 지적할 필요는 없다.

지나쓰는 아야메와 마찬가지로 소중한 친구이자 동지이다.

그러므로 지금은 지나쓰에게 말할 수 없다.

나 도노가 이제 인간이 아니라는 사실을.

그날 밤은 한꺼번에 너무 많은 일이 벌어졌다.

요 며칠은 그런 기분이었지만 이제는 머릿속이 정리됐다.

헌터에게 쫓기던 개가 덤벼들었는데, 눈을 뜨자 믿기지 않게도 아카리의 무릎베개를 베고 있어서 도대체 뭐가 어떻게 된 건지 도노는 얼른 파악이 되지 않았다.

몸은 어디도 아프지 않고 그저 나른하기만 했다.

뺨과 상반신이 축축했다. 시선을 조금 움직이자 뺨이 젖은 건 아카리의 눈물 때문임을 알았다. 상반신, 특히 왼쪽 어깨에서 목덜미까지를 푹 적신 건 눈물이 아니리라. 그 정도 양을 넘어섰다.

무슨 일이 벌어진지 몰랐지만 아무튼 울고 있는 아카리를 내버려둘 수 없어 왜 그러느냐고 괜찮으냐고 달랬다.

조금이라도 더 오래 무릎베개를 해주었으면 하는 마음에 머리는 들지 않은 채.

눈이 어질어질하니 위화감이 들기에 안경이 더러워졌나 싶어 벗어보자 시야가 깨끗해졌다.

안경을 벗었는데 잘 보였다.

어리둥절해하자 아카리가 더는 못 참겠다는 듯 고개를 숙이고 눈물을 흘리며 미안하다고 말했다.

왜 사과하는지 처음에는 몰랐지만 몇 초 후에 깨달았다.

안경이 없는데도 울고 있는 아카리의 얼굴이 뚜렷이 보이는 이유와 그 의미를.

지나쓰가 격투기 교실에 가야 한다며 돌아간 후, 둘만 남은 동아리방에서 아야메에게 그날 밤 있었던 일을 말해 주었다.

정신을 잃은 후에 일어난 일은 도노도 아카리에게 들은지라 자세히는 몰랐지만, 흡혈종으로 변화한 직후에는 햇볕 아래로 나갈 수 없으므로 정신을 차린 후에도 낮에는 아카리 자매가 준비한 호텔 방에 있었던 것과 그동안 아카리 자매가 흡혈종에 관해 들려준 이런저런 이야기도 전부.

"아카리를 지키려다 죽을 뻔했는데, 정신을 차리자 흡혈종이 되어 있었다. 그게 받아들여져?"

복잡한 표정으로 듣던 아야메는 이야기가 끝나자 팔짱을 끼고 미간에 주름을 잡으며 한층 험악한 표정으로 말했다.

"바라지 않았는데 흡혈종이 됐다는 점에서는 쓰지미야와 그리 다를 바 없는 것처럼 들려."

본인이 받아들였다면 내가 참견할 일은 아니지만, 하고 씁쓸한 말투로 덧붙였다.

자유와 자기 의사를 무엇보다 소중히 여기는 아야메로

서는 그냥 흘려 넘기기 어려웠으리라.

도노에게 사쿠의 피를 먹인 아카리도 도노 이상으로 마음을 쓰는 것 같았다.

도노는 울지 말라고 몇 번이고 아카리를 달랬다. 그때 일이 생각날 때마다 미안하면서도 간질간질한 기분이 들었다.

도노 스스로는 아직 실감이 별로 나지 않는다.

"음, 받아들였다고 할까, 아직 실감은 없지만…… 아무튼 덕분에 살았다 싶어요."

사쿠가 어떤 상황에서 흡혈종이 됐는지는 모르지만, 도노는 자의가 아니었다고 딱 잘라 말하기가 애매했다. 분명 동의는 하지 않았지만 긴급사태였다. 사쿠의 피를 먹지 않았다면 도노는 틀림없이 죽었다.

그 자리에서 만약 선택권이 주어졌다면 어떻게 했을까. 살릴 수 있다면 살려달라고 부탁했을지도 모른다.

간신히 다시 만났는데 여기서 끝내기는 싫다면서.

"어쩌면 언젠가는 흡혈종으로 살기가 싫어져서 왜 그때 죽게 놔두지 않았느냐고…… 생각할지도 모르겠어요. 그런 날이 절대로 오지 않을 거라고는 말 못 하겠네요."

적어도 지금은 아카리와 사쿠를 원망하는 마음이 눈곱만큼도 없다. 오히려 감사하고 있다.

아카리에게도 한 말을 이번에는 아야메에게 웃는 얼굴로 들려주었다.

"아카리 씨가 신념을 꺾으면서까지 제가 살기를 바랐다는 게 기뻐요."

솔직히 말해 개를 막아선 순간은 거의 기억이 안 난다.

머리보다 먼저 몸이 반응했으므로 정말로 '어느새'라는 느낌이었다.

하지만 계산할 틈도 없었던 그 한순간에, 도노는 분명 아카리를 위해 목숨을 바쳐도 좋다고 생각했다. 그렇기 때문에 몸이 멋대로 움직인 것이다.

자신의 의사로 사랑을 위해 목숨을 바쳤다.

죽음을 얻지 못한들 후회는 없다.

"그래. 쓸데없는 걱정이었군."

"아니에요. 감사합니다."

아야메가 표정을 풀고 시선을 돌리자 도노는 웃으며 고개를 저었다.

아야메같이 소중하고 귀한 친구는 얻기 힘들다. 나 같은 인간은 특히.

'아아, 이제 나는 인간이 아니던가…….'

아직 실감이 없을 뿐 잃어버린 것도 있으리라.

그래도 이게 지금의 나니까 받아들이고 앞일을 생각해

야 한다. 이왕이면 최대한 긍정적으로.

"저, 졸업하면 미국에 가려고요."

"그렇군."

"동창회를 열죠. 언젠가 다 함께 모여서."

지금 여기에 없는 사쿠도 포함해서.

도노의 말에 아야메는 한쪽 눈을 가늘게 뜨며 쓴웃음을 흘렸다.

"아직 졸업도 안 했으면서 성격도 급하셔라."

"그러게요. 하지만 동창회를 목표로 열심히 할게요."

"내가 살아 있는 동안에 부탁한다. 쓰지미야를 꼭 끌고 와."

그날이 지금부터 기대된다는 듯 아야메는 팔짱을 긴 채 미소 지었다.

약속하겠다고 답했다.

"한동안 아카리 씨와 아오이 씨 두 사람과 함께 행동할 예정이에요. 감시 겸 보호…… 같은 거죠. 오늘도 아카리 씨가 잡아준 호텔로 돌아가요. 밤에 집에 한 번 들러서 짐을 옮기고…… 내일도 학교에 올 거예요. 낮에는 못 돌아다니지만 내일은 마침 강의가 늦은 시간이라. 동아리방에도 얼굴 비칠게요."

아야메는 오냐, 하고 맞장구를 친 후 잠시 침묵을 지키다가 웃음을 지우고 말했다.

"다 계산하고 이번 일을 저질렀을 리는 없지만…… 결과적으로는 네가 바라는 대로 됐군."

잠시 침묵했던 건 말할까 말까 망설였기 때문이리라.

"그러게요. 결과가 좋으면 다 좋은 거죠."

웃는 얼굴로 대답했다.

아카리는 모르겠지만 아야메는 꿰뚫어 본 것 같았다.

앞으로 도노가 아카리에게 품은 것과 같은 감정을 아카리가 도노에게 품을지는 불분명하다.

하지만 적어도 도노가 원하는 한 아카리는 도노를 떠나지 않을 것이다.

아카리를 지키다 죽을 뻔했고, 아카리가 직접 흡혈종으로 만든 남자.

분명 처음이자 마지막이리라.

이 결과에는 만족한다.

아야메는 더는 아무 말도 하지 않았다.

밖으로 나가자 주변은 이미 어두웠다.

어둡다고 시야가 좁아지지는 않는다. 오히려 구석구석까지 훨씬 뚜렷이 보인다.

흡혈종으로 변화한 영향이겠지만 햇볕이 없는 시간대가

지내기 수월하고 마음도 편한 것 같다. 몸이 가볍고 밤공기가 친숙하게 느껴진다. 세포부터 '그렇게' 바뀐 것이리라. 변화한 지 얼마 지나지 않아 아직 안정적이지 못하므로 시력이 회복되고 신체 능력이 향상된 것에 들떠서 너무 설치고 다니지 말라고 아오이가 단단히 당부했다.

아카리는 그날 밤 도노가 정신을 차린 직후에는 울었지만, 한 시간쯤 지나자 갑자기 업무 모드로 전환된 것처럼 척척 움직이기 시작했다.

도노는 흡혈종에 대해 아무것도 모르니까 자기가 정신을 단단히 차려야 한다고 생각한 것이리라.

여러모로 돌보아주고 이것저것 가르쳐주었다.

흡혈종으로 변화한 직후에는 신체가 불안정해 햇볕에 쉽사리 자극을 받으므로 방에서 나오지 말라고 이르고, 피부 보호 크림, 차광 효과가 높은 양산과 커튼, 옷도 준비해주었다.

어느 정도 지나야 햇볕을 쐬어도 괜찮은지는 개인차가 있다고 한다.

절반만 흡혈종인 아카리와 계약자인 아오이는 햇볕을 쐬어도 문제가 없고 사쿠도 태연하게 낮에 돌아다녔지만, 신체가 완전히 안정되기 전에 햇볕을 쐬면 움직일 수 없을 만큼 심하게 화상을 입는 경우도 있다는 모양이다.

신체가 완전히 안정됐는지는 어떻게 아느냐고 아카리에게 물어보자 자기는 경험해보지 못했다는 서론을 깔고 가르쳐주었다.

"감기 기운이 있었는데 몸이 개운해져서 다 나았다는 걸 아는, 그런 느낌이라고 들었어요."

듣고 보니 감기에 걸리기 전후처럼 어쩐지 몸이 찌뿌드드한 것 같다. 하지만 낮에만 그럴 뿐 해가 지면 오히려 쌩쌩해진다. 오감이 갑자기 예민해져서 한나절쯤 기분이 묘했지만 이제 익숙해졌다.

그보다도 아카리가 걱정스러운 듯 곁에 붙어 있는 것이 기뻐서 마음이 싱숭생숭했다.

"변하고 나서 여러모로 도와줘서 고마워. 아카리 씨한테 짐만 되네……."

분명 여기서는 딱하고 가련한 면을 보여주는 편이 낫다고 생각하고 일부러 약한 소리를 꺼내자, 아니나 다를까 아카리는 "무슨 말이에요." 하고 고개를 저었다.

짐이 아니다, 마음에 둘 것 없다, 대책실 직원으로서 당연히 해야 할 일이고, 무엇보다 내게는 책임이 있다……이런 말을 늘어놓으며 한바탕 미안해한 후에 풀이 죽어 고개를 푹 숙였다.

"도노 씨, 저를…… 용서하지 않아도 돼요. 저는 돌이킬 수 없는 짓을 저질렀으니까요."

어젯밤처럼 또 당장에라도 울음을 터뜨릴 듯한 표정이었다.

"왜? 아카리 씨와 사쿠는 생명의 은인인걸."

동정을 사겠답시고 너무 처량하게 굴었나. 아카리는 고지식하니까 책임감을 느끼는 것이리라.

너무 지나쳤다고 반성하고 허둥지둥 말했다.

"괜찮아. 아카리 씨가 그렇게 갈등하면서도 나를 살리기 위해 흡혈종으로 만드는 길을 선택한 것 자체가 내게는 행복인걸."

구해주었다고 여기는 것도, 은인이라고 여기는 것도 사실이다.

걱정하여 다정하게 대해주는 건 기쁘지만, 슬픈 표정을 보고 싶은 건 아니다.

진심으로 한 말이었지만 신경이 쓰여서 위로해주었다고 느꼈는지 아카리는 침울한 표정으로 고맙다고 말했다.

"행동 자체를 후회하는 건 아니에요. 지금은…… 도노 씨가 살아나서 그저 기뻐요. 도노 씨도 목숨을 건져서 다행이라는 기쁨이 앞설지도 모르겠네요. 하지만 언젠가."

만약에 언젠가.

눈물은 흘리지 않았지만 커다란 눈이 촉촉이 젖어들었다.

"걱정 마. 살다 보면 좋은 일도 나쁜 일도 생기겠지만, 난 살아 있는 것 자체가 싫지는 않아. 하물며 아카리 씨와 함께라면야."

마지막 한마디는 너무 영악한 것 아닐까 싶었지만 말했다. 이것도 본심이다.

아카리는 대답하지 않았다.

"못 믿겠어?"

"……죄송해요."

"믿길 때까지 몇 번이든 말할게. 난 괜찮아. 행복해."

안심하도록 웃으면서 되풀이해 말했지만 아카리의 표정은 여전히 어두웠다.

난감하네, 하고 쓴웃음을 지었다. 아카리는 어떤 표정을 짓든 귀엽지만.

"몇 번 말하면 믿어줄 거야?"

무릎에 손을 얹고 허리를 구부려 얼굴을 들여다보며 물었다.

어린아이를 대하는 듯한 목소리를 듣고 아카리가 울 것처럼 얼굴을 찡그렸다.

"평생……." 입술을 떨며 대답한다. "평생 불안할지도 몰라요. 몇 번을 말해준들 못 믿을지도 모르겠어요."

"그럼 평생 말하면 되지."

아카리는 결국 고개를 푹 숙이고 손으로 눈을 덮었다.

뺨을 타고 떨어지는 눈물이 보였지만 도노는 못 본 척하고 아카리가 진정되기를 기다렸다.

좋아하는 여자가 우는데 어쩐지 좀 기쁘다니, 나도 참 어지간한 놈이구나 생각하며.

그런 대화를 나눈 것이 이틀 전이다.

도노는 학교 건물에서 정문까지 이어지는 길을 걸으면서 머리 위로 올린 왼 손목을 오른손으로 잡아당기며 기지개를 쭉 켰다.

공기가 맑고 차가워서인지 학교에 왔을 때보다 시야가 더 깨끗했다.

저 멀리 있는 뭔가에 시선을 고정하고 정신을 집중하자 카메라 줌 기능을 사용한 것처럼 세부까지 잘 보였다. 흡혈종의 몸에도 많이 익숙해진 것 같았다.

정문을 나서서 둘러보자 학교 부지를 빙 둘러싼 담장의 모퉁이에 아카리가 서 있었다.

흡혈종으로 변화하고 처음으로 학교에 갔으니 어떤지 보러 온 것이리라.

걱정스레 이쪽을 살피는 표정까지 똑똑히 보였다.

어둡고 이렇게나 멀리 떨어져 있는데도.

'뭐, 나쁘기만 한 건 아니네.'

좋아하는 여자의 얼굴이 잘 보인다는 점, 이 한 가지만으로도.

웃으며 손을 흔들고 아카리에게 걸어갔다.

아카리는 여전히 도노를 볼 때 쓰라린 표정을 짓는다. 죄의식은 좀처럼 사라지지 않을 테고, 흡혈종이 된 걸 도노가 괴로워하지 않을지 아직 불안한 모양이었지만 시간을 들여 이해시키면 된다.

앞으로 살아갈 인생이 영원하다면, 그것도 나쁘지 않겠다 싶을 만한 세상을 만들면 그만이다.

혼자가 아니다. 반드시 실현한다. 시간은 걸리겠지만 한 걸음씩 나아가면 된다.

'일단은 동창회부터.'

그리고 그때는 아카리도 함께이리라.

그걸 목적으로 노력하자.

만날 수 있을지 없을지도 모르면서 9년이나 그리워했다. 하지만 영원한 시간 속에서 9년은 눈 깜박할 사이에 불과하다.

앞으로 시간은 넉넉하다.

하나무라 도노의 사랑과 인생은 이제 막 시작된 참이다.

애틋한 첫사랑 × 흡혈 미스터리

아주 어릴 적 시작된 첫사랑을 오래도록 기다리고 있는 남자가 있다.

그는 열한 살 때 어떤 사건을 계기로 한 여자와 스치듯 마주친다. 달빛 아래 창백하게 빛나는 피부, 신비한 눈 색깔. 마치 목소리까지 달빛 같은 여자다.

그는 단 몇 분 동안 겨우 몇 마디 나눈 그녀에게 한눈에 반해서 무려 9년이나 짝사랑을 이어간다. 언젠가는 꼭 운명적인 만남을 이루리라 믿으며.

사진이고 뭐고 아무것도 없으므로 그는 머릿속에 또렷이 남아 있는 그녀의 모습을 그림으로 그리기 위해 소묘 실력을 닦는다. 최대한 실물과 비슷한 그림을 그려 사람들에게 보여주고 첫사랑의 실마리를 찾기 위해서다. 참으로 어마어마한 집념이라 하지 않을 수 없다.

그렇다면 이 남자는 누구일까. 바로 이 소설 『세계의 끝과 시작은』의 주인공 하나무라 도노다.

현재 도노는 대학교 2학년, 오컬트 연구회 멤버다. 만나는 사람마다 여자 얼굴을 그려서 보여주고 아는 사람이냐고 묻는 바람에, 중고등학교 때는 괴짜 취급을 받았다. 그러나 오컬트 연구회에서는 아무도 그런 도노를 무시하거나 깔보지 않는다. 덕분에 도노는 나름대로 대학 생활을 즐기며 여전히 첫사랑을 그리워하고 있다.

'첫눈에 반하다', '한눈에 반하다'라는 관용구가 존재하는 만큼, 이 같은 현상은 실제로도 얼마든지 일어날 수 있는 일이다. 하지만 눈에서 멀어지면 마음에서도 멀어진다고, 오래 만나지 못하면 아무리 뜨거운 사랑이라도 식기 마련이다. 그런데도 무려 9년이나 기다려왔으니 도노의 사랑은 그야말로 순애보라 하지 않을 수 없다.

그리고 마침내 도노에게 사랑의 결실을 거둘 기회가 찾아온다. 도노의 기억 속 첫사랑의 모습과 똑 닮은 아카리와 아오이 자매가 나타난 것이다. 그런데 이 두 자매가 어쩐지 심상치 않다. 알고 보니 두 사람은 '국제연합총회 제3위원회 흡혈종 관련 문제 대책실' 직원이라고 한다.

자매의 설명에 따르면 흡혈종이란 '인간의 혈액에서 영

양분을 얻어 젊음과 장수를 누리는, 매우 뛰어난 오감과 신체 능력을 지닌 생명체'라고 한다. 아직 일반 시민들에게 공표되지는 않았지만 흡혈종들은 전 세계에 퍼져 있으며, 평범을 가장하고 인간들 사이에서 살아가고 있다.

흡혈종들은 인간이 죽을 만큼 피를 빨 필요가 없다. 그런데 도노의 대학교 근처에서 흡혈종의 소행으로 추정되는 살인사건이 발생한다. 그래서 아카리와 아오이 자매가 미국에서 일본으로 파견된 것이다.

여기서 도노의 현명함(또는 영악함)이 빛을 발한다. 꿈꾸었던 날이 드디어 찾아왔지만 절대 성급하게 서두르지 않는다. 도노 입장에서야 9년을 하루같이 오매불망 기다려온 첫사랑이지만, 자매 입장에서 도노는 낯선 남자에 지나지 않는다. 처음부터 너무 밀어붙이면 오히려 경계할 것이다. 그래서 도노는 일단 접점을 만들기 위해 자매의 수사를 도와주기로 한다.

이렇듯 첫사랑을 이루기 위해 기괴한 살인사건의 수사를 도와주는 것이 이 작품의 큰 틀이라고 할 수 있다. 이른바 '연애 미스터리'라고 하겠는데, 그렇다고 미스터리 요소가 연애를 위해 봉사하지만은 않는다.

"이번 소설에는 금방 알아차릴 수도 있고, 작품 속에

서 밝혀질 때까지 알아차리지 못할 수도 있는 크고 작은 복선과 수수께끼가 몇 가지 숨어 있어요. 알아차리느냐 못 알아차리느냐는 독자에게 달린 문제이니 결과에는 연연하지 않지만, 미스터리 소설에 익숙한 사람이 수수께끼의 정답을 바로 알아차리더라도 나름대로 재미있게 읽을 수 있도록 (중략) 한편 미스터리 소설에 익숙하지 않은 사람도 혼란스러워 하지 않고 즐길 수 있도록 수수께끼가 과하거나 모자라지 않게끔 균형에 신경 쓰며 집필했습니다."

                              ―오리가미 교야 대담에서 일부 발췌

위와 같은 작가의 말에서도 알 수 있듯이, 이 소설은 미스터리로서 본분을 잃지 않기 위해 미스터리적 요소에 공을 많이 들인 데다 '흡혈종'이라는 양념까지 곁들여 궁금증과 흥미를 자극한다. 이제 '뱀파이어'는 닳고 닳은 소재지만 여전히 독자의 눈길을 사로잡기에 충분한 힘을 발휘한다.

거기에다 꽃미남 사쿠, 흡혈종이라는 소수자에게도 이해심을 발휘하는 아야메, 발랄한 오컬트 마니아 지나쓰 등 매력적인 조연들이 등장해 도노의 연애 작전과 사건 수사에 도움을 주며 이야기에 활기를 더한다.

개인적으로는 첫사랑에 순정을 다 바치면서도 무작정 돌진하지는 않는, 사랑을 성취하기 위해 너구리같이 약삭빠르게 구는 도노가 마음에 들었다. 순수하지만 순진하지는 않다고 할까. 몇몇 등장인물이 사이코패스 같다고 평하기도 하지만 결코 미워할 수 없는 캐릭터다.

과연 도노는 오랜 세월 간직해온 사랑을 성취할 수 있을까? 수수께끼로 가득한 살인사건은 어떻게 전개될까? 이야기는 후반부로 갈수록 탄력을 받으며 더욱 호기심을 자극한다.

과연 사랑과 사건은 어떻게 끝날 것인가. 그 시작과 끝, 아니 끝과 시작을 직접 한번 확인해보시기 바란다.

2020년 6월
김은모

세계의 끝과 시작은

1판 1쇄 발행 2020년 6월 10일
1판 2쇄 발행 2022년 5월 13일

지은이 오리가미 교야 **옮긴이** 김은모
펴낸이 김영곤 **펴낸곳** 아르테

아르테본부 문학팀 장현주 임정우 최은아 원보람
해외기획실 최연순 이윤경 **디자인** 이경란
출판마케팅영업본부 본부장 민안기
출판영업팀 이광호 최명열
마케팅2팀 나은경 정유진 박보미 백다희
제작팀 이영민 권경민

출판등록 2000년 5월 6일 제406-2003-061호
주소 (우 10881) 경기도 파주시 회동길 201(문발동)
대표전화 031-955-2100 **팩스** 031-955-2151

아르테는 (주)북이십일의 문학 브랜드입니다.

(주)북이십일 경계를 허무는 콘텐츠 리더
아르테 채널에서 도서 정보와 다양한 영상자료, 이벤트를 만나세요!
페이스북 facebook.com/21arte 블로그 arte.kro.kr
인스타그램 instagram.com/21_arte 홈페이지 arte.book21.com

ISBN 978-89-509-8847-0 03830